太陽召喚

3

毀滅新生

完

RUIN AND RISING

Leigh Bardugo

莉・巴度格——著　林零——譯

太陽召喚　書評推薦

「極度迷人。」

——《衛報》（*The Guardian*）

「令人著迷……巴度格的設定有趣又多樣，讓人不禁起雞皮疙瘩。這就是奇幻小說存在的意義。」

——《紐約時報》（*The New York Times*）

「這世界真實到讓人覺得它該有自己的護照戳章。」

——NPR書評網站

「奇幻傑作。」

——《哈芬登郵報》（*The Huffington Post*）

「背景設定迷人、充滿獨特的細節，我從來沒讀過像《太陽召喚》這樣的作品。」

——《分歧者》系列暢銷作家　薇若妮卡・羅斯（Veronica Roth）

「豐富的描述、迷人的魔法，還有大量的轉折，這場讓人難忘的冒險提供了讀者動作與陰謀，底下更有著浪漫與危險的暗流。」

——《出版人週刊》（*Publishers Weekly*）

「充滿讓人信服的轉折、美麗的景色，還有一位你絕對會想支持的主角。對喜愛喬治．馬汀與托爾金的年輕讀者來說，會是個很棒的選擇。」

——RT Book Review網站

「一個讓人陶醉的奇幻、浪漫、冒險混合體。」

——《波西．傑克森》系列暢銷作家　雷克．萊爾頓（Rick Riordan）

「每當讀者們以為故事被寫進死局時，巴度格會寫出一個令人驚艷的轉折，讓讀者們忍不住瘋狂翻頁。」

——《科克斯書評》（*Kirkus Reviews*）

「動作感十足，心碎的結局會讓年輕讀者們在最後一幕屏息。」

——《學校圖書館學報》（*School Library Journal*）

Isenvee
埃森維
Kenst Hjerte
心碎島
Elling
爾令
Overüt
歐佛瑞
Avfalle
奧法勒
Fjerda
斐優達
Elbjen
艾比揚
Djerholm
第爾霍姆
Halmhend
赫倫罕
Permafrost
永凍區
Arkesk
阿勒克斯卡
Ulensk
烏林斯克
Chernast
切納斯特
Tsibeya
茲貝亞
Petrazoi
佩塔索
Unsea
異海
Ravka
拉夫卡
Novokribirsk
新奎比爾斯克
Ryevost
雷沃斯特
Kribirsk
奎比爾斯克
Os Kervo
歐斯科佛
Balakirev 巴拉基列夫
The Vy
維道
Os Alta
歐斯奧塔
Keramzin
卡倫森
Poliznaya
波利茲那亞
Tsemna
修姆拿
Sikursk
希可斯克
Sikurzoi
斯庫左
Dva Stolba
雙磨坊
Caryeva
卡耶維爾
Koba
寇巴
Shu Han
蜀邯
Bhez Ju
貝蜀
Ahmrat Jen
安瑞特淵

地圖插畫：黃靄琳

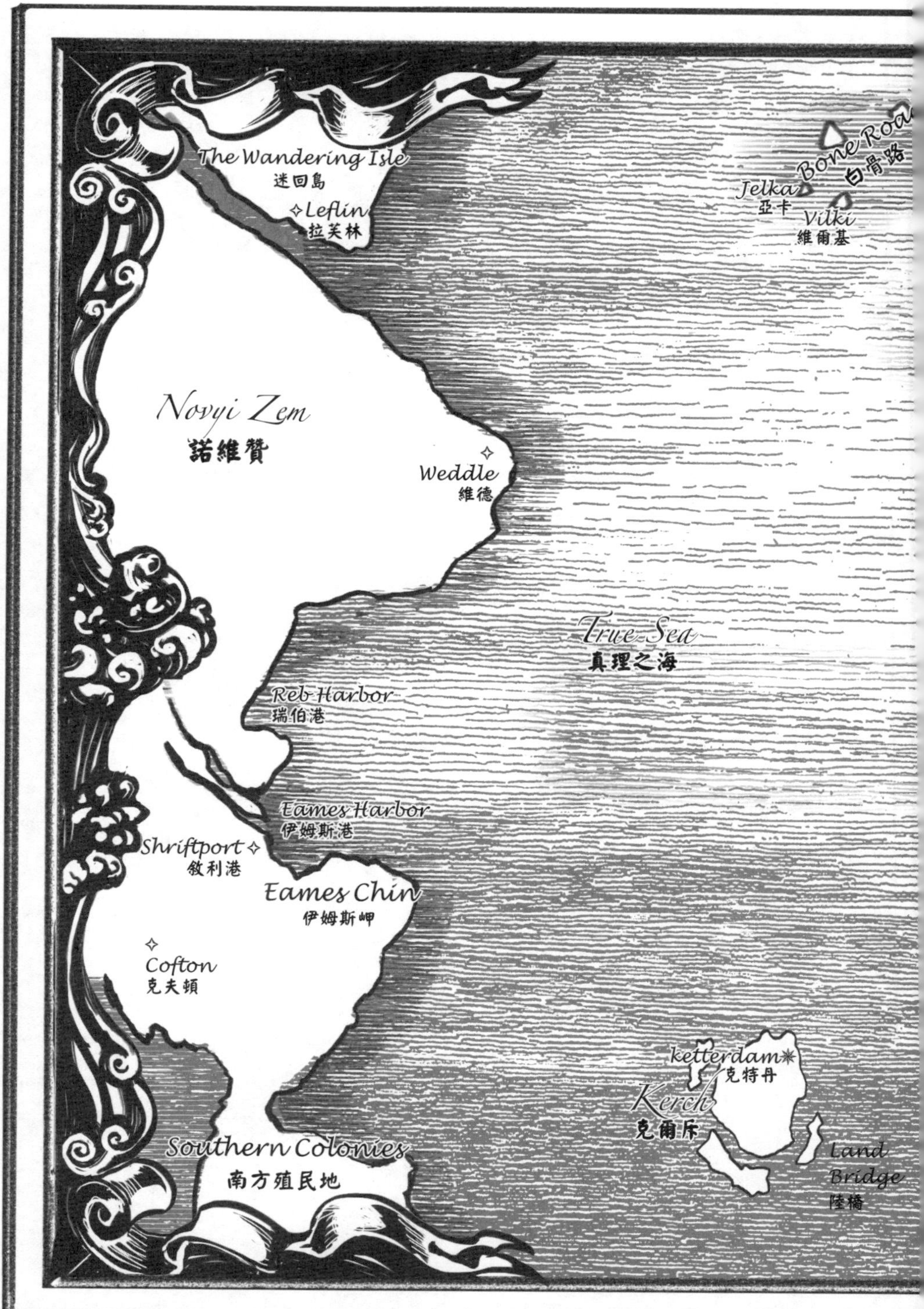
The Wandering Isle
迷回島
Leflin
拉芙林
Bone Road
白骨路
Jelka
亞卡
Vilki
維爾基
Novyi Zem
諾維贊
Weddle
維德
True Sea
真理之海
Reb Harbor
瑞伯港
Eames Harbor
伊姆斯港
Shriftport
敘利港
Eames Chin
伊姆斯岬
Cofton
克夫頓
Ketterdam
克特丹
Kerch
克爾斥
Land Bridge
陸橋
Southern Colonies
南方殖民地

太陽召喚 ❸ 毀滅新生

目次

獻給父親赫夫——
有時，我們的英雄不會走到最後。

之前

怪物名喚伊祖姆德，意為巨蟲。也有人說，就是他創造了縱橫拉夫卡地下的那些隧道。由於食慾奇大，他吃下泥沙和碎石，往土裡挖得越來越深，尋找能滿足飢餓感的事物，直到挖得過頭，迷失在黑暗之中。

那只是虛構故事，可是在白大教堂，人們總小心翼翼，不在迂迴盤繞主洞穴的通道走得太遠。這猶如昏暗兔洞的隧道迴盪著奇怪聲響、呻吟聲，還有一些無法解釋的轟轟隆隆；冰冷的死寂偶被低沉嘶鳴打斷。這聲音可能不代表什麼，也可能代表盤桓於此的頎長身軀正像蛇一樣由附近通道蜿蜒而過，尋找獵物。在這樣的狀態下，自然容易相信伊祖姆德仍存在於這裡某處，等待英雄召喚他甦醒，心心念念期望著有哪個不幸孩童會就這麼走進他嘴裡，讓他飽餐一頓。這種怪獸只會休眠，不會死去。

在早些時候，男孩還被允許靠近她，他把這個傳說及其他故事告訴女孩，他說出自己能蒐集到的所有新故事。他會坐在她床邊，盡可能讓她吃點東西，聽她肺部傳來痛苦的呼呼聲，然後他會訴說某條河流的故事，說河流被強大的浪術士馴服、訓練，往下鑽入一層又一層的岩石，尋找魔法錢幣。他會低喃講述可憐、受到詛咒的皮利葉金，拿著魔法鋤子刻苦努力了一千年，所到之處皆留下洞穴和通道。他是孤獨的生物，總是行差走錯，攢積著永遠不會花用的黃金和珠寶。

然後，某天早上，男孩過來，卻發現全副武裝的人擋著自己不讓他進女孩房間。他不肯走，他們便用鎖鍊將他從她門前拖離。祭司警告男孩，信仰將帶給他平靜，而服從能留他一口呼吸。

她被鎖在牢房，孤身一人，僅有水滴答答和心臟緩慢的跳動陪伴。女孩知道伊祖姆德的故事是真的，她全身心靈已遭到吞噬耗盡，而在大白教堂繚繞回音的雪花石膏肚腹中，唯有聖人得以存活。

□

聖人日日聽著誦唸自己名字的聲音醒來。她的大軍日益增長。兵團中，飢餓絕望之人陸續增加，還有受傷的士兵，以及體型只能勉強扛起步槍的孩童。祭司告訴信徒，她終有一日會成為女王——他們深信不疑。但是他們對於她的瘀青和那批神祕難解的朝臣——伶牙俐齒、髮黑如鴉的風術士；裹著黑色長祈禱巾、身負駭人傷疤的殘破者；總隨身攜帶一堆書和各種詭異器具縮在遠處的蒼白學者——感到憂心。還有第二軍團那些可悲的殘兵，實在算不上什麼配得上聖人身分的同伴。

只有少數人知道她早已毀壞。不管先前她被賦予何種力量——無論神聖與否——如今都消失了。又或者目前無法使用。她的追隨者被隔在遠處，這樣就不會發現她的雙眼不過是兩潭深淵，她總是喘不過氣。她走得很慢，步履蹣跚；她的體內彷彿空心浮木的骨架脆弱不堪。他們只要看一眼這個病弱的女孩，心中一切希望都將滅絕。

表面上，新國王用他的影子軍團統領天下，更呼喊他的太陽召喚者回歸。他同時祭出脅迫和獎賞，但得到的具體回應卻是挑釁——來自一個人稱「天空王子」的法外之徒。此人沿北邊國界進擊，轟炸補給線，逼得影子國王重訂橫越影淵的商業活動和旅途，除了倚靠運氣及火術士的火焰令怪物不敢輕舉妄動，別無他法。有些人說，這個挑釁者是藍索夫王子，有人說是拒絕和女巫同戰線的斐優達反叛者。但所有人都同意，這人一定擁有屬於自己的兵力。

聖人用力敲打著這地底監獄的欄杆。這是她的戰爭，她強烈要求獲得放手一搏的自由。祭司回絕。

但他忘了，在她成為格里沙和聖人前可是卡拉錫的鬼魂。她和男孩累積諸多祕密，一如皮利葉金囤積的財寶。就像擅長惡作劇一樣，他們懂得偷盜，深諳幽魂之道，懂得如何隱藏力量。祭司就像公爵莊園裡的那些老師，還以為自己將女孩摸了個透，對她的能耐一清二楚。

他大錯特錯。

他沒有聽見他們的私人密語，不明白男孩有怎樣的決心。他也沒看見那決定性的瞬間——虛弱不再是女孩的負擔，變為她穿在身上的偽裝。

第一章

我站在一片鑿出來的石頭露台上展開雙臂，在廉價的袍子中顫抖，努力演出一場好戲。我的柯夫塔是一塊縫縫補補的百納被，用逃出宮殿那晚穿的袍子碎片，加上據說從薩拉附近的廢棄劇場拿來的俗艷窗簾拼湊縫成。滾邊是廳堂吊燈的小珠珠，袖口的刺繡早已破爛。大衛和娟雅盡了全力，但在地底下，資源畢竟有限。

不過，從遠處看還是奏效了。袍子與彷彿從我手中釋放出的光相映，閃耀金色，照出燦爛微光，灑在遠遠下方我那些追隨者狂喜的面容上。可是只要靠近看，就會發現都是粗針爛線外加假造的光芒。就像我——乞丐聖人。

導師的聲音轟隆隆傳遍白大教堂，群眾搖搖晃晃，緊閉雙眼，高舉雙手，有如整片罌粟田野，雙臂好似被我感覺不到的風搖撼的蒼白莖桿。我遵照一連串精心設計過的手勢，好整以暇慢慢晃動，讓大衛和今早助他一臂之力的火術士能從隱藏於露台正上方的空間，跟隨我的動作。我畏懼晨禱，但據祭司所言，這些假惺惺的表演有其必要。

「這是送給妳信眾的禮物，聖阿利娜，」他說，「這是希望。」

事實上這是假象，不過是仿冒品，和我過往召喚的光比起來相形見絀。那片金幕其實是透過鏡射碟反射的火術士火焰。碟子是大衛拿我們救出來的壞掉鏡子改造而成，有點像在歐斯奧塔之役為了擊退闇之手大軍而造，最後卻失敗的作品。我們遭受突襲，我的力量、我們的計畫、大衛那些巧妙的裝置——甚至尼可萊的足智多謀，都不足以阻止大屠殺。之後我就連道光都召喚不出來。可是導師的信眾，其實大多沒親眼見過所謂聖人真正的能耐到什麼程度。所以就目前來說，這個騙術就夠了。

導師布道完，便是結束的信號。火術士讓光在我身周燃燒閃耀，光芒不規律地蹦跳搖曳，最後在我放下雙臂時熄滅。很好，現在我知道和大衛一起值班操縱火焰的人是誰了。我火大地抬頭望了洞穴一眼。赫薛，這傢伙老是玩過頭。共有三名火術士在小行宮之役生還，但其中一人在幾天後就傷重過世，剩下的兩人裡赫薛能力最強，可是也最難預測。

我走下台，恨不得快點遠離導師。但我雙腳一軟，踉蹌失足。祭司一把抓住我的手臂，幫我穩住重心。

「請留意，阿利娜．史塔科夫。妳太輕忽自己的安全了。」

「謝謝。」我想離他遠點，逃開他那股無所不在的新翻土壤加焚香惡臭。

「妳今天狀態很糟。」

「我只是笨手笨腳。」我們都知道這是天大的謊言。比起剛來白大教堂的時候，我強壯了許多——骨頭已經痊癒，也吃得下飯——可是依舊虛弱，備受疼痛與持續疲憊困擾。

「那麼也許休息一天吧。」

我咬緊牙關。那就表示我又得在房間關一天。我吞下挫折的感受，虛弱一笑。我知道他想看到什麼。

「我好冷，」我說，「如果能在灶房待一會兒，應該很不錯。」嚴格來說，這是實話。廚房是白大教堂唯一能遏阻濕氣的地方。在這個時間點，那裡至少會點起一個烹煮早餐的火堆，巨大的圓形洞穴中將會充滿烤麵包的香氣，還有甜粥。那是廚子用儲藏的乾豆和牛奶粉做的——這是地面盟友提供的物資，朝聖者將它們儲藏了起來。

我又追加一陣顫抖，增添逼真程度。但祭司唯一的回答是模稜兩可的「嗯哼」。

洞穴底部動靜吸引了我的注意，是新來的朝聖者。我忍不住用戰略角度打量這些人。有些人的制服顯示他們是第一軍團的逃兵，而每個人都年輕且身強體壯。

「沒有老兵？」我問。「也沒有寡婦？」

「來到地下的旅程十分艱苦，」導師回答，「很多人都太老太虛弱，撐不住這樣的跋涉。他們寧可安安穩穩待在自家裡。」

不太可能。朝聖者就算拄著柺杖支架都要前來，無論多老或多病。就算離死不遠，他們也要在最後時日來見太陽聖人一面。我警戒地回頭望了一眼——我只能瞥到祭司的護衛。他們留著鬍鬚、一身重裝，在拱門處站哨守衛。這些人是僧侶，是像導師一樣的神學士。而在地底下，他們是唯一允許佩帶武器的人。在地面上，他們則是守門者，負責揪出間諜和不信之人，為他們認為值得守護的人提供庇護之所。近來朝聖者的人數逐漸減少，這些真的來加入兵團的人與其說虔誠，不如說熱心。導師希望能多來一些夠格的士兵，而非嗷嗷待哺的嘴。

「我可以去陪老人和病人。」我說。我知道爭論無用，但還是試圖放手一搏——雖說結果實在很好預測。「聖人應該走進追隨者之中，而非像隻老鼠一樣躲在洞裡。」

導師露出微笑——正是朝聖者深深喜愛，卻讓我不禁想放聲尖叫的那種仁慈寵溺微笑。「在紛擾時刻，往往會有許多動物躲藏起來，就是因為這樣，牠們才能存活。」他說，「當愚者掀起戰爭，老鼠便統領城鎮鄉間。」

並以死者為糧。我邊想邊顫抖了一下。他彷彿能讀到我的心思，一手擱在我肩上。導師的手指既長又白，有如蠟黃蜘蛛般在我手臂上張牙舞爪。如果他這麼做本意是想安慰我，那麼可說徹底失敗。

「要有耐心，阿利娜．史塔科夫。當時機來臨，我們會崛起。但在那之前，不要輕舉妄動。」

耐心。這是他不變的藥方。我壓抑著衝動，不去觸碰我光裸的手腕，亦即屬於火鳥骨骸的那個位置。我已獲得海鞭的鱗片與雄鹿的茸角，但莫洛佐瓦謎題的最後一塊碎片身在何方，仍不得而知。要是導師派他的援軍去追查，或直接讓我們回到地面，很可能早已得到第三個增幅物。然而，想獲得這個許可卻得付出相應代價。

「我好冷，」我重複，深埋起心中不耐。「我想去灶房。」

他皺起眉。「我不喜歡妳跑到那兒和那個女孩窩在一塊兒——」

在我們身後，護衛的竊竊私語從沒停過，有個稱呼傳了過來——殘破者。我拍開導師的手，大步走上通道，祭司護衛馬上立正站好。就和他們的弟兄一樣，這些人身穿棕衣，佩戴金色日輪，導師袍子上也有著相同象徵——我的象徵。但是他們從未正眼看我，從未直接對我或其他格里沙難民說話，而是默然無語站在房間邊緣，有如某種長了鬍子、揮舞步槍的幽靈，跟前跟後。

「這個名稱是禁語。」我說。而他們一副我不存在似地直勾勾望著前方。「她叫娟雅．沙芬。若不是因為她，我現在恐怕還是闇之手的囚犯。」沒反應，但我清楚看見，即使只是聽到她的名字，他們都瑟縮發抖。明明是帶槍的成人，卻這麼怕一個傷痕累累的女孩。真是群迷信的蠢蛋。

「心平氣和啊，聖阿利娜。」導師說。他抓住我的手肘，帶我走過通道，進入他的會客室。天頂上露出銀礦脈的岩石鑿挖成一朵玫瑰，四壁繪製頭頂環繞金色光圈的聖人。這一定是造物法師打造的，因為普通顏料不可能耐得住白大教堂的寒冷與潮濕。祭司逕自坐上一張低矮的木椅，對我比著手勢，示意我坐上另一張。當我一屁股坐下去，只能努力把鬆一口氣的心情藏好。即使只是站得太久，我都會氣喘吁吁。

他注視著我，細看我灰黃的皮膚、眼下深暗的痕跡。「娟雅應該能把妳處理得更好吧。」

我和闇之手決一死戰已超過兩個月，我仍未完全恢復。我的顴骨有如銳利的驚嘆號，直削進臉頰凹陷處；滿頭白髮脆弱易斷，彷彿會像蜘蛛絲一樣飄飛起來。我好不容易說服導師讓娟雅在廚房陪我，承諾也許她可以施展一些什麼技巧，讓我看起來更上相。那是我幾個禮拜來唯一真正接觸到其他格里沙的機會。因此每分每秒、每個新消息我都盡力感受。

「她盡力了。」我說。

祭司嘆息。「我想我們可能都得有點耐心。妳會及時痊癒的——透過信仰、祈禱。」

我瞬間湧上一陣狂怒，忍不住情緒失控。他明明很清楚能讓我痊癒的方法就是使用力量，但如果要那麼做，我就得回到地面。

「你只要讓我稍微冒一點風險，到地面上——」

「聖阿利娜，妳對我們來說太珍貴，這種風險萬萬不可。」他歉然聳肩。「妳既然不顧自己安危，那就由我來代勞。」

我沉默不講話。這便是我們之間的諜對諜。打從我被帶到這兒，遊戲就開始了。導師為我做了很多。我的每個格里沙之所以能從和闇之手的怪物對戰中成功脫身，就是因為他。他給了我們一個深藏地底的安全避風港。可是每過一天，白大教堂與其說是避難所，越來越像監獄。

他將手指疊成尖尖的三角。「幾個月過去了，妳還是不相信我。」

「我信，」我撒謊，「當然信。」

「然而妳仍不願接受我的幫助。只要我們能將火鳥占為己有，這一切都可能改變。」

「大衛正在徹底鑽研莫洛佐瓦的手記，我很確定答案就在裡頭。」

導師沒有情緒起伏的深邃目光直勾勾穿進我心裡。他懷疑我其實知道火鳥——也就是莫洛佐瓦的第三個增幅物，更是能解鎖打敗闇之手、毀滅影淵之力的唯一關鍵——的位置。他是對的，至少我希望他是。我們對這個地點握有的唯一線索，就埋藏在我少之又少的兒時記憶，還有期望——祈禱雙磨坊覆蓋塵灰的廢墟不僅是看起來那樣。但是無論對錯，我打算繼續守口如瓶，將火鳥的位置當成祕密。我被隔絕在地底，幾乎失去一切力量，還被祭司護衛監視著。我不打算放棄手上唯一的籌碼。

「我只想為妳作最好的打算，阿利娜·史塔科夫，為妳和妳的朋友。剩下的人那麼少，要是他們出什麼事——」

「你不准動他們。」我厲聲回答。忘了要乖巧、要溫和。

導師的眼神太過敏銳，我不喜歡。「我只是想說，地底可能會發生許多意外。我知道每失去一條生命妳都會深受打擊，畢竟妳是這麼虛弱。」說到最後兩個字，他掀起嘴唇、露出牙齦。黑得好似野狼。

狂怒又一次流竄我全身。打從我來到白大教堂的第一天，這威脅意圖便強烈且縈繞不去，無法擺脫的恐懼日漸壓得我無法呼吸。導師從不放過任何機會，隨時出言提醒我有多麼無助。我沒有多想，逕自在袖中扭動手指，陰影便在這個空間的四壁跳動。

導師在椅子上回過頭，我則皺眉看他，裝出一臉困惑。「怎麼了嗎？」我問。

他清清喉嚨，快速左右張望。「沒……沒什麼。」他結巴了。

我讓陰影退下。只要看到他這個反應，冒著頭暈目眩的副作用使出這招就算值得——但也就只有這樣了。我可以讓陰影蹦跳舞動，但除此之外再無其他。我簡直像是闇之手力量可悲又微弱的回音。這是在那場差點殺光我們的正面對決後留下的後遺症。我是在試圖召喚光時發現的，並且使盡全力想將它修練成更強大的能力，好用來戰鬥。然而毫無進展。那些影子有如某種懲罰，像是強大力量的倒影，能讓我施展的唯一目的，就是嘲弄我這個由贗品和鏡面打造出的聖人。

導師起身，打算重拾鎮定。「妳要去檔案室，」他毅然決然地說，「安靜研讀、沉思冥想，能幫助妳放鬆心情。」

我壓下想抱怨的念頭。這真的是懲罰——花上好幾小時，徒勞無功地翻閱古老宗教文本，尋找莫洛佐瓦的資訊。更別提檔案室超潮濕又超討厭，還緊密塞滿一堆祭司護衛。「我護送妳過去。」他又加一句。真是太棒了。

「那灶房呢？」我問，努力隱藏語調中的一絲絕望。

「之後再說。殘破——娟雅可以等。」當我隨他來到走道，他說。「其實妳沒必要溜到灶房，也可以和她在這裡見，私下會面。」

我瞥了那些護衛一眼，他們正亦步亦趨跟在我們身後。還私下，真是天大的笑話。但只要一想到不能靠近廚房我就笑不出來。也許今天主煙囪會多開個幾秒鐘吧。雖然希望渺茫，但也是我僅有的希望。

「我更想去灶房，」我說，「那裡比較暖和。」我對他露出最最乖巧的微笑，嘴唇還稍稍顫抖，然後補上一句，「會讓我有家的感覺。」

他喜歡那樣——卑微的女孩形象，縮在煮飯爐旁，衣襬拖在煙灰裡。又是另一個假象，能在他那本聖人之書上新添一章。

「那好吧。」最後，他說。

離開露台花了非常久時間。白大教堂這名字取自四壁的雪花石膏，以及我們每天早晚舉行禮拜儀式的巨大主洞穴。但這兒不只如此——朝四面八方蔓延的隧道、洞穴網絡有如地下都市。我厭惡這裡的每一吋。潮氣滲牆而入，從天頂滴下，在我皮膚上聚成水珠，寒意揮之不去。茂盛長在縫隙裂口的傘菌及夜晚才開的花。我痛恨我們記錄時間的方式：早上禮拜、下午祈禱、晚上禮拜、聖人日、禁食日和半禁食日。但我最恨的還是覺得自己真的像隻小老鼠，蒼白皮膚，紅色眼睛，用虛弱的粉紅手爪耙著這迷宮的牆壁。

導師帶我走過主盆地以北的洞穴，太陽士兵就在那裡進行訓練。我們經過時，人們有的退後，貼靠岩石，有的伸手來碰我的金色袖子。我們走得緩慢而莊嚴，這是必要之舉。如果走得再快一些，我必定氣喘吁吁。導師的信徒知道我極為虛弱，並祈願賜我健康。但他擔心，如果他們發現我有多麼不堪一擊、多像平凡普通人，將會引發恐慌。

我們一到這兒，太陽士兵就開始訓練。這些人是導師的聖戰士，太陽士兵將象徵我的圖樣刺在手臂和臉上。他們大多是第一軍團的逃兵，而其他人只不過是年輕、勇猛，外加一條視死如歸的心。他們幫忙救我逃出小行宮，但傷亡慘重。無論神聖與否，對上闇之手的虛獸，他們可說毫無抵抗能力。可是闇之手麾下仍有人類士兵和格里沙，所以太陽士兵還是得接受訓練。

但是他們沒辦法用真正的武器，只有木劍和填上蠟製子彈的步槍。太陽士兵是另一種類型的朝聖者，追隨著改革的一線希望，來到這個太陽聖人邪教。許多人年紀輕輕，而且對於導師和教堂的老派作風抱持矛盾心情。打從我抵達地下，導師就嚴加看管這群人。他需要人手，可是無法完全相信他們。這感覺我再清楚不過。

祭司護衛列站牆邊，密切監視著整個過程。他們有真槍實彈，佩帶的軍刀也是真的刀刃。我們進入訓練區時，我看見一群人聚集在一塊兒，觀看瑪爾和史提格比賽拳擊。他是我們存活的兩名火術士之一。這人粗頸子、金頭髮，毫無幽默感——徹頭徹尾的斐優達漢子。

瑪爾閃過一道火弧，不過噴來的第二道火舌燒到他的衣服。旁觀者倒抽一口氣。我還以為他會後退，他卻選擇往前衝。瑪爾身子一低、朝地上一滾，就著地面把火弄熄，一舉從史提格下盤將他掃倒。眨眼間，他把火術士面朝下壓制在地，扣住史提格兩手手腕，讓對方不能再攻擊。

觀賽的太陽士兵爆出讚歎的掌聲和口哨。

柔雅將柔柔亮亮的黑髮甩過一邊肩膀。「幹得好啊史提格，現在你已經被五花大綁、準備上架烤了。」

——然而瑪爾一個眼神就讓她閉上嘴。「聲東擊西、解除武裝、完全制服。」他說，「訣竅在於不要慌張。」他起身扶史提格站起來。「沒事吧？」

史提格氣鼓鼓，一臉惱怒，不過仍點點頭，走去和一個年紀很輕的士兵對打。

「來啦史提格，」女孩咧嘴燦笑，「我下手不會太重的。」

那女孩看起來很眼熟，不過我花了好久才想起她是誰。是露比。瑪爾和我曾在波利茲那亞與她一起訓練，她就在我們軍團。我記得她是個愛笑、討人喜歡，開開心心又有些輕挑的女孩，總讓我整個人超不自在，覺得自己超沒用。她臉上仍掛著那風雨不驚的微笑，一樣的金色長辮。可是就算從遠處，我都能看到她渾身散發著警戒，那是上過戰場的人才有的謹慎。她的右側臉刺上了黑色太陽。只要想到曾經在食堂坐我對面的女孩如今認為我是聖人，我就覺得再詭異不過。

導師或他的護衛很少走這條路帶我去檔案室。今天為什麼換了？他是刻意帶我到這裡，好讓我瞧瞧我殘破不堪的軍團嗎？要我將鑄下大錯付出的代價銘記在心？讓我看一下我所剩無幾的盟友少成什麼樣子？

我看著瑪爾替太陽士兵和格里沙配對。這裡有風術士柔雅、娜迪亞，以及她弟弟阿德理克，外加史提格和赫薛，我剩下的元素系格里沙就是他們幾個。但是到處不見赫薛的身影。他很可能晨間祈禱幫我召喚完火焰後又去睡回籠覺了。

至於驅使系，訓練場上唯一的破心者就是塔瑪和她身材高大的雙胞弟弟托亞。我欠他們一條命，但是這個債卻讓我無法安心。他們和導師很親近，負責指導太陽士兵，而且在小行宮對我撒了好幾個月的謊。我不太確定該如何看待他們兩人。此時此刻，信任是我承擔不起的奢侈品。

如要對打，剩下的士兵得等下一輪。簡單說就是格里沙人太少。娟雅和大衛總是獨處耍自閉，反正他們也對打鬥沒什麼興趣；馬克欣是療癒者，更喜歡在醫務室大展身手……雖然沒幾個導師的信眾信任格里沙、願意讓他幫忙。瑟杰是強大的破心者，但他們告訴我，他狀況太不穩定，在學生旁邊恐怕不安全。闇之手發動那場殺得我們措手不及的攻擊時，他身處混戰中心，親眼目睹最愛的女孩被怪物撕開。在小行宮和禮拜堂之間的某處，虛獸奪走了我們唯一的破心者。

都是因為妳，我腦中有個聲音說，妳讓他們失望了。

導師的聲音將我從陰暗的念頭拉回現實。「那男孩做太過了。」我跟著他的目光，看向正在士兵之間走動的瑪爾。他偶爾會對某人說些話，或糾正另一人的動作。「他在協助訓練。」我說。

「他在發號施令。奧列捷夫！」祭司出聲高喊，示意他過來，我馬上緊繃起來，注視著瑪爾靠近。打從他被禁止來我房間，我就幾乎見不到他。除了和娟雅經過謹慎分配的互動，導師幾乎不讓我接觸任何盟友。

瑪爾看起來不一樣了。他穿著在小行宮拿來當制服的農民粗布衣，可是變得更精瘦，因為待在地底下更加蒼白。他下巴那道細細的疤痕則極度明顯，難以忽略。

他停在我們面前，一個鞠躬。那是幾個月來我們被允許最靠近的一次。

「你不是這裡的隊長，」導師說，「托亞和塔瑪位階比你高。」

瑪爾點頭。「確實如此。」

「那為什麼是你在主導練習？」

「我什麼都沒有主導，」他說，「我只是有些東西能教，他們也有點東西能學。」

一點也沒錯。我苦澀地想。瑪爾和格里沙對打越來越得心應手。我還記得他是怎樣瘀青流血，在小行宮的馬廄中狠狠盯著一名風術士，眼中有著挑釁與蔑視。又是我不願想起的回憶。

「那些新兵為什麼沒有標記？」導師問，比畫著遠端遠牆邊拿木劍對打的一群人。他們年紀絕不可能超過十二歲。

「因為他們還是孩子。」瑪爾回答，嗓音冰冷至極。

「這是他們的選擇，難道你要剝奪他們對我們理想大業表示忠誠的機會嗎？」

「我是不要他們後悔。」

「沒人擁有那種權力。」

瑪爾下頷一條肌肉抽了抽。「如果我們失敗，那些刺青等同烙印，表明他們太陽士兵的身分。如果這樣，他們不如現在就去找行刑隊登記受死算了。」

「所以你們身上才沒有任何記號嗎？因為你對我們的勝利不抱期待？」

瑪爾望向我，又望回導師。「我的信念屬於聖人。」他平靜地說。「不是派小孩去赴死的凡夫俗子。」

祭司瞇起眼睛。

「瑪爾說得沒錯，」我插嘴，「就讓他們繼續維持無標記。」而導師用沒有情緒起伏的深邃目光檢視著我。「拜託，」我放軟身段，「就當作對我行行好。」

我知道他多喜歡這種調調——輕柔和暖，彷彿搖籃曲一般。

「妳的心真是軟啊。」他咂咂彈舌，但我看得出他被取悅了。雖然我的發言與他想法相悖，但這正是他想要我當的那種聖人，充滿慈愛的母親角色，信眾的安慰力量。我用力將指甲摳進掌心。

「那是露比對吧？」我問，急著想改變話題、轉移導師的注意力。

「她幾個禮拜前抵達，」瑪爾說，「她很厲害——從步兵團來的。」而我不由得從中感到微乎其微一絲羨慕。

「史提格好像不怎麼開心，」我說，朝著火術士的方向擺頭示意，他似乎把落敗的氣出在露比身上。女孩使勁全力撐住攻擊，但很顯然不是對手。

「他不喜歡被打敗。」

「但我看你連滴汗都沒流。」

「是沒有，」他說，「這就是問題所在。」

「為什麼？」導師問。

瑪爾用極其短暫的速度瞥了我一眼。「打輸才能學到更多，」他聳聳肩，「至少還有托亞把我打到滿地找牙。」

「說話禮貌點。」導師厲聲回應。

瑪爾不理他，倏地將兩根手指放在嘴唇，吹了個尖銳的口哨。「露比，妳露出破綻了！」太遲了——她的辮子著火。另一個年輕士兵帶著一桶水跑向她，潑了她一整頭。

我瑟縮一下。「盡量別讓他們著涼。」

瑪爾一個鞠躬。「吾主。」然後小跑步回連隊。

那個頭銜。他就這樣說出來，不含任何在歐斯奧塔曾有的強烈憎惡，可是仍如一記重拳打中我的肚子。

「他不該這樣稱呼妳。」導師稍有抱怨。

「為什麼？」

「那是闇之手的稱號，與聖人並不相稱。」

「那他該怎麼叫我？」

「他根本就不該直接對妳說話。」

我嘆口氣。「下次如果他有什麼話要說，我會叫他寫成信給我。」

導師噘起嘴唇。「妳今天十分躁動，我想在檔案室安慰人心的氛圍中多待一小時，應該對妳有好處。」

他語帶斥責，好像我是個熬夜太晚不睡覺的壞脾氣小孩。我努力對自己說我可以去灶房，逼自己綻開微笑。「你說得一點也沒錯。」聲東擊西、解除武裝、完全制服。

當我們拐進通往檔案室的通道，我回過頭。柔雅將一名士兵仰天撂倒，有如玩弄烏龜般讓他不停轉圈，懶洋洋地用手畫圓；露比在和瑪爾說話，笑得一臉燦爛，表情熱切。可是瑪爾在看我。在洞穴的幽微光芒中，他的雙眼映著深邃且沉穩的藍，有如火焰中央的色澤。

我轉身跟上導師，加快腳步，努力緩和肺部的吁吁氣喘。我想到露比的笑容，還有燒焦的辮子。她是很好的女孩——是個普通女孩。那正是瑪爾所需要的。就算他現在沒和新的人交往，最終也會。而終有一天，我會成為更好的人，能夠給他祝福。只是今日我還做不到。

□

去檔案室時，我們半路攔截到大衛。一如往常，他整個人邋遢得要命——頭髮四面八方亂翹，袖口沾到墨水。他一手拿了杯熱茶，口袋還塞了片吐司。

大衛的眼神從導師跳到祭司護衛。

「再來點藥膏？」他問。

聽到這話，導師的嘴唇微微抽搐了一下。藥膏是大衛為娟雅調製的東西，再佐以她自己的努力，兩者綜合，淡化了她一些極為嚴重的傷疤。但是虛獸咬出的傷一直沒有完全痊癒。

「今天早上聖阿利娜將來這裡研讀資料。」導師一派莊嚴肅穆地宣告。

當大衛竄進門口，身體抽了一下，大概是在聳肩吧。「但妳等下會來灶房對吧？」

「兩小時後我會派護衛護送妳過去。」導師說，「娟雅．沙芬會在那裡等妳。」他的目光掃過我形容枯槁的臉。「看能不能把她的病人照顧得好一些。」

他深深鞠躬，然後消失在隧道裡。我環顧這個房室，吁出一口沮喪不已的長氣。檔案室應該是我會喜歡的地方才對——瀰漫著寫在紙上的墨水氣味，以及羽毛筆發出的輕柔劈啪響。可是這裡是祭司護衛的老巢，是個光線昏暗、用白色石頭鑿刻出的拱頂圓柱迷宮。我見過大衛最接近失控發飆的一次，就是他初次親眼見到這些小小穹頂壁龕。有的塌陷了，每一個都列放一排排古老書籍與手抄本，書頁因腐朽而變成深黑，書背因受潮而膨脹。洞穴之潮濕，積水甚至透過下方地面滲了上去。「你怎麼可以……怎麼可以把莫洛佐瓦的手記收在這裡？」他基本上可以算是發出了尖叫。「這根本是座沼澤。」

現在，大衛無論白天晚上都耗在檔案室裡，全心鑽研莫洛佐瓦的文件，在他的筆記本潦草記下各種理論與速寫。他就和大多數格里沙一樣，深信莫洛佐瓦的手記在影淵創造出來後早被摧毀。但是闇之手哪可能讓這種知識失傳？他把手記藏了起來。雖然我一直沒辦法從導師那裡得到肯定答案，但我認為這名祭司不知怎麼地在小行宮發現了手記，並在闇之手被迫逃離拉夫卡時偷走。

我一屁股坐在大衛對面的凳子。他先前拖了一組桌椅到洞穴中最乾燥的地方，並在其中一個架子上為他的提燈準備充足燃油，還有用來製作娟雅藥膏的藥草和軟膏。通常他會伏在某些配方上頭，或者稍微敲敲打打一番，好幾小時頭也不抬。但是今天他似乎靜不下心，一個勁兒焦躁地弄著墨水，不斷玩弄他立在桌上的懷錶。

我無精打采地用拇指翻過莫洛佐瓦其中一本手記。我慢慢開始討厭起看到它們——根本一點都沒用又令人困惑。最重要的是，它不完整。他會描述增幅物的假說前提，追蹤雄鹿的過程，整整兩年待在捕鯨船上尋找海鞭之旅，他對火鳥的理論，以及……沒了。要不是手記不見，就是莫洛佐瓦沒把作品完成。

找出火鳥並利用的可能性已夠令人氣餒了。如今，想到火鳥搞不好根本不存在，我也許得在沒有火鳥的情況下再次面對闇之手……這念頭恐怖到我不敢細思。所以我就這樣拋開、忽視它。

我逼自己翻頁。此時此刻，我唯一能看時間的東西只有大衛的懷錶。我不知道他是在哪兒找到這玩意兒，又用了什麼方法讓它可以使用，又或者設定的時間和地表上的時間有何關連。但我怒瞪錶面，試圖用意志力逼分針走快一點。

祭司護衛來來去去，或持續監視，或伏在他們的文本上。這些人本該去裝飾手抄本，研究神聖的真理，但我懷疑他們大多時候不是在做這些事。導師的間諜網絡遍布拉夫卡，這些人把那當成自己的天職。守護文件、解密訊息、蒐集情報、打造新聖人的邪教。不拿他們和我的太陽士兵相比著實困難。太陽士兵大多年輕、不識字，被排除在這些人守護的古老謎團之外。

當我再也無法忍受莫洛佐瓦漫無邊際的廢話，便忍不住在座位上扭來扭去，試圖緩解背上痛苦的痙攣。我抽出一本應該是在討論祈禱詞的文集，卻發現那裡面也有個聖伊利亞殉難的版本。

在這個版本中，伊利亞是泥水匠，鄰居男孩遭馬踩踏——這倒新奇，通常這男孩都是被犁頭剖開——不過故事結尾和其他的一樣：伊利亞將男孩從死亡邊緣救回，這樣勞心勞力的結果，換來的卻是村民將他綁上鐵鍊、扔進河裡。有的寓言宣稱他一直沒沉下去，而是漂往海洋。其他的則信誓旦旦表示他的屍體幾天後出現在幾哩外的一座沙洲，完好無缺，且散發玫瑰香氣。這些故事我全都熟記於心，沒有一個提過關於火鳥的隻字片語，或暗示雙磨坊就是著手搜查的正確起點。

關於找到火鳥的一切希望，都押在一幅古老圖畫上：遭鍊的聖伊利亞。身旁圍了雄鹿、海鞭和火鳥。從他身後可以窺見山岳的形影，此外還有一條路和一道拱門。拱門早已坍塌，但我認為能在距離瑪爾和我誕生的村落不遠的雙磨坊尋獲其遺跡——至少在我狀態不錯時是如此相信。而今，關於伊利亞．莫洛佐瓦和聖伊利亞是不是同一個人，我已經沒那麼確定。我再也無法去看那堆《聖人生平》了。它們在被遺忘的角落疊成發霉的一堆，不再像是某種偉大命運的預兆，更像過時跌價的童書。

大衛拿起他的懷錶又放下，再伸手去拿，撞翻一瓶墨水，再笨手笨腳地將它扶起。

「你今天是怎麼回事？」我問。

「我沒事啊。」他突兀地說。

我對他眨眨眼。「你的嘴唇在流血。」

他用手掌一抹，血珠又一顆顆冒出來。他一定是咬破了，而且咬得很用力。

「大衛——」

他用指節一敲桌子，我差點跳起來。我身後有兩名護衛，他們一如往常分秒不差、鬼祟嚇人。

「來。」大衛遞給我一個小罐，我還來不及接過去，一個護衛立刻搶走。

「你幹什麼？」我火大地問，雖然早就心知肚明。我和其他格里沙往來的一切全都得經過徹底檢查——當然是為我安全著想。

祭司護衛不理我，用手檢查罐子上下，打開來聞聞內容物，又檢查蓋子，再關起來，一句話也沒說又遞回來。我從他手中一把拿走。

「謝謝你喔。」我火大地說，「大衛，真心感謝。」

他已經趴回筆記本，深陷於剛剛讀的不知道什麼內容。然而他把筆捏得太用力，簡直要折斷。

娟雅在為白大教堂所有人口提供食物的灶房等我，那是個近乎完美圓形的巨大洞穴。彎弧的壁上滿滿石頭壁爐，提醒了拉夫卡的古老過去。廚房的人總是抱怨這玩意兒和上頭的爐子及貼磚暖爐相比，一點也不方便。巨大的烤肉叉是用於更大的食材，然而廚子幾乎不可能拿到新鮮肉品，所以他們端出鹹豬肉、燉煮根莖蔬菜，還有用粗劣灰麵粉做成的詭異麵包，味道吃起來有點像櫻桃。

廚子已經差不多習慣娟雅了，或至少不會在看到她時怕得瑟縮，或開始祈禱。我發現她在灶房另一端的壁爐取暖，那已成為屬於我們的祕密基地。每天，廚子都會在那裡為我們留一小盅粥或湯。我和我全副武裝的護送者慢慢靠近，娟雅就開始解她的長披巾，而將我夾在中間的護衛倏地停步，她吊了吊剩下那隻眼，發出貓一般的嘶聲。他們往後退，停留在入口處。

「玩過頭了嗎？」她問。

「我覺得剛剛好。」我回答，讚歎她的改變。如果她能對那些蠢蛋的反應置之一笑，就是很棒的徵兆。雖然大衛為她傷疤製作的藥膏算有幫助，我仍十分確定大部分的功勞要歸於塔瑪。

我們抵達白大教堂好幾個禮拜，娟雅都拒絕離開房間，就這麼躺在裡頭，在黑暗中動也不肯動。在護衛的監視下，我又是對她說話、又是勸導，試著逗她笑。可是都沒有用。最後還是塔瑪成功讓她到外面的。她堅持娟雅至少要學會怎麼保護自己。

「妳有什麼好在乎？」娟雅對她咕噥，把毯子拉起來。

「我不在乎，可是如果妳無法戰鬥，就是累贅。」

「我不在乎受傷。」

「我在乎。」我表示反對。

「阿利娜得注意自己的安全，」塔瑪說，「她不可能照顧妳。」

「我也沒要她照顧。」

「如果我們想怎樣就能怎樣，那就好了。」塔瑪說，然後又捏又戳，大體而言就是不斷騷擾她，直到娟雅把被子一掀，同意上一堂搏鬥課——私下上，遠離其他人，只准祭司護衛在旁。

「我要把她揍扁。」她這麼對我發過牢騷，而我臉上的懷疑大概是太明顯，因為她噗地一下，把留有傷疤的額頭上一綹紅鬈髮吹起來。「哼，那我就等到她睡著再把她變成豬鼻子。」但她去上了那堂課，然後又上一堂。就我所知，塔瑪還沒帶著豬鼻子起床，或者眼皮整個被封起來。

娟雅仍遮著臉，大多時候也窩在自己房間，但她不再傴佝著身子，在隧道裡也不再閃躲其他人。她拿了件舊外套的襯裡，給自己做了只黑色絲布眼罩，頭髮看起來也明顯變紅許多。如果娟雅用自己的力量改變頭髮顏色，那麼，也許她的一些虛榮也正式重返，而這意味著她有了更多進展。

「我們開始吧。」她說。

娟雅背對整個房間，面向火拉起披巾、蓋住頭，展開流蘇那側，做出某種類似簾幕的效果，稍微擋掉那些刺探的目光。我們第一次這麼做時，護衛轉眼就撲過來，但一看到我在幫娟雅的傷疤上藥膏，就給予適當距離。他們認為她身上遭闇之手虛獸咬出的傷口是某種神裁。罪名為何？我不確定。如果娟雅的罪是和闇之手同流合污，那麼我們大多人某段時間也同樣有罪。此外，對於我肩上的咬傷，或者我是如何彎曲影子，他們又該怎麼說？

我從口袋拿出錫罐，開始把藥膏抹在她的傷口上。藥膏散發刺鼻的藥草味，弄得我直流淚水。

「我從來不曉得坐著不動那麼痛苦。」她抱怨。

「妳才沒有坐著不動；妳扭個沒完。」

「很癢嘛。」

「不然我拿大頭釘戳妳怎麼樣？會讓妳比較分心不癢嗎？」

「反正弄完叫我一下，妳這可怕的女孩。」她仔細打量我的手。「今天運氣不佳？」她小聲說道。

「目前不怎麼佳，只開了兩座壁爐，而且火候不怎樣。」我往一條髒兮兮的廚房毛巾抹抹手。

「好了，」我說，「弄完了。」

「換妳，」她說，「妳看起來——」

「有夠糟。我知道。」

「糟不糟是相對的。」她聲音裡的悲傷無庸置疑。我真想踢死我自己。

我碰了碰她的臉頰。傷疤間的皮膚平順白皙，就如雪花石膏壁。「我真是混帳。」

她不太自在地揚起嘴角，幾乎算是露出微笑。「有時候囉，」她說，「但這是我先提起的。好了，別再說話，讓我工作。」

「大概弄一下就好，只要到讓導師放我們繼續來這裡的程度。我不想平白送他一個漂漂亮亮的小聖人到處去炫耀。」

她浮誇地嘆了口氣。「這完全違反了我的中心信仰啊，而且妳呢，等一下得彌補我。」

「怎麼彌補？」

她把頭往旁一歪。「我覺得妳應該讓我把妳變成紅髮妞。」

我翻翻白眼。「這輩子都不可能，娟雅。」

當她好整以暇地改動我的面容，我玩弄著那只錫罐。我嘗試把蓋子蓋回去，但因為底下的藥膏，蓋子某個部分不斷鬆開。我用指甲尖端把它挑起——卻見到一張油滑的薄圓紙片。娟雅和我同時看見。

寫在背面的是大衛幾乎難以辨認的潦草字跡，上頭只有兩個字：今天。

娟雅從我手中一把搶走。「噢諸聖啊，阿利娜——」

說時遲那時快，我們聽見靴子重踏的腳步聲與外頭的扭打。某只鍋子發出巨大的匡噹聲掉在地上。房中擁入大批祭司護衛，個個抽出步槍，眼中似乎燃燒著神聖火焰，其中一名廚子忍不住放聲尖叫。

導師的袍子翻飛，猶如一道旋風般迅速出現在他們身後。「淨空這個地方。」他咆哮。

娟雅和我立刻站起身，同時，祭司護衛粗暴地將廚子趕出廚房，無視他們的疑惑抗議和懼怕驚呼。

「現在是怎樣？」我質問。

「阿利娜·史塔科夫，」導師說，「妳有危險。」

我的心臟狂跳，但盡量讓語氣顯得冷靜。「我有什麼危險？」我問，瞥著爐上沸騰冒泡的鍋子，「是午餐有危險嗎？」

「陰謀，」他宣布，並且指著娟雅，「那些向妳索求友誼之人，竟意圖毀滅妳。」

又冒出更多導師忠實的蓄鬍追隨者，跟在他身後從門口衝進來。當他們散開隊列，我看見大衛。他睜大了眼睛，驚恐不已。

娟雅倒抽一口氣，而我一手擱在她手臂，以免她衝上前。

接著我看見娜迪亞和柔雅，她們兩人都被綁住手腕，以防進行召喚。娜迪亞嘴角流下一絲鮮血，雀斑底下的皮膚顯得蒼白。瑪爾也和他們在一起，臉上嚴重流血。他緊抓著身側，彷彿抱著斷掉的肋骨。因為疼痛，他的肩膀弓了起來。但最糟的是，我看清脅持他的護衛——托亞和塔瑪。塔瑪又拿回了她的斧頭——事實上，他們兩人全副武裝的程度就和祭司護衛一樣。他們不敢對上我的眼睛。

「鎖門，」導師下令，「這樁不幸的事件，我們要私下解決。」

第二章

灶房的巨門轟然關上，我也聽見鎖轉緊的聲音，只能努力將腹中那股打結的反胃感拋到一邊，試圖理解眼前景象：娜迪亞和柔雅──兩名風術士、瑪爾，還有大衛──手無縛雞之力的造物法師。紙條上寫著「今天」。那是什麼意思？

「祭司，我要再問你一次：現在是怎樣？我的朋友為什麼都被扣押？他們為什麼在流血？」

「那些人不是妳的朋友。就在我們眼皮子底下，發生了一樁意圖推翻白大教堂的陰謀。」

「你到底在說什麼？」

「妳也看到那男孩今天多麼傲慢無禮──」

「所以問題是那件事嗎？因為他沒在你面前乖乖發抖？」

「問題是叛變！」他從袍裡抽出一個小帆布包、遞出，讓小包掛在手上晃來晃去。我皺起眉。我在造物法師的工坊看過那種小包，那是用來──

「爆炸粉，」導師說，「由妳所謂的『朋友』蒐集來的材料，再由這個骯髒的造物法師製作完成。」

「好，大衛做了爆炸粉──但可能有上百種理由。」

「白大教堂裡面是禁止武器的。」

我朝正指著瑪爾和我的格里沙的步槍揚起一邊眉毛。「那這些是什麼?湯杓嗎?如果你打算做出這種指控——」

「有人偷聽到他們的計畫。出列!塔瑪·克·拜特,把妳發現的真相都說出來。」

塔瑪深深一鞠躬。「格里沙和追蹤師計畫對妳下藥,再把妳帶到地面上。」

「我確實想回到地面上。」

「他們將用爆炸粉確保沒有追兵,」她繼續說,「這會炸垮洞穴並活埋導師和妳的信眾。」

「活埋上百無辜的人?瑪爾絕對不會幹這種事,他們絕對不會這麼做。」就連柔雅那個壞傢伙也不會。「而且這一點也不合理。他們到底打算怎麼給我下藥?」

塔瑪對娟雅和放在旁邊的那杯茶點了點頭。

「我自己也喝了茶,」娟雅厲聲反駁,「裡面什麼東西也沒摻。」

「她是嫻熟的用毒者,外加職業騙子。」塔瑪冷冷答道,「她從前也將妳出賣給闇之手。」

娟雅緊揪住長披巾。我們都清楚這指控確有幾分真實。我不由自主湧上一股明確的疑心。

「妳信任她。」塔瑪說。然而她聲音中有些不對勁,聽起來不太像是指控,反而像命令。

「他們只等著累積到足夠爆炸粉,」導師說,「就打算發動攻擊,將妳帶到地面交給闇之手。」

我搖頭。「你真以為我會相信瑪爾打算把我交給闇之手?」

「他很好愚弄,」托亞平靜說道,「他恨不得給妳自由,因此成為他們的嘍囉。」

我望向瑪爾。我讀不出他的表情。第一股貨真價實的懷疑進入我心中。我一直不相信柔雅，而我對娜迪亞又認識多少？娟雅——娟雅不曉得吃了闇之手多少苦頭，但是他們之間的羈絆深厚。冷汗從頸上爆出，我受到驚慌情緒不斷地拉扯，耗磨著我的腦力。

「陰謀之中還有陰謀，」導師嘶啞著聲音，「妳有顆柔軟的心，這顆心背叛了妳。」

「不對，」我說，「這一切都說不通。」

「他們是間諜！是騙子！」

我用手指緊壓著太陽穴。「其他格里沙都在哪裡？」

「他們被羈押起來了，非徹底訊問一番不可。」

「他們最好毫髮無傷。」

「看看，她是多麼擔憂這些有負於她的人？」他對著祭司護衛說。這人眞的是樂在其中。

我恍然大悟。他就等著這一刻。「就是這般舉止，證明她的善良、慷慨。」他定定地與我四目相交。「有些人受了傷，但是叛徒也能受到最好的照顧，妳只需要一聲令下。」

他的警告一清二楚，我終於理解了。不管格里沙的密謀是否為真，還是一些託詞只是祭司編造，此時此刻就是他殷殷企盼、將我徹底孤立的機會。我再也不能和娟雅前往灶房，不能悄悄和大衛聊天。祭司會利用這個機會將我和任何忠於我、不忠於他志業的人切得一乾二淨。而我根本無力阻止。

但塔瑪說的是實話嗎？這些盟友其實是敵人嗎？娜迪亞垂下頭，柔雅則一直昂著下巴，藍眼灼灼，其中閃爍著挑釁意味。我可以輕易相信她們之一——或兩人皆是——背叛了我。也許她們找到了闇之手，希望能獲得一絲仁慈，並將我當成禮物獻給他。而大衛也曾協助他將項圈套到我脖子上。

瑪爾可能受騙上當、幫他們背叛我嗎？他看起來既不害怕也不擔心——甚至看起來就和以前在卡拉錫時一模一樣，就像打算幹些會害我們兩個惹上麻煩的大事。他滿臉瘀青，我卻發現他站得更挺，接著他眼神往上飄，目光幾乎直入天空，像在祈禱一樣。我對此再熟悉不過，瑪爾從來沒信什麼，他是在看主煙囪。

陰謀之中還有陰謀，大衛的緊張兮兮，還有塔瑪的措辭用語，妳信任她。

「放了他們。」我命令道。

導師搖頭。他的表情充滿悲傷。「我們的聖人遭這些宣稱愛她的人削弱力量，看看她有多麼脆弱多病。這就是被他們影響造成的腐壞。」幾名祭司護衛點頭，而我在他們眼中看見詭譎而狂熱的光芒。「她是聖人，但也是易受情緒左右的年輕女孩，她並不瞭解在運作的是什麼力量。」

「祭司，我得說你已迷失了方向。」

導師對我露出憐憫而寵溺的微笑。「妳病了，聖阿利娜。妳神志不清，分不清敵友。」

這是必然的，我陰鬱地想，深呼吸一口氣。抉擇時刻來臨。我非相信某個人不可，而那絕對不會是導師。他先是背叛他的國王，接著背叛闇之手。而我深知，只要能達成目的，他會非常樂意讓我殉難而死。

「我要你放了他們，」我重複，「我不會再警告你第二次。」

他唇上閃現一抹冷笑。在憐憫背後足見他的傲慢。他非常清楚我有多麼虛弱，我只能期望其他人也很清楚自己在做什麼。

「我會派人護送妳到房裡，這樣妳就能獨自度過一整天，」他說，「妳可以仔細思考到底發生了什麼事，然後就會恢復判斷力。今晚，我們將一同祈禱、尋求指引。」

我怎麼覺得所謂「指引」其實代表火鳥的下落呢？搞不好還包括我所知關於尼可萊·藍索夫的一切？

「如果我拒絕呢？」我問，眼神掃過祭司護衛。「你的士兵會對他們的聖人舉槍嗎？」

「妳不會受到任何傷害，而會受到完善保護，聖阿利娜，」導師說，「但是我無法將同樣的好意擴展到被妳誤認為朋友之人。」

更多威脅。我看著那些護衛的面孔、他們熾熱的雙眼。這些人會宰了瑪爾、殺了娟雅，把我鎖在房間，還會覺得自己做出正義之舉。

我稍稍退後一步。我深知導師會將此解讀成示弱。「祭司，你知道我為什麼要來這裡嗎？」

他輕蔑地揮了揮手，心中不耐顯露無遺。「因為這裡讓妳有家的感覺。」

我迅速和瑪爾對上眼神。「你也該知道了——」我說，「孤兒是沒有家的。」

我在袖中扭動手指，陰影爬上灶房牆壁。雖然不算多厲害的聲東擊西，仍舊足矣。祭司護衛嚇了一跳，步槍無頭蒼蠅般一陣亂指。當他們的格里沙囚犯驚嚇後退，瑪爾卻沒有一絲遲疑。

「現在！」他放聲大喊、往前猛衝，從導師手中奪下爆炸粉。托亞雙拳一振，兩名祭司護衛立即揪緊胸口、頹倒在地；娜迪亞和柔雅高舉雙手，塔瑪一個轉身，以斧劈開她們的繩子。兩名風術士旋即舉起雙臂，強風橫掃整個空間，掀起滿地鋸木屑。

「抓住他們！」導師狂吼，護衛風馳電掣展開行動。

瑪爾將粉末小包猛力拋上空中，娜迪亞和柔雅藉勢把它托得更高，直入主要煙囪。

瑪爾猛地衝撞一名護衛，剛剛肋骨斷掉的模樣一定是演技，因為此時此刻，他的動作沒有一絲猶疑。出拳、肘擊，祭司護衛倒下，瑪爾抓了他的手槍往上瞄準，對準煙囪，指著那片黑暗。

計畫就是這個？到底有誰能瞄中？

又一名護衛撲向瑪爾，他一個轉身閃過，扣下扳機。

一瞬靜默，那是令人心臟高吊的死寂，然後我聽見了，在高高上方、有些濡濕的轟然聲。

一股怒吼聲響朝我們衝來，上方煙囪噴出一大團煤灰和礫石的煙雲。

「娜迪亞！」柔雅大喊，她正在和一名護衛扭打。

娜迪亞雙臂一屈，煙雲盤桓扭動、被吸成一根旋轉的圓柱，轉動、遠離，然後化為一堆無害的卵石和塵土，嘩啦啦散落在地。

我在陰暗中觀看著這一切發展——纏鬥、導師的憤怒吶喊、在遠方牆上炸開的油脂火焰。

娟雅和我來廚房的唯一原因就是壁爐。不是為了取暖或尋求舒適，而是因為這些古老的壁爐個個都連接到主要煙囪，而那道煙囪是白大教堂唯一直通地表的孔洞，可以直接獲取陽光。

「打倒他們！」導師對著他的祭司護衛高喊，「他們想殺死我們的聖人！他們想把我們全殺了！」

我每天都到這裡來，期望廚子也許會多用點火，這麼一來，煙囪就會整路開通。靠著娟雅厚厚的披巾，以及他們對她的迷信與害怕，我躲過祭司護衛的監視，嘗試召喚光芒——我雖試過，卻一敗塗地。如今，瑪爾將煙囪炸得通路洞開，我只能試圖呼喚，並祈禱光能予以回應。

我感覺它在上方數哩遠處，不禁躊躇猶豫，幾乎聽不見任何聲音。我被驚慌之情攫住。這距離實在太遠了，我竟膽敢懷抱希望，真是有夠愚蠢。

然後，彷彿我體內有什麼乍然覺醒、拉伸展開，恍若一頭歇息太久的慵懶生物，肌肉因為太少使用而變軟——但它還在。我呼喚著，光回應我頭上的鹿角、腕上的鱗片，湧出強大力量；光飢渴不已，以凱旋之姿朝我奔來。

我對著導師粲然一笑，放任自己露出得意表情。「倘若你如此著迷神聖之火，或許對煙應該更加小心。」

光轟地一聲將我穿透，在室內炸開來，形成一道炫目光瀑，把導師臉上震驚到簡直滑稽的表情照得一清二楚。祭司護衛紛紛伸出雙手，因為強光而緊閉眼睛。

光來了，我也鬆了一口氣，更因為漫長數月來終於感覺對了、完整了。部分的我是真心害怕自己再也無法恢復，因為和闇之手對戰時我使用了魔邪，更大著膽子製造出影子士兵，侵犯組成世界心臟的一分子，因此天賦遭到沒收。但現在就好像身體再次有了活力，所有細胞甦醒過來。

強大力量奔流在血液中，在四肢百骸顫動。

導師快速回神。「救她！」他大聲吼。「別讓她落入叛徒手中！」有些護衛一臉困惑，有的面露恐懼，但有兩人聽命，一躍上前，高舉著軍刀想要攻擊娜迪亞和柔雅。

我將光化為閃閃發光的鐮刀，雙手感受著黑破斬的力量。

接著瑪爾衝到面前，我差點來不及收手，沒發出去的力量一陣狂震，變成反作用力彈回我身體，讓我心跳一陣亂顫。

瑪爾握著劍。當他先劈砍一人，接著砍另一名護衛，刀刃熠熠放光，兩人倒落有如傾木。又有兩人上前，但托亞和塔瑪出面擋下。大衛跑到娟雅身旁，娜迪亞和柔雅將另一名護衛拋到空中。我看見四周的祭司護衛紛紛舉槍開火。

我渾身上下湧起一股怒意，只能拚命控制。不能再這樣了，我對自己說，今天不能再有人死。我一個發力，用黑破斬劃出一道強烈弧線。在祭司護衛面前，這道攻擊轟地劈開一張長桌、直接切入土裡，在廚房地上劃了一道幽深敞開的溝渠，而且到底多深根本不得而知。

導師臉上寫滿恐懼——恐懼，或者是敬畏。護衛雙膝往地上一跪，不要多久，祭司也跟進。有些人啜泣起來，唸誦禱詞。廚房門再過去的地方，我聽見搥牆和慟哭的聲音。「聖人！聖人！」

聽到他們喊的是我的名字而非導師，我一陣慶幸。我垂下雙手、讓光退下，然而我很不希望光離開身邊。我看著那些倒下的護衛屍體，其中一人鬍子裡還有木屑，我差點成了殺害他的人。

我喚來一小點光，在身周灼灼閃耀，散發溫暖光環。我得小心。這股力量雖然提供我能量，可是太久沒使用，這副虛弱的身體要跟上恐怕會有困難，我也不確定自己的極限到哪兒。話說回來，我已在導師控制下過了好幾個月，不曉得什麼時候還會有這樣的機會。

人們橫倒在地、瀕死流血，群眾還等在廚房門外。而我幾乎能在腦中聽見尼可萊的聲音：人人都愛華麗大秀。這場秀還沒結束。

我走上前，沿著被我劈開的溝渠小心翼翼繞行，然後站在其中一名跪下的護衛面前。

他比其他人都年輕，鬍子才剛長出來，呢喃著禱詞，同時眼神死死盯著地面。我不只聽到我的名字，還有一些真正的聖人，彷彿沒有斷句的句子，全串在一塊兒。我碰了碰他的肩膀，他立刻閉上眼睛，淚水滾落臉頰。

「原諒我，」他說，「原諒我。」

「看我。」我溫柔地說。

他逼自己抬頭，我捧著他的臉龐，極度溫柔，猶如慈母——雖說他和我其實沒差幾歲。「你叫什麼名字？」

「伏拉汀……伏拉汀．奧茲瓦。」

「對聖人有所懷疑是好的，伏拉汀，對普通人也是。」

他顫抖著點了頭，又落下另一顆淚水。

「我的士兵身上有我的印記，」我說，暗示太陽士兵身上的刺青。「今日以前，你都和他們劃清界線，深埋在書籍和禱詞中，不去聆聽人民之聲。而今，你願意刻上我的印記嗎？」

「願意。」他激動地說。

「你願意發誓，永遠只對我一個人忠誠嗎？」

「榮幸之至！」他喊道，「太陽女王！」

我的肚子一陣翻滾。一部分的我痛恨我將要做的事，可不可以讓他簽個什麼就好？或歃血起誓？或者做個非常堅定的承諾？但我得比這些更狠更決絕。這孩子和他的同僚戰友高舉武器反抗我，我不能再讓這種事發生。這是聖人和受難者用的語言，他們一定要這樣才能理解。

「掀開衣服，」我下令。現在的我不是慈愛的母親，而是另一種聖人，揮舞聖火的戰士。

他笨拙地摸索著鈕釦，不過動作毫無遲疑。他將衣服扯開，坦露出胸膛的皮膚。我很累，也仍虛弱。我一定要專注。我現在是要聲明立場，不是取他性命。

我在手中感受著光，手掌貼在他心口上方的平滑皮膚，讓力量陣陣搏動。碰到的瞬間，熱度灼燒伏拉汀的皮肉，他不禁瑟縮，然而沒喊出聲。伏拉汀睜大雙眼，一眨也不眨，滿臉迷醉。當我將手收回，掌印仍在。那個烙痕印在他胸膛，鮮紅而熾烈地悸動著。

還不差啊，我陰鬱地想，就初次操弄人心而言。

我收起力量。謝天謝地，終於結束了。

「完成。」

伏拉汀低頭望著自己的胸膛，臉上綻開幸福快樂的笑容。他有酒窩，我一時間心跳失序，恍然領悟。有酒窩，還有一個將揹負一輩子的醜陋疤痕。

「謝謝您，太陽女王。」

「起身。」我命令。

他站起來，低頭對我微笑，淚水仍不斷從眼中滾滾流出。

導師動了一下，好像打算站起來。「半步都不准動。」我厲聲說道，怒氣重返。就是因為這個人，我才不得不在一個年輕人身上烙印；就是因為這個人，才會有兩個人死去。他們的血淹過了丟掉的洋蔥皮和胡蘿蔔皮。

我低頭注視他，蠢蠢欲動，恨不得奪走他的生命，永遠擺脫這個人。這麼做可說極度愚蠢。雖然我讓幾個士兵倒戈，但要是殺了導師，誰曉得會引發何等混亂？雖然妳眞的很想，我腦中一個聲音說。為了在地下生活的好幾個月、為了我所受到的恐懼與脅迫、為了我在地下浪費的每一天——明明我能去獵捕火鳥，並向闇之手尋仇。

他一定從我眼中讀到了我的意圖。

「聖阿利娜，我一心只求保妳安全，讓妳再次恢復健康。」他顫抖著說。

「那麼就當你的祈禱獲得了回應。」如果真要指控我說謊，大概只有這件事吧。我最不可能使用的形容就是「健康」二字。「祭司，」我說，「不管誰來尋求庇護，你都要收留，不能只收敬拜太陽聖人的人。」

他搖頭。「但是白大教堂的安全防禦——」

「如果不能在這裡，就找別的地方。你自己想辦法。」

他深呼吸一口氣。「這是當然。」

「此外，也不准再收小孩當士兵。」

「如果忠誠的信徒期望戰鬥——」

「你現在跪在我面前，」我說，「我們可不是在談判。」

他癟了癟嘴，但過了一會兒便頷首表示同意。

我環顧四周。「你們都是這些命令的目擊證人。」我轉向其中一名護衛。「把你的槍給我。」

他一秒都沒遲疑，立刻遞給我。我帶著幾分滿足，目擊導師的雙眼驚慌地睜大——但我只是將武器交給娟雅，再要了一把軍刀給大衛——雖然我知道他恐怕不太擅長。柔雅和娜迪亞做出召喚姿勢，準備就緒，瑪爾和雙胞胎也已全副武裝。

「起身，」我對導師說，「莫再打擾，今日我們已見證過了奇蹟。」

他站起身。當我擁抱他，我在他耳邊低喃，「我要你將所有祈禱力量出借給我們的使命，你也得遵從我派給你的每道命令——否則我就把你劈開，一塊塊扔進影淵。聽懂了嗎？」

他吞了一口口水，點點頭。

我需要一點時間思考，但我沒有這種時間。我們得將門打開，並且針對這些倒下的護衛及剛剛的爆炸給出解釋。

「處理死者，」我對一名祭司護衛說，「一定要善加處理。他們……有家人嗎？」

「我們就是他們的家人。」伏拉汀回答。

我對其他人說：「聚集白大教堂所有信徒，將他們帶到主洞穴，我會在一小時後對他們發言。伏拉汀，我們一出灶房，就釋放其他格里沙，讓他們到我房間。」

他以某種類似敬禮的方式碰了一下胸口烙印。「遵命，聖阿利娜。」

我瞥了瑪爾鼻青臉腫的面孔一眼。「娟雅，幫他處理一下。娜迪亞——」

「我來。」塔瑪說，已將毛巾浸入裝滿熱水的鍋子，輕輕擦去娜迪亞唇上的血。「很抱歉。」我聽到她這麼說。

娜迪亞露出微笑。「總得弄逼真些。而且——我可是會討回來的喔。」

「走著瞧。」塔瑪回答。

我粗略掃視其他穿著破爛髒舊柯夫塔的格里沙。我們這批人看起來實在不怎麼樣。「托亞、塔瑪、瑪爾，你們隨我和導師一起走。」我壓低音量。「盡量擺出有自信而且……高高在上的模樣。」

「我有個問題——」柔雅開口。

「我大概有一百個問題，但那都得等。我不要外面的群眾發生暴動。」我看向導師，突生一股可怖的衝動，想讓他威信掃地，讓他為了逼我在地底下待那麼多個禮拜委屈求全、在我面前跪地求饒。這想法極為醜陋，也愚蠢至極。雖然能給我一絲微渺的滿足感，但要付出何種代價？我深呼吸一口氣。「我要所有人和祭司護衛站在一起，這是要表示我們同一陣線。」

我們在門前排好隊形。導師和我領頭，祭司護衛和格里沙在我們身後列隊就緒，喪命者的屍體由他們的弟兄高高抬起。

「伏拉汀，」我說，「開門。」

當伏拉汀去轉開門鎖，瑪爾站到我身旁。

「你怎麼知道我能召喚？」我壓低音量問。

他瞥了我一眼，微微咧開一絲笑容。「因為我相信。」

第三章

門嗖地打開，我雙手一甩，放出光轟炸通道。一聲哭喊從列站於隧道中的人群傳出。本來還沒跪下的人現在雙膝一跪，恍若合唱的祈禱聲迎面襲來。

「講點話吧，」當我讓那些誠心祈求的人沐浴在炫目光芒中，我也對導師低喃，「最好講得好聽一點。」

「我們今天面臨極大試煉——」他急忙宣布，「我們的聖人浴火重生、變得更強。黑暗來到這個神聖之地——」

「我看見了！」一名祭司護衛大喊，「陰影爬上四壁——」

「關於那件事——」瑪爾低聲咕噥。

「這個等會兒再說。」

「但它們被擊敗了！」導師繼續，「一如以往！它們永遠都會被擊敗！被我們的信仰——」

我上前一步。「——和我們的力量擊敗。」

我再次放光襲捲通道，做出炫目光瀑。大部分人從沒見過我真正的能耐。有人啜泣，而我在呼喊「聖人！聖人！」的聲音底下隱約聽見自己的名字。

我領著導師和祭司護衛走過白大教堂，同時腦子轉個不停，衡量著各個選項。伏拉汀先我們一步離開，去執行我的命令。

我們終於有機會擺脫此處，但是將白大教堂拋在身後代表著什麼？我將拋棄一整支軍隊，將他們送入導師手中。然而，其實眼下也沒有太多選擇。我非到地面上不可；我需要火鳥。

瑪爾派塔瑪重整剩下的太陽士兵，找出更多能用的武器。我對祭司護衛的掌控力也就那麼一丁點。以防出問題，我希望槍械都能準備就緒，並希望太陽士兵能照我心意，繼續對我保持忠誠。

我親自押送導師前往他的房間，瑪爾和托亞跟在我們身後。

在他門口，我說，「一小時內，我們要一起帶禱告儀式。今晚，我會和我的格里沙一起離開，而你要批准這件事。」

「太陽女王，」導師低聲說，「我強烈建議妳不要這麼快回到地面。闇之手的地位仍不穩固，那個姓藍索夫的男孩盟友寥寥無幾——」

「我就是他的盟友。」

「在小行宮，他拋下了妳。」

「可是他活了下來，祭司，你最好弄懂這件事。」尼可萊打算將家人和巴格拉帶往安全處，再回來加入戰鬥。我只能希望他成功逃脫，也希望他在北方邊界興風作浪的謠言不是空穴來風。

「先讓他們削弱彼此的力量，看風向怎麼吹——」

「我欠尼可萊．藍索夫不少人情。」

「驅使妳前進的是忠誠，還是貪婪？」導師追問，「增幅物為了齊聚一堂，等了無數年頭，結果妳連幾個月都等不了？」

這念頭讓我咬緊了牙關。我不確定驅使我前進的到底是什麼。是對復仇的渴望，還是更高尚的原因？是對火鳥的飢渴，還是和尼可萊的友誼？但那都無所謂。「這也是屬於我的戰爭，」我說，「我可不會像隻縮頭烏龜一樣躲起來。」

「我懇請妳將我說的話放在心上。除了忠誠侍奉妳，我什麼也沒有做。」

「就像你侍奉國王、侍奉闇之手那樣？」

「我是人民之聲，他們並沒有選擇藍索夫國王或闇之手，而是選了妳當他們的聖人，並且會像敬愛女王一樣敬愛妳。」

就連聽見那幾個字都讓我極度疲憊。

我回頭望向隔了一段適當距離靜靜等候的瑪爾和托亞。「那你相信嗎？」我問祭司。打從我初次聽聞他建立這邪教，這個問題就困擾我至今。「你真的相信我是聖人嗎？」

「我相信什麼並不重要，」他回答，「那是妳永遠也不會瞭解的事物。妳知道嗎？在斐優達，人民開始為妳打造祭壇——是那個會在火刑柱上燒死格里沙的斐優達。恐懼和尊敬之間是有著細微差別的，阿利娜．史塔科夫，而我可以改變這個細微的差別。那是我給妳的一大優勢。」

「我不想要。」

「但妳會得到。人民為拉夫卡戰鬥是因為國王下令，因為他們獲得的酬金能讓家人溫飽，因為沒有選擇。他們為妳戰鬥，是因為對他們來說，妳就是救贖。他們願意為妳挨餓、為妳奉獻自己——以及他們孩子的生命。他們將毫無畏懼地上戰場、欣然赴死。再也沒有比信仰更強大的力量，也沒有哪支軍隊會比受信仰驅使的軍隊更強大。」

「信仰無法保護你的士兵不被虛獸所傷，不管多麼狂熱，都做不到。」

「妳的眼中只看見戰爭，但我看見的是將來到的和平。信仰不受疆界或國籍束縛，人們對妳的敬愛在斐優達紮下穩固的根基，蜀邯也將跟進，然後是克爾斥。我們的人民會挺身而出、散布消息，不只拉夫卡，而是全世界。這才是和平之道，聖阿利娜，妳就是和平之道。」

「這個代價太高了。」

「改變的代價就是戰爭。」

「而付出代價的是一般人民，是像我這樣的農夫，而非你這種人。」

「我們——」

我伸出一手要他安靜。我想起闇之手徹底摧毀一整個城鎮，想起尼可萊的哥哥瓦斯利下令降低入伍年齡。導師宣稱自己為人民發言，但他和其他人根本沒有差別。

「祭司，保護他們的安全——保護這些信眾，這群軍隊——讓他們吃飽，把孩子臉上的烙印弄掉，別讓他們拿槍。其他人交給我。」

「聖阿利娜——」

我扣著他房間的門，保持敞開。「我們很快就要一同祈禱了，」我說，「但我想，開頭就交給你吧。」

□

瑪爾和我把導師關在他房間，由托亞看守——還下了嚴格的指令，確保門緊緊關好、誰都不能來打擾祭司祈禱。

我不覺得導師能在短時間內重新掌控祭司護衛——甚至伏拉汀。不過我們現在只需要幾小時來執行即可。我沒把他塞進檔案室的潮濕角落已經算他走運。

當我們終於抵達我房間，我發現狹窄的白色空間中塞滿格里沙，伏拉汀則等在門口。我睡在白大教堂最大的房間，但是要容納整整十二個人仍是一大挑戰。大家狀況都沒有太嚴重，娜迪亞嘴唇腫了，馬克欣正在處理史提格眼睛上的一道傷痕。這是來到地底後我們初次獲准群聚，而看見格里沙齊聚一堂、懶洋洋躺在粗製濫造的家具上，莫名令人感到欣慰。

不過瑪爾似乎不這麼想。「再加一支軍樂隊就完美了呢。」他壓低音量咕噥道。

「這到底是怎麼回事？」我一遣走伏拉汀，瑟杰立刻發問。「上一秒我還和馬克欣待在醫務室，下一秒就被關了起來。」他來回踱步，皮膚上冒出薄薄一層濕冷光澤，眼下則浮現深深黑影。

「冷靜，」塔瑪說，「你現在又沒被關起來。」

「還是有可能啊。我們全都困在這底下，那個混帳一定會拚命找機會擺脫我們。」

「如果你想離開洞穴，這就是你最好的機會，」我說，「我們要離開了——今晚。」

「怎麼離開？」瑟杰問。

我讓陽光在掌中燃燒、短暫一閃做為回答，證明力量再次於我體內點燃。雖然即便是這麼小的動作，都得花上比以前更多的力氣。

整個房間爆出口哨和歡呼。

「好啦好啦，」柔雅說，「太陽召喚者可以召喚了，代價只要死幾個人，加上一場小爆炸。」

「妳炸了什麼東西嗎？」赫薛哀怨地說，「沒有帶上我？」

他靠著牆壁，親密地擠在史提格旁邊。這兩名火術士可以說是天差地別，史提格個子矮壯，有著近乎白金色的頭髮，外表結實粗勇，像那種圓呼呼的祈禱蠟燭。赫薛則又高又瘦，頭髮比娟雅還紅，接近血色。有隻骨瘦如柴的橘虎斑不知怎麼找到路下來，跑到白大教堂的核心腹地，整個愛上了他。對他跟前跟後，要不悄悄走在他腿間，就是整隻貓掛在他肩上。

「那些爆炸粉到底是哪兒來的？」我坐到床邊，棲身娜迪亞和她弟弟旁邊。

「我在做藥膏的時候順便做的，」大衛說，「和導師說的一樣。」

「就在祭司護衛的眼皮底下？」

「他們也沒有對微物魔法那麼瞭若指掌。」

「但一定有人懂，畢竟你還是被抓到了。」

「不完全是。」瑪爾說。他逕自和塔瑪一起守在門旁，兩人都時時注意著門外走道。

「大衛知道我們要在灶房會面，」娟雅說，「他猜測了一下主煙囪的位置。」

大衛皺眉。「我才沒用猜的。」

「但也不可能把爆炸粉從檔案室弄出來啊。那些護衛不是什麼都搜嗎？」

塔瑪咧嘴一笑。「所以我們就讓導師帶出來。」

我不敢置信地望著他們。「妳本來就打算被抓？」

「搞到最後，最能安排會面的方法就是被逮。」柔雅說。

「你們到底知不知道這樣做多危險？」

「怪奧列捷夫啊，」柔雅哼了一聲，「這個天才計畫可是他想出來的。」

「可是有用啊。」娟雅表示。

瑪爾聳聳一邊肩膀，「就像瑟杰剛剛說的，導師就等著看我們行動什麼時候出問題。那我想就給他這個。」

「我們只是一直不確定妳什麼時候會在灶房，」娜迪亞說，「今天妳離開檔案室，大衛把東西忘在房間，然後到訓練室稍停，給我們暗號。我們知道導師比較相信托亞和塔瑪，所以就讓他們對我們動了點粗——」

「不只一點。」瑪爾插嘴。

「然後宣稱發現幾個邪惡格里沙及好傻好天真的追蹤師，牽涉一樁天理難容的大陰謀。」

瑪爾諷刺地敬了個禮。

「我本來擔心他會堅持把所有人關進牢裡，」塔瑪說，「所以我們就說妳當下、立刻、馬上就有危險，我們不能耽擱，現在就得去灶房。」

娜迪亞露出微笑。「然後只能祈禱整個廚房不會倒下來埋住我們了。」

大衛眉頭皺得更深。「這場爆炸是經過控制的。洞穴結構能撐住的機率高於平均。」

「高於平均是不是，」娟雅說，「那你怎麼不早講？」

「我剛剛不是講了？」

「那牆壁上那些影子呢？」柔雅問，「是誰的花招？」

我一陣緊繃，不太確定該怎麼說。

「是我做的，」瑪爾說，「我們使了點伎倆，當作聲東擊西。」

瑟杰來回踱步，手指折得啪啪響。「你應該先告訴我們這個計畫；我們應該先得到警告。」

「至少可以讓我炸一點什麼啊。」赫薜補充。

柔雅漂漂亮亮地聳了個肩。「害你覺得被排擠真是不好意思呀。是說就先不要提我們被嚴加看守到這個程度，還能不被發現，簡直奇蹟。可是為了顧及你的心情，我們當然要冒著行動敗露的風險，你說是不是？」

我清清喉嚨。「一小時後我就得和導師一起帶禱告，結束後我們就直接離開——我得知道誰會跟我一起走。」

「那妳打算告訴我們第三個增幅物在哪裡嗎？」柔雅問。目前為止，只有雙胞胎、瑪爾和我知道火鳥的位置——如果真的能找到的話。噢，還有尼可萊，我提醒自己。尼可萊也曉得——如果他還活著。

瑪爾搖搖頭。「你們知道的越少越安全。」

「所以你甚至不打算告訴我們要去哪裡？」瑟杰氣呼呼地說。

「不太算是。我們打算先嘗試聯絡尼可萊．藍索夫。」

「我覺得我們應該試試看雷沃斯特。」塔瑪說。

「去沿河城市？」我問，「為什麼？」

「史鐸霍恩很可能在全拉夫卡都有走私管道，尼可萊很可能利用那些管道將武器運進國內。」塔瑪一定曉得，她和托亞一直是最受史鐸霍恩信任的手下。「如果謠言沒錯，他的基地很可能在北方某處，那麼雷沃斯特附近的卸貨點就很可能仍在活動中。」

「妳說了一大堆『很可能』，結果什麼也沒透露。」赫薛表示。

瑪爾點點頭。「是沒錯，但這已經是我們最有力的線索了。」

「如果這是死路一條呢？」瑟杰問。

「我們分頭走，」瑪爾說，「我們會找個安全處，讓你們低調藏身，我帶隊去找火鳥。」

「如果你們想留下，也完全沒問題，」我對其他人說，「我知道朝聖者對格里沙並不友善。今晚之後，我也不確定他們的態度會變成怎樣。但是如果我們在地面上被抓——」

「闇之手對叛徒可不會手下留情。」娟雅平靜地把話接完。

所有人都不安地動了動，但我逼自己和她對上眼。「沒錯，他不會手下留情。」

「反正他已經對我下過毒手了，」她說，「我要去。」

柔雅順了順外套袖口。「沒有妳，我們行動起來會比較快。」

「我跟得上。」娟雅回嘴。

「妳一定得跟上，」瑪爾說，「我們將會進入到處布滿民兵組織的地區，更別提還有闇之手的闇衛。妳很好認，」他對娟雅說，「就這點來說，托亞也是。」

塔瑪嘴唇抽搐一下。「要由你負責告訴他他不能去嗎？」

瑪爾思忖半晌。「也許我們可以把他打扮成一棵超級大的樹。」

阿德理克咻一下站起身，速度之快，差點讓我從床上彈起來。「一小時後見。」他大聲地說，一副「看你們誰敢擋我」的態勢。當他大步走出房間，娜迪亞對我聳了聳肩。阿德理克不比我們小多少，但也許因為他是娜迪亞的弟弟，總是不斷尋找證明自己的機會。

「總之我要去，」柔雅說，「這底下的濕氣簡直毀了我的頭髮。」

赫薛站起身，對著牆推了一下。「我比較想留下，」他打了個呵欠，「但是昂卡說我們要去。」他一手將虎斑貓提起來放到肩上。

「你到底要不要給那東西好好取個名字啊？」柔雅問。

「她有名字啊。」

「昂卡才不是名字，只是克爾斥語的『貓』。」

「很適合她啊，不是嗎？」

柔雅翻翻白眼，大步從門口出去，後頭跟著赫薛和史提格。他十分有禮地鞠了躬，表示：「我會做好準備。」

其他人一個接一個隨他們離開。我忍不住猜想，大衛會不會更想留在白大教堂，與世隔絕和莫洛佐瓦的手記關在一起？但他是我們唯一的造物法師。假設找到火鳥，將會需要他鑄造第二副手銬。娜迪亞似乎滿高興能和弟弟一起離開，雖說出去的時候她是對著塔瑪綻放微笑。我猜馬克欣會待在這裡的醫務室，我的推測也沒錯。說不定我能讓伏拉汀和其他祭司護衛在朝聖者面前樹立良好典範，至少善加利用一下馬克欣的療癒者能力。

唯一的意外是瑟杰。雖然白大教堂如此不適、潮濕又無趣，仍相對安全。可是瑟杰似乎恨不得能逃出導師掌中。我不確定他到底想不想抓住機會、隨我們上到地面，但他只是速速點頭，簡明扼要表示：「我會加入。」也許我們都太渴望看見藍天，以及再次得到感受自由的機會——不論風險。

他們都離開後，瑪爾嘆了口氣。「至少我盡力了。」

「講那些民兵什麼鬼的，」我恍然大悟，「你只是想嚇走他們。」

「十二個人太多了。這麼大一團人會拖慢我們在隧道前進的速度，而且只要一上地面，這批人就會讓我們陷入更大的危機。只要一有機會，我們就得分頭。我絕對不可能帶著一大批格里沙進入南方山脈。」

「好吧，」我說，「假設我們能幫他們找到安全棲身處。」

「恐怕不容易，但我們做得到。」他朝門走去。「我會在半小時內回來，帶妳到主洞穴去。」

「瑪爾，」我說，「你為什麼要擋在我和祭司護衛之間？」

他聳肩。「那不是我殺的第一個人，也不會是最後一個。」

「你不讓我對他們使出黑破斬。」

他說話的時候沒有看我。「阿利娜，終有一天，妳會成為女王。手上沾的血還是越少越好。」

他是如此輕易吐出女王二字。「你好像很確定我們能找到尼可萊。」

「我很確定我們能找到火鳥。」

「我要有一支軍隊，火鳥恐怕還不夠。」我一手揉著眼睛。「搞不好尼可萊甚至不在拉夫卡。」

「來自北方的情報——」

「可能是闇之手散布的謊言。『天空王子』可能不過是傳說，只是為了引我們離開藏身處的伎倆。尼可萊說不定根本沒有活著逃出大宮殿。」說出這些話令我心痛不已，但是我逼自己講出來。「他可能已經死了。」

「妳相信這種話嗎？」

「我不知道。」

「如果真有誰能成功逃脫，非尼可萊莫屬。」

那狡猾過人的狐狸。即使他曾一度拋下史鐸霍恩的偽裝，尼可萊在我心中的形象仍沒有變。思考永不停，詭計用不盡。但他沒預料到親生兄長的背叛，未預見闇之手的到臨。

「好吧。」我說，並因為嗓音顫抖而有些難為情。「你都沒問影子的事。」

「所以我該問嗎？」

我按捺不住。也許我是真心想看他會如何反應。我收攏手指，影子便從角落展開、擴散。瑪爾的眼神跟著它們走。但我到底期待看到他什麼反應呢？恐懼？還是憤怒？

「妳可以再多施展一點嗎？」他問。

「不能。這只是我在禮拜堂用的花招的一點渣渣而已。」

「所謂花招，妳是說救了所有人的命嗎？」

我讓影子退去，捏住鼻梁，試圖逼退那股湧上的暈眩。「我是說使用魔邪。那不是真正的力量，只是一些花拳繡腿。」

「那是妳從他那裡搶來的。」他說，語調中那股滿足恐怕不只是我的想像。「我什麼也不會說，但妳不該對其他人隱瞞這件事。」

這可以晚點再擔心。「要是尼可萊的人不在雷沃斯特呢？」

「所以妳認為我能追蹤到神話中的巨鳥，卻找不出一個吵得要命的王子？」

「一個成功躲了闇之手好幾個月的王子。」

瑪爾打量著我。

「阿利娜，妳知道我是怎麼打中的嗎？就是在灶房的時候？」

「如果你說反正你就是個神槍手，我就要脫靴子拿來打你。」

「好喔，反正我就是個神槍手，」他微微一笑，「但我叫大衛在小包裡放了隻甲蟲。」

「為什麼？」

「更好瞄準。我只要追蹤它的位置就行了。」

我揚起眉毛。「這聽起來更像是驚人絕技了。」

他聳聳肩。「這是我唯一會的絕技。如果尼可萊還活著，我們一定能找到他，」他暫停一下，然後補充。「我不會再讓妳失望。」瑪爾轉身要走，但在關上門前，他說，「盡量休息一下，如果妳要找我，我會在外面。」

我在那裡站了好久好久，想告訴他說他沒有讓我失望，但這其實也不完全是真話。對於那些糾纏著我的幻象，我對他撒了謊；在我最需要他的時候，他將我推開。也許我們要對方放棄的事物都太多。無論公不公平，我都認為瑪爾棄我於不顧，一部分的我因此對他有所怨懟。

我環顧這空盪的房間。之前有這麼多人擠進這兒，不免讓它顯得窘迫。而我對這群人又有多少認識？赫薛和史提格比其他人年長幾歲，是在聽聞太陽召喚者回歸後一路奔赴小行宮的格里沙。他們對我來說與陌生人無異；雙胞胎相信我與生俱來神聖力量；柔雅則是心不甘情不願地跟著我。瑟杰整個人分崩離析，而我知道他很可能把瑪麗的死怪在我頭上——娜迪亞說不定也是。

她的悲傷比較無聲無息，但她們曾是那麼要好的朋友。

還有瑪爾。我想，我們應該算處於某種和平停戰狀態，但這也是得來不易。又或者，我們只是接受了一路走到現在的樣子，我倆的道路無可避免、終將分岔。阿利娜，終有一天，妳會成爲女王。

我知道自己至少該想辦法睡幾分鐘，可是腦子停不下來，身體因為剛剛使用了力量陣陣輕顫，而且渴望更多。

我瞥向門口，真心希望上頭有道鎖。我想嘗試一件事。之前我做過幾次，但除了搞得頭痛欲裂之外沒變出其他名堂。這麼做十分危險，也可能相當愚蠢，但是事到如今，我的力量重返，所以我想再試一遍。

我踢掉靴子，躺回狹窄的床上，閉上眼睛，感受著喉嚨上的項圈、手腕上的鱗片，存在體內的力量一如我心臟的跳動。我感覺到肩膀的傷口，那是闇之手的虛獸咬的，是一塊糾結纏繞的深色傷疤，進一步強化了我們之間的連結，讓他得到一條入侵我心靈的通道，就如項圈讓他汲取我的力量。在禮拜堂，我利用這個連結對抗他，過程中差點與他同歸於盡。現在進行這種測試可說愚蠢至極，但我仍躍躍欲試。如果闇之手能得到那股力量，我為什麼不行？這可是收集資料的大好機會，能夠弄清楚我們之間的連結究竟如何運作的話。

不會成功的，我再次對自己保證，妳會嘗試，然後會失敗，只會像是打了個盹兒一樣。

我緩下呼吸，讓力量流遍全身。我想著闇之手，想著那些被我玩弄掌中的影子，以及他扣在我脖子上的項圈，手腕上的手銬——那個無可改變地將我與其他格里沙區隔開、真正走上這條路的手銬。

什麼也沒發生。我只是仰躺在白大教堂的床上，哪裡也沒去。我獨自一人待在這空盪的房間，對著潮濕的天頂直眨眼。這樣比較好。在小行宮那樣的孤立無援幾乎將我摧毀。但那是因為我渴望著別的事物，渴望我這輩子不斷追逐的歸屬感。我已將那分渴望深深埋在禮拜堂的廢墟中。如今，我考量的不再是怎麼討人喜歡，而是如何與人結盟，一切都是為了那些能讓我在這場戰鬥中更強壯的人事物。

我考慮過是否該在今日殺了導師；我將我的印記烙在伏拉汀的血肉上。我對自己說我是不得不，但是過往的我才不會這樣考慮。我痛恨闇之手那樣對待巴格拉和娟雅，但我又有何不同？而當我將第三個增幅物戴上手腕，我真的——真的會不一樣嗎？

也許不會。我勉強承認，而這承認還伴隨著赤裸裸的興奮之情——一陣震顫透過我們之間的連結傳遞而來，從另一端某條看不見的拴索傳來應答的迴響。

透過我脖子上的項圈與肩上的咬痕，它呼喚著我，受我手腕上的手銬增強幅度，由魔邪和我血液中暗黑的毒素鍛造的羈絆。妳呼喚我，我便回應。我感到自己被往上一提，脫離軀體，飛速朝他而去。也許這就是瑪爾追蹤時的感受——來自遙遠他處的拉力，即使看不見、摸不著某個存在，它仍要求你付出全副注意力。

上一秒我還飄浮在恍若緊閉雙眼的黑暗中，下一秒，我已站在一間明亮的房裡。我身邊的一切都模糊不清，可是仍能輕而易舉辨認出這個地方。我人在大宮殿的謁見室，人們正在交談。我覺得自己好像沉於水中，耳中只聽見白噪音，而非清楚的字句。

當闇之手看見我的瞬間，我立刻意識到。他的對焦瞬間清晰，雖然周遭空間依舊模糊一片。他有著絕佳的自我控制，身邊的人絕對不會發現，他完美五官上轉瞬即逝的驚訝神情。但我看見他的灰眼圓睜，胸口一緊，好像屏住了呼吸，手指緊扣椅子扶手——不是椅子，是他的王座。然後他放鬆下來，隨著面前某人所說的話頻頻點頭。

我等待著、觀察著。他拚了命爭取這個王座，為了得到它而忍受百年征戰與勞役束縛。我得承認這位置確實很適合他。我有些希望能看見他變得孱弱，黑髮如我一樣轉成白色。但是，不管我在禮拜堂那夜給他造成什麼損傷，他復元得都比我想像的更好。

當那些前來懇求之人的竊竊私語突然停下，闇之手起身。王座的輪廓消散，遁入背景，我霎時領悟，最靠近他的物體會看得最清楚，好像他是某種鏡片，而我將透過他看見這個世界。

「我會聽取這個建議。」他的嗓音冷酷，字字清晰銳利，我對此再熟悉不過。「現在，全部離開，」他唐突地一個揮手，「所有人都走。」

他的那些馬屁精是否交換了困惑的眼神？抑或就這麼鞠躬離開？我看不出來。他只是走下階梯，雙眼緊盯我不放。我不禁心臟一緊，清清楚楚的兩個字在我腦中到處迴響：快逃。我真的是瘋了才會這麼做，竟然敢去找他？但我動彈不得，沒有放開這條拴繩。

有人靠近。當那人距離闇之手只剩幾吋，焦點變得比較清晰——紅色格里沙袍子，一張我不認得的臉。我甚至連他說什麼都聽得見。「……關於簽署那件……」然後闇之手就打斷了他。

「晚點再說。」他斷然說道，那名軀使系格里沙落荒而逃。房中再無聲響或動靜，而整段時間，闇之手的目光都固定在我身上。他橫越拼花地面，每走一步，拋光打蠟的木頭便隨著他踏地的靴子變得清晰，然後再轉模糊。

我冒出一種詭異的感受，我躺在白大教堂的床上，但是同時也在這裡，在謁見室，站在這方溫暖陽光之中。

他停在我面前，細細研究著我的臉。他看見了什麼？他出現在我幻覺時沒有一點傷疤。那麼，他眼中所見的我是否也毫髮無傷、頭髮仍是棕色、眼神也很明亮？又或者，他看見的是像個小野菇一樣的女孩，蒼白而灰敗，因我們在禮拜堂一戰滿身瘡痍？因為生活在地底虛弱不堪？

「要是我早知道妳是這麼聰明伶俐的學生，」他語氣中的讚賞如假包換，甚至有點驚訝意味。讓我更加恐懼的是，我發現自己心中的可悲孤兒竟因他的讚美開心雀躍。「為什麼現在來找我？」他問，「妳竟然花了那麼久才從我們的小爭執復元嗎？」

如果那叫作小爭執，那麼我們真是輸得一敗塗地。不，我對自己說。他是故意這樣說的，他想給我下馬威。

我無視他的問題。「真沒想到你會讚美我。」

「很意外嗎？」

「畢竟我丟你在那堆瓦礫底下等死。」

「要是我說我敬佩妳的冷酷無情呢?」

「我應該不會相信你的話。」

他唇上揚起微乎其微一抹微笑。「聰明伶俐,」他重複,「既然錯在於我,為什麼還要白白對妳發脾氣?我本來應該等著再次遭妳背叛,看妳發瘋似地拚命抓著某種幼稚又過於理想的目標。但是每次只要和妳有關,我好像都會被自己的期待傷到。」他表情逐漸冷酷。「阿利娜,妳來這裡究竟想要什麼?」

我誠實回答。「我想見你。」

在他再次封閉情緒前,我窺見極其短暫的驚訝神情。「那座高台上有兩個王座,妳任何時候想見我都沒問題。」

「你要把王位送給我?在我試圖殺死你之後?」

他又聳聳肩。「我也可能會做一樣的事。」

「我不相信。」

「別誤會,我沒打算拯救那些龍蛇混雜的叛徒和狂熱分子,但我懂那種想維持自由之身的渴望。」

「然而你仍想把我變成奴隸。」

「我是為了妳才去找莫洛佐瓦的增幅物,阿利娜,這麼一來,我們說不定能用平等的地位統治天下。」

「你想把我的力量占為己有。」

「在妳逃離我身邊、選了——」他停頓一下，聳了聳肩。「反正最後我們還是會用平等的地位統治天下。」

我感到那股拉力，還有那個嚇壞女孩心中的渴望。即使現在，見證了他所做過的一切，我仍想相信闇之手，想找方法原諒他。我希望尼可萊還活著，我希望能相信其他格里沙——我希望能相信所有人事物，這樣我就不必獨自面對未來。「想要」唯一的問題就是會讓我們變得軟弱。笑聲不由自主從我口中溜出，然後我才意識到不妥。

「只有在以下狀況，我們才可能地位平等：我敢和你持相反意見；我質疑你的決斷，或是不用按照你命令去做的時候。然而，那樣一來你就會用對付娟雅和你母親的方式對付我——或你對付瑪爾的方式。」

他靠著窗戶，鍍金邊框旋即清晰。「妳覺得有那個追蹤師在身邊，或是那隻藍索夫狗崽子在身邊，會讓情況有所不同嗎？」

「會。」我簡單地說。

「因為妳會是更強的那個人？」

「因為他們是比你更好的人。」

「妳也可以讓我變成更好的人。」

「你則會把我變成怪物。」

「我一直不懂妳為什麼對虛獸那麼執著——是因為妳長久以來都覺得自己和牠們是同類嗎？」

「我對你也有執著啊——曾經有過。」他倏地抬頭，似乎有些意外。諸聖啊，這真是太令人滿足了。「這幾個月，」我問，「你為什麼不來找我了？」

他安靜不說話。

「在小行宮，你幾乎每天都來找我，」我繼續說，「要是我沒在哪個陰暗角落看到你，我都會以為自己發瘋了呢。」

「很好。」

「我認為你在害怕。」

「妳這麼想一定很安心吧。」

「我認為你害怕將我們綁在一起的羈絆。」然而我並不畏懼，再也不了。我緩緩上前一步。他變得緊繃，但沒有躲開。

「阿利娜，我年歲已高，對於那些妳恐怕連猜也猜不到的力量再熟悉不過。」

「但那不只是力量，對吧？」我鎮定地說，想起一開始抵達宮殿時他是怎樣將我玩弄於股掌——甚至在之前就是那樣，打從我們認識的第一個瞬間。我是個孤獨的女孩，渴望受到注目。他一定不費吹灰之力。

我又上前一步，他仍不動如山。而今，我們的身體幾乎快要碰到，我伸出一手，捧著他的臉頰。這一次，我絕對不會看錯他臉上一閃而過的困惑。闇之手繃住身體、僵在那兒，唯一有動靜的只有胸口穩定的起伏。然後，恍若讓步，他閉上了眼睛，眉間皺出一條溝。

「你說得沒錯，」我柔柔說道，「你更強大、更聰明，擁有無窮盡的經驗。」我往前傾身，悄然低語，嘴唇掠過他耳廓，「但我是個聰明伶俐的學生。」

他的眼睛倏地睜開。在切斷連結的前一刻，我在極其短暫的一瞬間瞥見那雙灰眼中的憤怒。

我放鬆集中力，猛地遁逃回白大教堂，只留給他一抹光的印象。

第四章

我倒抽一口氣坐起來，猛地吸入這雪花石膏空間中的潮濕空氣。我充滿罪惡感地環顧四周，心想真不該這麼做。所以我得知了什麼？我得知他人在大宮殿，身體健康得令人火大得要命？還真是沒什麼價值的爛資訊。

但我不後悔。現在我知道他來看我時都看到了什麼。從這種接觸之中，他能夠或不能夠收集到什麼訊息。現在，我多了一個原本只屬於他的能力，而我非常享受。在小行宮，我畏懼那些幻象，以為自己精神失常，甚至更糟——我擔心受怕不曉得大家會怎麼看我——再也不了。我已經受夠滿心羞愧。就讓他也感受一下被糾纏是什麼滋味。

右邊太陽穴開始隱隱作痛。*我是爲了妳才去找莫洛佐瓦的增幅物，阿利娜。*把謊言裝成真心。他找那些物品確實是為了讓我更強大，但也只是因為他相信自己能控制我，而他現在依然這麼相信，這令我恐懼。闇之手絕無可能得知瑪爾和我曉得第三個增幅物該從哪裡著手，但他似乎並不擔心，甚至連火鳥的事都沒提。他好像就是那麼自信、強壯，就像那座宮殿、那個王座等同他的原生歸屬。對於那些妳恐怕連猜也猜不到的力量我再熟悉不過。我不由自主抖了一下。我可能連威脅也算不上，但還是可以成為威脅。我絕不會讓他打敗我，就算會，至少也要讓他遭受過一次激烈的抵抗。

門上傳來快速敲門聲，時間到了。我再次穿回靴子，整頓一下那件七拼八湊的金色柯夫塔。之後，說不定我會獎勵自己，把這玩意兒塞進燉鍋。

這場儀式還真是氣勢磅礡。要在這麼深的地底召喚，依舊是場硬戰。但我朝著白大教堂四壁擲出光束，傾盡全力讓底下那些又是呻吟又是搖晃的信眾五體投地。伏拉汀站在我左側，衣服敞開，展示我烙印在他胸口的掌印。在我右側，則是滔滔不絕的導師。不管是出於恐懼，還是他真心信仰，這出色的表演都讓人信服得五體投地。他的嗓音響徹主洞穴，宣稱我們的使命由神的旨意引領，我將由試煉再生，能力將會前所未有的強大。

他說話時，我便細細打量他。導師比往常更蒼白，有點出汗，不過沒有特別緊繃。我不禁猜想，留他一條命是否錯了。然而，若沒有因狂怒而生的衝動和力量驅使，我是不會認真考慮處死任何人的。

死寂當頭罩下。我低頭注視底下那些飢渴非常的面孔。他們的興高采烈中有些新的情緒，也許是因為這些人終能窺得我真正的力量，又或是因為導師毫無保留的精采表演。他們等著我說點什麼。我曾作過類似的夢。我是這場大秀的演員，然而台詞卻背得七零八落。

「我將要——」我的嗓子破了，趕緊清清喉嚨，再試一次。「當我回歸，我的力量將前所未有地強大。」我用最像聖人的語調說。「你們就是我的雙眼，」而我確實需要他們當我的眼睛——替我監視導師、保護彼此安全。「你們就是我的雙拳，就是我的利劍。」

人群歡呼，如同一體，齊聲回應。聖阿利娜！聖阿利娜！聖阿利娜！

「還不差。」我走下露台時，瑪爾說。

「我都看導師這樣演了快三個月，總會學到點皮毛的。」

按我命令，導師宣布他將閉關三天禁食，誠心替我們的使命祈禱成功。祭司護衛也會跟進，關在檔案室，並由太陽士兵看守。

「要他們堅定信仰。」我對露比和其他士兵說。我真心希望這三天能給我們充足時間，離白大教堂越遠越好。但我太瞭解導師，他搞不好在晚餐前就能靠三寸不爛之舌脫身。

「我認識妳，」當我轉身要走，露比抓住我的手指。「我曾待在妳在的軍團，妳還記得吧？」

她的眼睛濕潤，臉上的刺青如此墨黑，彷彿飄浮在皮膚最表面。

「我當然記得。」我一派和善地說。我們並不是朋友。當時，露比對信仰的興趣還沒有對瑪爾多。在她眼中，我幾乎成了隱形人。

而今，她發出一聲啜泣，往我指節印下一吻。「聖人。」她虔誠地低喃。每一次，當我覺得自己的人生已經不可能再更詭異，它就會讓我知道自己大錯特錯。

我一掙開露比的手，就趕忙利用最後機會私下找導師談話。

「祭司，你很清楚我要去找什麼，你也知道，當我回歸將能行使什麼樣的力量。無論是太陽士兵或馬克欣，我都不准他們出一點事。」我百般不願地將那位療癒者獨自留下，畢竟我也不能在對於可能在地上面對何種危險一無所知的情況下，命他加入我們。

「聖阿利娜，我們不是敵人。」導師溫和地說。「我希望妳知道，我一心只想看妳坐上拉夫卡的王位。」

我差點笑出來。「我知道，祭司。我坐上王位，但是乖乖聽你話。」

他將頭歪向一側，細細打量著我，眼中狂熱的光芒已然消失，只剩精明和狡猾。

「妳和我以為的不一樣呢。」他承認道。

「和你想像中的聖人不同嗎？」

「不那麼像聖人，」他說，「但也許是個更好的女王。我會為妳祈禱的，阿利娜．史塔科夫。」

奇妙的是，我真心相信他。

□

瑪爾和我與其他人在契斯亞水井會面，那是位於匯集四條主隧道十字路口的天然噴泉。如果導師真的決定派人來追我們，從這裡出發會更難追蹤——至少這是我們的打算。但是真的沒想到會有這麼多朝聖者來為我們送行。他們從住所一路跟著格里沙過來，聚在噴泉四周。

我們全都做普通旅行打扮，柯夫塔收進背包，我換下金色袍子，穿戴厚重外套和毛皮帽，臀部的槍帶壓著令人安心的沉甸甸重量。如果不是這一頭白髮，恐怕沒有一個朝聖者認得出我來。

現在他們都伸手過來碰我的袖口或手。有人塞給我們小禮物，然而他們唯一能貢獻的東西只有：藏放許久而硬到會咬斷牙齒的麵包卷、擦得閃亮的石頭、小段小段的飾帶、一把鹽百合。他們低聲祈禱我們健康，眼中淚光閃爍。

有個女人將一條深綠色的祈禱巾披在娟雅肩上，我看見她露出驚訝的神情。「不是黑的，」女人說，「送妳，這不是黑的。」

我的喉嚨開始發痛。阻絕我和這些人的不僅是導師，我自己也刻意和他們拉開距離。我不信他們的信仰，但最大原因是：我畏懼他們的希望。蘊藏在各種小動作中的愛與關心，代表的是我不想承受的重擔。

我親吻那些人的臉頰，握手致意，作出一些我不曉得能否履行的承諾，然後就此上路。來白大教堂時，我是躺在擔架上被抬進來，至少走的時候是用自己的腳走出去。

瑪爾領頭，托亞和塔瑪殿後，在我們後方偵察，確認沒人跟蹤。

我們靠著大衛有特權使用檔案室，以及瑪爾與生俱來的方向感，他們刻苦犯難大致做出一張隧道網路地圖，並策劃前往雷沃斯特的路線。然而情報仍有缺漏。不管計畫得再精準，都無法斷言我們將走入什麼樣的狀況。

逃出歐斯奧塔後，闇之手的人馬不斷試著滲透拉夫卡教堂與聖地下方的隧道網絡。當所有搜索都空手而返，他們就開始轟炸，封鎖逃出路徑，逼所有人上地表找藏身處。闇之手的鍊化士製造了新的爆炸物，能轟倒建築，將可燃氣體強制送入地下。只要一點火術士的火花，一整區的古老隧道網路就會被炸塌。這也是導師堅持我得待在白大教堂的原因之一。

有傳言說我們以西的洞穴坍了，因此瑪爾帶我們往北。這不是最直接的路徑，但我們期望走那兒會比較安全。

利用隧道移動令人鬆了一口氣。在被關了那麼多禮拜後，我終於能做點什麼了。我的身體依舊虛弱，可是感覺仍比這幾個月來強壯。因此我毫無怨言，持續跋涉。

我很努力不要太專心去想，要是雷沃斯特的走私點沒在活動代表什麼意義。我們到底該怎麼找出一個不想被找到的王子？還要在這麼做的同時不動聲色？如果尼可萊還活著，搞不好也在找我，又或者，他可能會上別處去找盟友。畢竟就他推測，我已死在小行宮一役中。

我們走得離白大教堂越遠，隧道就越暗，奇異的雪花石膏閃爍發亮。不要多久，照亮前路的只剩我們提燈搖曳的燈光，再無其他。在一些地方，洞穴極度狹窄，甚至得取下背包，從緊縮貼身的牆壁間扭動擠過，又在毫無心理準備下進入一個寬敞得能放牧馬匹的巨大洞穴。

瑪爾說的沒錯，太多人同行又吵又行動不便。移動速度慢到令人沮喪，行進隊伍拉成一條大長龍，柔雅、娜迪亞和阿德理克分散在隊列中，以防洞穴若坍塌，風術士召來的空氣也許能為不幸受困者爭取寶貴的呼吸時間。

大衛和娟雅持續落後，但要為落後負責的人似乎是大衛。托亞最後忍無可忍，一把將那個巨大背包從大衛細窄的肩膀提起來。

他唉了一聲。「你裡面到底裝了什麼？」

「三雙襪子、一件長褲、一件備用衣服。一個水壺、一個錫杯、一個盤子。一支計算尺、一只天文錶、一瓶雲杉樹膠，我全部的防腐蝕劑——」

「你應該只打包必備物品。」

大衛強調似地點頭。「我是啊。」

「拜託告訴我你沒把莫洛佐瓦所有手記都帶上。」

「我當然帶了。」

我翻翻白眼。那至少有十五本皮革裝幀的冊子。「拿它們來點燈照路應該會很不錯吧。」

「她在開玩笑嗎？」大衛一臉憂心，「我每次都看不出來她是不是在開玩笑。」

嚴格說，我其實是。我曾希望手記能為我照亮前路，告訴我火鳥的訊息，或許甚至能查出這些增幅物要怎麼幫助我摧毀影淵。但它們是死路。而如果我誠實以對，這些手記實在有點嚇到我了。巴格拉曾警告過我莫洛佐瓦有多瘋，我卻不知怎麼有點期待在他的文字中找到些許睿智之語。結果正好相反。他的手記讓我深刻瞭解走火入魔是什麼樣子，手記幾乎是用無法解讀的潦草塗鴉記載。看來，要成為天才不必有漂亮筆跡。

他早年的手記按年代記述那些實驗，被刪掉的液態火焰配方、預防有機生物體腐敗的方法、致使創造出格里沙鋼鐵的試驗、將氧氣灌回血液的辦法。他花費無盡年月，尋找方法打造不會破的玻璃。這個人的能力早已遠超一般的造物法師，而他自己也非常清楚。格里沙理論最基本的信條就是「同類相喚」，但是莫洛佐瓦似乎認為，如果世界真能被分解為大小相當的元素，每個格里沙應該都能夠予以操縱。*我們不都是一種元素嗎？*他如此強調，還在這句子底下畫線以強調。

他傲慢，他狂妄——但依舊頭腦清晰。

然後針對增幅物的記述就開始了，就連我都能看見其中變化。他的文本更密集、更凌亂。邊緣畫滿圖表和一堆瘋狂的箭頭，往回指涉先前提及的段落。更糟的是，他在動物身上施行實驗與魔法，那些解剖的速寫。那些圖在在令我噁心反胃，並忍不住覺得不管莫洛佐瓦怎樣英年早逝、遭到殉難酷刑折磨，都是罪有應得。他殺了那些動物，又把牠們從死中喚回，有時還反覆執行，一次比一次深入鑽研魔邪、創造與死後世界相連的力量，試圖找到合併打造增幅物的方法。那是禁忌的力量，但我深知其中誘惑，並戰慄地想著：或許正是對此的追求，才將他逼瘋。

就算他追逐的目的是高尚的，從他的手記中我也看不出來。但是，在他狂熱的字跡、堅持這種力量唾手可得的態度中，我感覺到其他渴求。他的時代遠早於第二軍團創立之前，這個人是世上所知最強大的格里沙——而這樣的強大令他舉目無親。想起闇之手對我說的話，阿利娜，從來沒有像我們這樣的人，以後也不會有的。也許，莫洛佐瓦想要相信，就算現在沒人可以像他一樣，未來也可以。他說不定可以創造出擁有更強力量的格里沙。但也可能我只是在胡思亂想，擅自從莫洛佐瓦的手記中反映自己的孤寂和貪婪。我知道的、我想要的、我對火鳥的慾望、我感受到的差異，這團混亂全糾結在一起，到了難分難捨的程度。

湍急的水流聲將我從思緒中拉出來。我們正朝著一條地下河前進。瑪爾減慢眾人步伐，讓我直接走在他身後，拿燈照亮前方的路。這樣也好，因為那個陡峭的斷口來得出人意料，讓人猝不及防，我直接一頭撞上他的背，差點把他推下去，滾進底下的河水中。這個地方的嘈雜震耳欲聾，河水洶湧奔流，水深多少成謎，急流不斷激起陣陣水霧。

我們把繩子綁在托亞腰上，讓他涉水而過，然後在另一邊牢牢綁緊繩子，好讓我們一個接著一個抓著過去。水冷得像冰，一路淹到我胸口。當我緊抓繩子，水流的力道幾乎讓我雙腳騰空。赫薛最後渡河。當他一時失足、另一端的繩子差點鬆開，我有半晌驚慌。但是他立刻冒出水面，拚命呼吸，昂卡變成一隻落湯貓，氣得要命。等到赫薛抵達，臉和脖子早被抓到傷痕累累。

那之後，大家都恨不得稍微休息一下，但瑪爾堅持要我們繼續走。

「我濕透了，」柔雅狂發牢騷，「為什麼不能在這個濕答答的洞穴休息，非得要到下一個濕答答的洞穴？」

瑪爾完全沒中斷步伐，對著後方的河以拇指一比。「因為那個——」為了壓過湍流河水的嘈雜，他拔高音量大吼。「如果我們被人跟蹤，有那些聲音當掩護，想要偷襲我們就再容易不過。」

柔雅臉一沉，但我們繼續前進，直到終於將震天價響的河水拋在後頭。我們在一片潮濕的石灰岩地中空處度過一晚，除了裹在濕答答的衣服裡冷到發抖、牙齒打顫外，什麼聲音也聽不見。

□

整整兩天，我們都這樣在隧道中前進，偶爾發現此路不通，便得折返回頭。我失去方向感，不知到底走往何處，但當瑪爾宣布要轉西，我注意到通道變成往上爬坡，帶我們通往地表。瑪爾設下冷酷無情的步調。為了保持聯繫，他和雙胞胎會從長隊的頭尾互相吹哨示意，確認沒人落後太多。三不五時，他會倒退確認一下大家是否安然無恙。

「我很清楚你在幹麼。」有一次，當他回到隊伍最前方，我對他說。

「所以我在幹麼呢？」

「如果有人拖拖拉拉，你就會突然跑到後面去開始聊天。你跑去問大衛磷的屬性、問娜迪亞她的雀斑──」

「我從來沒問過娜迪亞的雀斑。」

「或隨便其他事情。然後你會慢慢加快步伐，這樣他們也會一起走快一點。」

「比起拿棍子戳他們走，這麼做似乎比較有效。」他說。

「但比較不好玩。」

「我拿棍子的那手累了。」

然後他就一個快步往前開溜。打從離開白大教堂，這是我們說最多話的一次。其他人聊起天好像都沒什麼問題。塔瑪試著教娜迪亞一些蜀邯民謠，很不幸，她的記憶力有夠糟，但她弟弟則近乎完美，而且非常想換他上場。向來沉默寡言的托亞背誦了一整部史詩集──用拉夫卡語和蜀邯語──即使根本沒人想聽。

雖然瑪爾下令嚴格維持隊形，娟雅仍頻繁逃到隊伍前方對我抱怨。

「每首詩講的都是一個叫克里基的勇敢英雄，」她說，「每、一、首、都、是。他每次都有匹駿馬，然後我們就得聽一堆駿馬的事，他身上帶著三支不同的劍，還有綁在手腕上圍巾是什麼顏色，還有那些被他斬殺的可憐怪物，然後他是多麼風度翩翩、虔誠正直。就一個傭兵來說，托亞實在純情到令人很那個。」

我大笑著回頭偷看，雖然根本啥也看不太到。「那大衛喜歡嗎？」

「大衛根本沒在聽，一小時之間他一直囉哩叭唆講一些礦質化合物。」

「也許他和托亞可以互相講到讓對方睡著。」柔雅發牢騷。

她根本沒資格抱怨。雖然都是元素系，可是風術士和火術士唯一的共通點大概就是超級愛吵架。史提格不想要赫薛在旁邊，因為他受不了貓；赫薛一直發脾氣袒護昂卡；阿德理克應該待在隊伍大約中間位置，可是他想離柔雅近一些；柔雅則一直一直從隊伍前頭溜走，試圖躲避阿德理克。我真心希望自己剛剛割斷繩子讓他們全掉進河裡淹死算了。

而赫薛不只惹毛我，還讓我神經兮兮。他喜歡拿打火石一路刮洞穴牆壁，弄出點點火花，而且不斷從口袋摸出小塊硬起司來餵昂卡，再咯咯笑個沒完，好像虎斑貓說了什麼超級笑話。一天早上，我們醒來時發現他把腦袋兩側的頭髮剃掉，那頭猩紅毛髮變成一道厚實的雞冠，從腦袋中央向下延伸。

「你幹了什麼好事？」柔雅尖叫。「你看起來像隻神經病公雞！」赫薛只是聳聳肩。「昂卡堅持要這樣。」

一如往常。隧道不時會出現一些連元素系格里沙都說不出話的奇觀，讓我們大開眼界。我們可能走了數小時，眼前是除了灰石和覆蓋泥巴的石灰岩外什麼也沒有的不毛之地，然後突然間，我們走入一座渾圓滑順，有如一顆巨大琺瑯瓷蛋內部的淺藍色洞穴。大家踉蹌走進一連串小洞穴，點綴在裡頭閃閃發亮的東西搞不好是真正的紅寶石。娟雅把此處取名為珠寶盒。之後，我們開始幫所有洞穴取名字，以打發時間。我們碰到果園——裡面滿是鐘乳石和石筍相融、接合成細柱的洞穴。不到一天，我們就來到舞廳，一個長滿粉紅石英的狹長洞穴，地面滑得不得了，我們只能匍匐前進，有時還得肚子貼地滑行。然後，還有被我們稱為天使之門的地方，該處令人毛骨悚然，從地面伸出一部分的升降鐵閘門，兩旁是長了翅膀的石頭雕像。它們垂下頭，雙手擱在大理石闊劍上。絞盤可以使用，所以我們毫髮無傷地通過。可是這個東西為什麼會放在這兒，又是誰放的？

第四天，我們碰到一個洞穴，裡頭有座完全靜止的池子，呈現出夜空的模樣，深水中有小隻的發光魚在閃閃發亮。

瑪爾和我比其他人走得稍微前面一點。他一手伸進去，喊了一聲又縮回來。「會咬人。」

「你活該，」我說，「噢噢快看，有一灘暗暗的水，裡面有好多亮亮的東西，來喔我們把手放進去。」

「沒辦法，我就愛吃。」他說，令人熟悉的狂妄笑容一閃而過，猶如掠過水面的光。然後他似乎又一瞬間退縮，把背包扛上肩膀。而我意識到他打算和我拉開距離。

我不確定這些話究竟打哪兒冒出來，但——「你沒讓我失望，瑪爾。」

他在大腿上抹著濕濕的手。「我們都很清楚真相是什麼。」

「我們畢竟要一起行動……而且天知道要多久。你終歸還是得和我說話。」

「我現在不就在和妳說話嗎？」

「你看？這難道還不糟嗎？」

「是可以，」他平靜地凝視著我，「如果我只想說話。」

我的臉頰發燙。*妳不想要這樣*，我對自己說，但我覺得整個人彷彿快要理智斷線，像是離火太近的紙張。「瑪爾——」

「我得保護妳的安全，阿利娜，我得專注在最重要的事情上。如果我那樣……我就做不到，」他吁出長長的一口氣，「現在對妳最重要的不是我。我拚死也把那個重要的東西帶給妳，但是拜託，不要逼我裝得一副很容易的樣子。」

他一個勁兒朝下一個洞穴去。

我低頭看著那窪閃亮的池塘，在被瑪爾短暫碰過後，水中的光漩還未平靜。我也聽見其他人吵吵鬧鬧走過洞穴。

「昂卡一直亂抓我。」赫薛緩緩走到我身邊說。

「噢？」我毫無靈魂地問。

「有趣的是，她喜歡黏在身旁。」

「你現在是在故弄玄虛嗎？赫薛？」

「事實上我是在想，如果我吃很多這種魚，會發亮嗎？」

我搖搖頭。我是在想什麼呢？我們碩果僅存的火術士當然是個神經病。我跟上其他人的腳步，朝下一條隧道走去。

「走吧，赫薛。」我回頭喊。

接著，第一聲爆炸傳來。

第五章

整個洞穴一陣搖撼，卵石嘩啦啦恍若河水般落在我們頭上。

瑪爾立刻跑到我身邊，在柔雅從另一側將我包住時使勁一拉，帶我躲開落石。

「把光滅了！」瑪爾大喊。「收東西！」

我們將行李往壁上推，當成某種支撐，然後把提燈弄熄，以防火花引起另一次爆炸。

碰。在上面？還是在北邊？實在無法判斷。

經過好一段時間——碰。這一聲更近，音量也更大。石頭和泥土如雨一般落在我們低垂的腦袋上。

「他找到我們了。」瑟杰呻吟道，因為恐懼，聲音變得斷斷續續。

「不可能，」柔雅反駁，「就連導師都不知道我們要去哪。」

瑪爾稍稍動了一下，我聽見卵石七零八落的聲音。「是隨機攻擊。」他說。

娟雅低喃時聲線顫抖不已。「貓帶衰。」

碰。聲音超大，連我下顎都在震。

「馬坦尼亞茲。」大衛說，也就是沼氣。

一秒後我就聞到泥煤加上腐敗臭氣。如果上方有火術士，只要來一點火花，就能將我們炸成碎片。有人開始哭泣。

「風術士，」瑪爾下令，「把沼氣往東送。」他怎麼有辦法聽起來這麼冷靜？我感到柔雅移動，當她和其他人把沼氣從這裡驅散，我感受到一陣氣流。

碰。實在令人難以呼吸。這空間感覺太小了。

「噢，諸聖啊。」瑟杰顫抖著。

「我看到火焰了！」托亞吶喊。

「送往東。」瑪爾重複，聲線穩定。風術士的風按照號令呼呼吹過，瑪爾在我身旁，用他的身體撐著我，我悄悄伸出一手去找他的手，十指交握。我在另一邊聽到一小聲啜泣，便去尋找柔雅空著的手，握住。

碰。這回，整條隧道都因落石聲轟然作響。我聽見人們在黑暗中吶喊；我的肺中卡滿塵土。

當那聲音停下，瑪爾說，「不能用提燈，阿利娜，我們需要光。」雖然辛苦且艱難，我仍找到一束陽光，讓它在隧道中大放光明。我們全身蓋滿塵土，嚇得要命，睜大眼睛。我快速點了一下人頭：瑪爾、娟雅、大衛、柔雅、娜迪亞和赫薛——昂卡塞在他衣服中。

「托亞？」瑪爾喊著。

沒回應。然後——「我們沒事。」

托亞的聲音從堵住隧道的一面落石牆後方傳來，聲音有力而清晰，我不禁鬆一口氣，用腦袋抵住膝蓋。

「我弟弟呢？」娜迪亞喊道。

「他跟我和塔瑪在一起。」托亞回答。

「瑟杰和史提格呢？」我問。

「我不知道。」

諸聖啊。

我們等著下一聲巨響，等待剩下的隧道在頭上坍塌——什麼事都沒有。於是我們開始朝托亞聲音的方向摸索。同時間，他和塔瑪由另一邊努力挖掘。沒有多久，我們就看見他們的雙手，接著見到髒兮兮的臉龐回望我們。他們迅速來到這側的隧道。阿德理克一放下雙手，他和雙胞胎剛剛站的位置的天頂立刻化為大批塵土石頭、一個勁兒倒塌下來。他整個抖到不行。

「你撐住了這個洞穴？」柔雅問。

托亞點點頭。「我們一聽到前一聲爆炸，他立刻做出一個空氣罩。」

「嗯哼，」柔雅對阿德理克說，「你滿不錯的喔。」

一看到他綻開興高采烈的表情，她立刻唉了一聲。「當我沒說，我要把等級降低，改成勉為其難的認可。」

「瑟杰？」我喊道，「史提格？」

一片死寂，只有碎石聲。

「我想試個辦法。」柔雅說。她舉起雙手，我便從耳中聽見劈劈啪啪，空氣似乎潮濕了起來。「瑟杰？」她問，那聲音聽起來異常遙遠。

然後我就聽見瑟杰了。虛弱、顫抖，但很清楚，好像就在我旁邊講話。「這裡。」他喘著氣。

柔雅手指一伸一縮，進行細微調整，然後再喊瑟杰一次。

這一次，當他回答，大衛說：「聽起來像是從下面傳來的。」

「也可能不是，」柔雅回答，「聲波有誤導的可能。」

瑪爾沿著通道走得遠一些。「不，他說得沒錯，他們那段隧道的地面一定坍塌了。」

我們花了至少兩小時找到人、把他們挖出來——托亞劃土，瑪爾喊出方位，我拚命維持著微渺的照明，同時間風術士穩住隧道兩側，其他人則排成一條隊伍，搬運石頭和沙子。

當我們找到史提格和瑟杰，他們全身覆蓋泥土，幾乎要陷入昏迷。

「我把脈搏放慢，」瑟杰渾身無力、含糊不清地說，「呼吸越慢，需要的空氣越少。」

托亞和塔瑪協助兩人復甦，加快他們的心率，並往肺中灌滿氧氣。

「沒想到你們會來。」仍意識不清的史提格含糊地說。

「為什麼？」娟雅流著淚，輕輕將泥土從他眼周抹掉。

「他不確定你們在不在乎。」赫薛在我身後說。

幾聲聽不清的反駁傳來，外加帶著罪惡感的眼神。確實，我將史提格和赫薛視為外人。而瑟杰……好吧，瑟杰確實有陣子茫然失神。我們沒有一個人真正對他們伸出援手。

等瑟杰和史提格能夠走路，我們回頭朝隧道比較完整的部分走去。風術士一個接一個試探著收回力量，我們屏息以待，看天頂能否撐住，好讓他們休息一下。眾人盡可能將彼此臉上、衣服的塵土和污垢抹去，然後傳著科瓦斯酒瓶。史提格像嬰兒喝奶一樣死抓不放。

「大家都還好吧？」瑪爾問。

「再好不過。」娟雅顫抖著說。

大衛舉手。「我覺得不好。」

我們全笑起來。

「怎樣？」他說。

「妳到底是怎麼做到的？」娜迪亞問柔雅，「就是剛剛那個傳聲技巧？」

「只是以破格的方式傳音，我們在學校的時候常玩，這樣就能偷聽其他房間的談話。」

娟雅嗤了一聲。「果然是妳會幹的事。」

「能教我們怎麼做嗎？」阿德理克問。

「如果我閒到沒別的事好幹。」

「風術士，」瑪爾說，「準備好繼續前進了嗎？」

他們全數點頭，並因為使用格里沙力量而神采飛揚，但我相當清楚他們一定快到極限，而且復元要求的恐怕不只是幾分鐘的休息。

「那麼我們就快點離開這裡吧。」瑪爾說。

我照亮前路，持續警戒著可能等在前方的未知驚喜。我們前進，步步為營，風術士全面警戒，不斷在隧道和通道中彎來繞去，直到我毫無頭緒究竟走了哪條路。如今，我們早已偏離了大衛和瑪爾做的地圖。

所有聲響好像都被放大，每次掉下落石，我們都忍不住暫停腳步、整個人僵住，作好最壞打算。我努力不去想上面那堆沉重的土壤，想點其他事情。如果土層塌下，風術士的力量也失靈，我們一定會遭到活埋，而且不會有任何人知道。我們會像夾進書頁中的野花，完全被遺忘。

最終，我意識到雙腿似乎得用上更多力，並意識到地面的坡度變陡峭，總算聽見鬆一口氣的歎息，外加幾聲弱弱的歡呼，然後不到一小時，立刻發現自己擠進某間地下室，抬頭望見某扇活板門的底部。

這裡的地面潮濕，坑坑巴巴滿是小水窪。這是抵達沿河城市附近的徵兆。靠著我手中湧出的光，可以看見石牆都裂開。可是這些損壞到底是很久以前形成，還是最近的爆炸造成的結果？我無法推知。

「你是怎麼做到的？」我問瑪爾。

他聳聳肩。「和平常一樣，地面上也玩追蹤比賽，我只是如法炮製。」

托亞從外套口袋拿出大衛的舊錶——我都不曉得他是哪時拿到的。「如果這東西有好好計時，那麼日落應該已經過去很久了。」

「這個每天都要上發條。」大衛說。

「我知道。」

「你有上發條嗎?」

「有。」

「那它就會好好計時。」

我忍不住思考要不要該提醒一下大衛,托亞的拳頭恐怕和他的腦袋差不多大。

柔雅嗤了一聲。「照我們這狗屎運,搞不好會有人跑來準備午夜彌撒呢。」

許多通往隧道的入口和出口都位於聖地——但並非全部。我們冒出來的地方很可能是某間教堂的半圓後殿,或修道院的院子,又或者搞不好腦袋一探出來就發現自己身在妓院。那個,這位先生你好啊。我壓下有點歇斯底里的竊笑。都是因為我太累又太怕,所以整個人變得很輕浮。

要是上面有人在等著我們,該怎麼辦?要是導師再次改換陣營,安排闇之手追兵在後?但我現在腦子真的不清楚。瑪爾認為隧道爆炸是隨機攻擊,這也是唯一合理的解釋。導師不可能知道我們會在什麼時候走到什麼位置。就算闇之手不知怎麼發現我們打算前往雷沃斯特,何苦大費周章用炸彈把我們逼上地面?他只要在那裡等我們出來就好。

「走吧。」我說,「我感覺快窒息了。」

瑪爾對托亞、塔瑪示意,將我夾在中間。

「做好準備,」他對他們說,「只要一有任何狀況,就帶她離開這裡,盡可能在隧道朝正西前進,走得越遠越好。」

直到他爬上樓梯,我才發現我們得暫時原地待命、等他先走。托亞和塔瑪是更身經百戰的戰士，瑪爾卻是我們之中唯一的被棄者。那麼，為什麼得由他承擔風險？我想叫他回來，對他說要小心，但這麼做只會顯得突兀。如今我們做事再也不走小心路線了。

在樓梯最頂端，他對著下方的我做手勢，我放開光束，任黑暗籠罩。我聽見咚的一聲，接著是絞鏈拉緊的聲音，然後一聲輕哼，活板門打開時發出嘎吱一響。沒有光線傾洩而下，沒有吶喊，沒人開火。

我的心臟在胸中狂跳。我仔細聽瑪爾把自己撐上去的聲音，以及位於上方的腳步聲。終於，我聽到火柴刮擦，光透過活板門一片大亮。瑪爾吹了兩聲口哨——表示一切安全。

我們一個接一個爬上樓梯。當我將頭探出活板門，一陣寒意竄過脊椎。這是個六角形的空間，雕刻裝飾的四壁材質像是藍色天青石，每面都有繪上不同聖人的木頭鑲板，其金色光環在提燈光芒中相映成輝。角落結了厚厚的奶白色蜘蛛網。瑪爾的提燈擱在一座大理石棺上。我們身在地下墓窖。

「真是太完美了，」柔雅說，「從隧道跑到墳墓，接下來又會是什麼？去屠宰場郊遊嗎？」

「米涅茲，」大衛指著刻在牆上的其中一個名字，「他們是古老的格里沙家族，甚至有一個待過小行宮——」

「你說在大家被殺之前嗎？」娟雅抱著希望插嘴。

「姬瓦．米涅茲，」娜迪亞靜靜說道，「她是風術士。」

「我們可以去別的地方開派對嗎？」柔雅問，「我想離開這裡。」

我揉揉雙臂。她說得有道理。

門看起來像用沉重的鐵製成。托亞和塔瑪用肩膀去頂，我們則排排站在他們後面，舉起雙手，火術士持打火石準備好。我在後方就定位。如果有必要，我會立即使出黑破斬。

「數到三。」瑪爾說。

我忍不住冒出一聲竊笑，所有人都轉過頭來。

我漲紅了臉。「不是，只是——我們很可能身在墓園，現在卻要一股腦兒衝出墳墓。」

娟雅也咯咯笑著。「如果外面真的有人，大概會被我們嚇到屁滾尿流。」

瑪爾露出微乎其微的笑，「好主意，那我們就一邊鬼叫一邊衝出去，嗚嗚嗚嗚嗚。」然後他的笑容旋即消失，瑪爾對托亞點點頭。「低調。」

他開始倒數，然後出力猛推。門栓發出尖銳聲響，墓穴門轟然敞開，我們靜靜等待，但並未傳來任何警報。

慢慢地，我們一個接一個走入廢棄的墓園。由於距水邊近，人們會將亡者葬在地面以上位置，以防發生洪水。墓穴有如石頭屋舍般排成整齊的一排排，讓這個地方散發廢棄城市的氛圍。一陣風吹來，掃落樹上葉子，擾動以小墓地為中心生長的野草。這地方令人毛骨悚然，但我才不管。經歷洞穴中的寒冷後，這裡簡直暖到不行。我們終於到外面了。

我仰著頭、深深呼吸。這是一個清澈無月的夜晚，在地下度過漫長數月後，竟能望見這般天空，著實令人頭暈目眩。而且星星好多好多，閃閃發光、紊亂纏結成一團，近得彷彿觸手可及。

我任憑這令人慰藉的光灑在身上，因為充盈肺裡的空氣及籠罩周遭的夜色而滿心感激。

「阿利娜。」瑪爾柔柔地說。

我睜開雙眼，其他格里沙都在看我。「怎樣？」

他握住我的雙手，舉到我面前，一副要和我跳舞的模樣。「妳在發光。」

「噢，」我呼吸一口氣。我的皮膚變成銀色，包在星光之中。我甚至沒意識到自己進行了召喚。「糟糕。」

他伸出一根手指，順著我上臂往下撫摸，來到袖子拉起來的地方，看著光芒在我皮膚上舞動，唇上揚起一個笑容。但突然間，他往後退，一副我的手很燙似地放了開來。

「妳得小心一點。」他語氣緊繃，示意阿德理克幫托亞重新封上墓穴，然後對眾人開口。「跟緊一點、保持低調。我們得在日出前找到藏身處。」

其他人紛紛跟上他的腳步，再次由他帶隊。我則落在後方，逕自將光從皮膚上弄掉。它黏著我不放，我的身體似乎極度渴望著它。

當柔雅走到我的身邊，她說，「史塔科夫，妳知道嗎？我開始覺得妳是故意把頭髮變白了。」

我甩了一下手腕，抖掉些許星光，注視著它消散。「是是是，柔雅，對死亡的追求是我的獨家美容法不可或缺的一部分。」

她聳了聳肩，瞥了瑪爾一眼。「就我個人而言這招確實太拙劣，但我得說妳這個月光少女的形象好像還挺有用的。」

如果我要和別人討論瑪爾，柔雅完全是最後一個選擇。可是這種說法聽起來莫名像是稱讚。我還記得她在洞穴塌掉時緊抓著我的手，還有當時她有多麼強大。

「謝謝妳，」我說，「謝謝妳在底下的時候保護了我們，還有幫忙救了瑟杰和史提格。」就算我不是字字真心，看到她一臉驚愕也算值得。

「不客氣，」她勉強出聲，立刻把那完美的鼻子朝上一抬，「但我可不會一直在旁邊救妳的小命啊，太陽召喚者。」

我綻開笑容，隨她走上墳墓間的走道。至少這傢伙很好預測。

□

從墓園出去實在花了太久時間。一排排墓穴無盡延伸，無疑等同拉夫卡世代征戰的殘酷證據。這條路被掃得乾乾淨淨，墳墓清楚可見簇簇鮮花、肖像畫、糖果禮品，小堆小堆的貴重彈藥，算是對死者的一些心意。我想起在白大教堂向我們道別的男男女女，他們將禮物塞進我們手中。當我們終於通過閘門，我滿心感激。

因為恐懼著洞穴不知何時會坍塌，以及長時間步行，對我們造成不小負擔。但瑪爾堅決要我們在日出前盡可能靠近雷沃斯特。我們步履艱難地在與主要道路平行的路徑上前進，持續在被星光照亮的原野上行走。不時，我們會瞥見某幢孤單的房舍，窗中燈火明亮。有時，那像是一種慰藉，能看見生活的跡象，想像某個農夫在夜裡起身，倒一杯水，有短暫一瞬對著窗戶轉過頭，望向外頭的一片黑暗。

當我們在路上聽見某人慢慢靠近，天才剛開始要亮。在瞥見第一輛運貨馬車前，我們差點沒來得及逃進樹林、躲入樹叢。

車隊約十五人，大多是男性，零星幾名女性，全身重裝。我零星瞥到第一軍團的制服——標準軍配長褲，塞進百分之百非正規的牛皮靴中。步兵團外套上的銅鈕釦被剝得一乾二淨。單看實在無法判別他們運送的是什麼。貨物都被馬毯蓋起，並用繩索緊緊綁在馬車底板上。

「民兵部隊？」塔瑪小聲地說。

「有可能，」瑪爾回答，「只是不確定這群民兵從哪兒弄到連發步槍的。」

「假如他們是走私者，我還真是一個都不認識。」

「我可以去跟蹤。」托亞說。

「你乾脆叫我到大馬路中央跳華爾滋算了。」塔瑪一陣奚落。托亞難得一次按兵不動。

「我技巧已經好多了，」他辯解，「此外——」

瑪爾瞟了一眼，要他們安靜。「別追蹤、別涉入。」

當瑪爾帶著我們更深入樹林，托亞悶聲咕噥。「妳根本不知道怎麼跳華爾滋好不好。」

□

我們在索科爾河某條纖細支流附近的空地搭營。這條河主要源自佩塔索的冰川及港口城市的商業核心。我們希望，這麼一來距離市中心和主要道路就夠遠，不用擔心會不小心遭人撞見。根據雙胞胎所說，走私者的會面處位於一座繁忙廣場，該處能俯瞰雷沃斯特河流。塔瑪手中已有羅盤和地圖，雖然她一定也和我們一樣疲累，但仍立刻動身，欲趕在中午前抵達市鎮。

我千百個不願意讓她隻身前往一個可能是陷阱的地方，但我們都同意非她不可。托亞的個頭太可疑，而我們沒有一個人曉得走私者如何交易，或者怎麼相認。可是我的警鈴依舊響個不停。我從來不懂雙胞胎的信仰，還有他們願意這樣冒險犯難的主因。但在面臨得在我和導師之中抉擇的關鍵時刻，他們毫無猶疑地展現了絕對的忠誠。

我快速捏了塔瑪的手一下。「拜託不要胡來。」

娜迪亞一直在旁邊徘徊，此時，她清了清喉嚨，吻了塔瑪兩邊臉頰。「保重。」她說。

這位破心者咧嘴笑開，「如果有人想找麻煩，」她邊說邊把外套一掀，露出斧頭的手柄，「我這兒有新貨呢。」

我望著娜迪亞，強烈感到塔瑪在耍帥。

她拉起帽兜，邁開步伐，小跑竄入樹林。

「*Yuyeh sesh.*」托亞用蜀邯語在她身後高呼。

「*Ni weh sesh.*」她回頭喊道，然後便消失身影。

「那是什麼意思？」

「這是我們父親教的，」托亞回答，「*Yuyeh sesh*，不要理會心中所想。但那是比較直白的翻譯。真正的意思比較像是『該做什麼就做什麼』——如須殘酷，那就殘酷。」

「下一句呢？」

「妳說*Ni weh sesh*嗎？意思是『我沒有心』。」

瑪爾揚起一眉。「你們家老頭聽起來很有意思。」

托亞露出有點瘋癲的笑容，那瞬間簡直和他的手足如出一轍。「他確實是。」

我回頭望著塔瑪離開的方向，在樹林和原野再過去的某處就是雷沃斯特。我祈禱著她能平安。*塔瑪，希望妳帶回王子的消息，因爲我覺得只靠我自己，一定辦不到。*

□

我們展開鋪蓋，均分食物。當托亞和瑪爾巡邏四周、設置守衛要站崗的哨點，阿德理克和娜迪亞開始搭營。我看見史提格試圖讓瑟杰吃點東西。我本來希望上到地面能讓他恢復精神，但即便瑟杰不再那麼驚慌，我仍能感到緊繃的氣息不斷從他身上散發出來。

說句實話，我們全都像是驚弓之鳥。儘管能躺在林間並再次望見天空是十分美好的事，但是同時也令人難以承受。白大教堂的生活悲慘至極，但還算撐得過去。可是到了上面，一切變得更超乎想像，我根本難以控制。民兵組織和闇之手的人馬在地面上到處肆虐。不管我們找不找得到尼可萊，都得再次回到這場戰爭中——而這代表將有更多戰鬥，也會失去更多性命。世界再一次變得天寬地闊，而我不確定自己喜不喜歡這樣。

我看著營地，赫薛已蜷起身子打盹兒，昂卡躺在他胸口；蒼白的瑟杰有如驚弓之鳥；大衛背靠著樹，雙手捧書，娟雅枕著他的大腿睡去；娜迪亞和阿德理克笨拙地摸索那些柱子和帆布，同時柔雅只是在旁邊盯著看，連出手幫忙都懶。

不要理會心中所想。我也想啊。我不想再哀悼，不想再覺得失去什麼，或有罪惡感，甚至擔心受怕。我想要冷酷無情、精於算計，我想無畏無懼。在地底下我好像可以做到。但在這裡，在這片林中，和這些人在一起，我就不那麼確定了。

最後我一定是打了瞌睡，因為當我醒來，已是傍晚時分。斜陽切過樹林，托亞正在我旁邊。

「塔瑪回來了。」他說。

我立刻坐起來，徹底清醒。但托亞的面色陰沉。

「沒人去找她？」

他搖搖頭，我挺起肩膀。我不要任何人看見我失望。塔瑪能平安來回這一趟，我就該心存感謝。

「瑪爾知道嗎？」

「不知道，」托亞說，「他在小溪裝水，赫薛和史提格在值班站崗。要我去找他們來嗎？」

「這可以等。」

塔瑪正靠著一棵樹，在其他人聚過來聽她報告時拿著錫杯大口大口喝水。

「有沒有遇到什麼狀況？」我問。

她搖搖頭。

「妳確定沒有去錯地方？」托亞說。

「市集廣場西側——我還早到了，然後待到很晚，向店老闆打了招呼，看了四次蠢得要命的木偶戲。如果這個地點確實在使用中，一定會有人來找我。」

「我們可以明天再試一次。」阿德理克提議。

「應該由我去，」托亞說，「妳在那邊待了太久，如果又出現，大家會注意到的。」

塔瑪用手背抹抹嘴。「如果我捅操偶人一刀會引來太多注意嗎？」

「如果妳不出聲就不會有人知道。」娜迪亞回答。

我們全轉頭看她，而她臉頰紅得要命。我從沒聽娜迪亞說過什麼笑話。大多時候，她只擔任瑪麗的聽眾。

塔瑪從手腕滑出一把匕首，快速轉了一下，以一指指尖頂著刀。「我完全可以不出聲，」她說，「也可以當個大好人——搞不好我會讓木偶活下來呢。」她又灌了一口水。「此外我也聽到一些消息——大消息，西拉夫卡表示他們和尼可萊同一陣線。」

我們頓時豎起耳朵。

「他們堵住了影淵西岸。」她繼續說，「所以，要是闇之手想要武器或彈藥——」

「他就得透過斐優達。」柔雅把話接完。

然而其中意義不只如此，這代表闇之手輸了西拉夫卡的海岸線與其海軍，以及拉夫卡早就極其薄弱的貿易必經之路。

「現在是西拉夫卡，」托亞說，「下一個可能就換蜀邯。」

「或克爾斥。」柔雅插嘴。

「或兩個都是！」阿德理克粗聲喊道。

我幾乎能見到一線希望蜿蜒流過我們這群人。

「所以現在怎麼辦？」瑟杰焦慮地扯著袖子。

「我們再多等一天。」娜迪亞說。

「我不知道，」塔瑪說，「如果要我再回去也沒關係，但是今天廣場上也有闇衛。」這是不祥之兆。闇衛是闇之手的私人軍隊。如果他們爬滿那個區域，我們就有充足理由快點離開。

「我要去找瑪爾談談，」我說，「別太鬆懈，說不定我們得在早上就動身。」

當塔瑪和娜迪亞轉身去猛吃配糧，其他人各自散開。塔瑪一直把她的刀彈來彈去、轉個不停——她絕對在耍帥，但娜迪亞似乎不在意。

我小心翼翼朝水聲方向走去，努力釐清腦中想法。如果西拉夫卡對尼可萊效忠，就是表示他還活蹦亂跳的大好徵兆。此外，他給闇之手惹出的麻煩恐怕比白大教堂所有人想像得多。我雖鬆了一口氣，卻不確定下一步該怎麼走。

當我來到小溪邊，瑪爾正在淺水處屈著身子。他赤著腳，打赤膊，褲子捲到膝蓋，注視著水面，表情專注。但一聽到我靠近，立刻直起身子，手伸向步槍。

「是我。」我從林中步出。

他放鬆下來，又彎身回去，目光回到小溪。「妳跑到這裡做什麼？」

有一瞬間，我只是這樣望著他。瑪爾一動也不動，然後剎那間伸出雙手、插進溪水中。等他再起身，手中已抓了條扭動掙扎的魚——他又扔回去。畢竟我們不能冒著風險生火煮魚，所以抓也沒用。

我在卡拉錫看過他這樣抓魚。即使是在冬天，當特里夫卡池塘整個結冰，他還是知道該在哪個位置破冰、該在哪裡投下釣線，或是該在什麼時刻出手。而我會在岸邊等著、陪著他，努力在林中尋找鳥兒築巢的位置。

現在不一樣了。溪水將閃亮光線映在他臉面，以及在皮膚下方移動自如的肌肉。我突然意識到自己猛盯著他看，趕忙叫自己振作一點。我以前也看過他沒穿上衣，現在實在沒有必要這樣犯傻。

「塔瑪回來了。」我說。

他站起身，瞬間對抓魚不再感興趣。「然後？」

「完全沒看到尼可萊的人。」

瑪爾嘆口氣，伸手抓撓頭髮。「該死。」

「我們可以再多等一天。」我表示，雖然早就知道他會怎麼回答。

「我們浪費的時間夠多了。我不知道往南走或是找到火鳥得花多久時間，可是只要碰到下雪，我們恐怕就會被卡在山中。此外，還得幫其他人找藏身處。」

「塔瑪說西拉夫卡宣示效忠尼可萊，要是我們帶他們去那邊呢？」

他思考了一下。「那是條漫漫長路，阿利娜。我們已經浪費太多時間了。」

「我知道，但那裡比影淵這邊的任何地方都更安全，也是另一個能找到尼可萊的機會。」

「從那邊往南跋涉可能也沒那麼危險……」他點點頭，「好，得叫大家準備就緒，我今晚就想動身。」

「今晚？」

「沒有必要乾等。」他涉水上岸，赤腳踩上岩石，蜷起了趾頭。

他沒有真的把就地解散說出口，不過也和說出口沒兩樣。不然還要講什麼？

我開始往營地走去，然後想起還沒告訴他闇衛的事，便回過頭大步朝小溪走去，「瑪爾……」我才開口，所有話語卻一時消失在口中。

他正彎身拿水壺，背對著我。

「那是什麼？」我憤怒地說。

他立刻轉身，整個人扭過來，但已經太遲。他張口欲言。

瑪爾還來不及講話，我已經惡狠狠地說：「要是你敢說『沒有什麼』，我就要把你打到不醒人事。」

他立刻把嘴閉緊。

「轉過來。」我用命令的口吻說。

有一瞬間，他只是站在那兒，然後嘆了口氣，轉過來。

他寬闊的背上鋪開一大片刺青，有點像羅盤方位圖，但是更像太陽。指針從一邊肩頭延伸至另一邊，也直下脊椎。

「為什麼？」我問，「你為什麼要這麼做？」

他聳聳肩，肌肉在這精細而複雜的圖案底下一伸一縮。

「瑪爾，你為什麼要在自己的身體留下這種標記？」

「我疤很多，」最後他說，「可是這是我自己的選擇。」

我靠近觀察，圖案中融入了一些字母——*E'ya sta rezku*。我皺起眉。這看起來像是古拉夫卡語。

「那是什麼意思？」

他一聲也不吭。

「瑪爾——」

「這很難為情。」

我絕對不會看錯——他頸子上擴散開一片紅暈。

「告訴我。」

他遲疑一下，清清喉嚨，低聲說：「我將成為刀刃。」我將成爲刀刃？所以他是嗎？這個讓格里沙毫無怨言、忠心追隨的男孩？在洞穴從頭上塌下時，仍不慌不亂的男孩？這個告訴我我會成為女王的男孩？我覺得自己好像再也不認識他了。

我以指尖掠過那些字母，他一陣緊繃，皮膚仍因溪水的關係濕答答。

「這算很好了，」我說，「我的意思是，如果上面寫的是『來抱抱』，或者『我要變成薑汁布丁』，那才真的難為情咧。」

他吐出一個令人訝異的粗聲大笑，然後在我的指尖一路沿脊椎描繪時嘶聲抽氣。瑪爾在拳頭緊握在身側，我知道自己應該退後，但我不想。

「是誰刺的？」

「托亞。」他粗著嗓子說。

「沒有想像那麼誇張啊。」

我摸到日輪最遠的那端，在他脊椎底部位置，暫停一下，指頭一路拖拉往上畫。而他倏地轉過身，用力抓住我的手。

「別這樣。」他猛然說道。

「我——」

「我沒辦法——如果妳逗我笑，還這樣碰我，我真的無法。」

「瑪爾——」

突然間，他猛一抬頭，一指放在嘴唇上。

「手舉起來。」一個聲音從林中陰影處傳來。轉瞬間，瑪爾立即俯身拾槍，架到肩上，但林中已竄出三人——兩男一女，女人頭髮綁成髻——他們武器的槍口瞄準了我們。我認出這些人正是在路上見過的那支車隊。

「把那玩意兒放下，」一個蓄短山羊鬍的男人說，「除非你想看到你的女人被打成蜂窩。」

瑪爾將步槍放回石頭上。

「走過來，」男人說，「慢慢的，別想亂來。」他穿著第一軍團的外套，但是和我見過的士兵毫無相似之處。他的頭髮長且纏結，用兩條亂糟糟的繩辮固定，露出眼睛；此人胸前橫著幾條彈帶，還穿一件髒兮兮的背心。以前可能是紅色，但現在褪成介於李子色和棕色之間。

「我需要我的靴子。」瑪爾說。

「沒有的話你就比較難跑掉。」

「你想要什麼？」

「你可以從回答問題開始，」那男人說，「附近城鎮多的是躲起來比較舒服的地方。所以你們這十幾個人窩在森林裡，到底是為什麼？」他一定是看到了我的反應，因為他說，「沒有錯，我找到了你們的營地。你們是逃兵嗎？」

「對，」瑪爾對答如流，「從克斯基逃出來的。」

那人搔搔臉頰，「克斯基？也許吧，」他說，「但是——」他上前一步。「奧列捷夫？」

瑪爾僵住，然後說，「盧欽科？」

「諸聖啊，打從你的單位和我一起在波利茲那亞訓練，我就沒見過你了。」他轉向另一個人。「這個小蠢貨是整整十支軍團中最強的追蹤師，我這輩子沒見過這種事。」他咧嘴燦笑，但仍沒放下步槍。「現在，你成了全拉夫卡最知名的逃兵。」

「我只是想活命。」

「兄弟，你我都一樣。」他對我比了比。「這人不是你的老相好。」

如果不是被步槍指著臉，這句話可能會傷我很深。

「只是另一個和我們一樣的第一軍團小兵。」

「喔？和我們一樣？」盧欽科用槍戳了戳我。「拿掉圍巾。」

「風大，有點冷。」我說。

盧欽科又戳了我一下。「小妞，快點。」

我瞥了瞥瑪爾，幾乎能看見他正權衡著各種選項。我們站得很近，我若使出黑破斬，絕對能造成嚴重損傷，可是在那之前，這些民兵恐怕早就不知道開了幾輪火了。我是可以讓他們瞎眼，然而一旦開始交火，營地那邊的人又會出什麼事？

我聳聳肩，粗魯地一扯，將圍巾從頸子拉下。盧欽科低低吹了聲口哨。

「我確實聽說你和一群聖徒混在一起啊奧列捷夫，看來我們逮到了個聖人呢，」他把頭往旁一歪。「我還以為妳會高一點——把他們都綁起來。」

我再一次堅定地和瑪爾四目相交。他要我出手——我感覺得到。只要雙手沒被綁起來，我就能召喚出光、予以控制。但是其他格里沙該怎麼辦？

我伸出雙手，讓那女人拿繩子把我手腕綁起來。

瑪爾嘆了口氣，也和我做出一樣動作。「能至少讓我把衣服穿上嗎？」他問。

「不能，」她拋了個媚眼，「我喜歡這畫面。」

盧欽科放聲大笑。「人生真是相當有意思，你說是不是？」他們用槍逼我們走進樹林時，盧欽科用帶著幾分哲理的語氣說。「我其實只想要一小滴茶潤潤喉，現在卻來了一整壺，簡直能把我淹死。在我看來，闇之手為了讓你們兩個被送到他家門口，就算淘空國庫也情願。」

「你這麼輕易就要把我交出去？」我說，「有夠蠢。」

「明明有把槍指在妳背後，還這麼囂張。」

「我只是覺得這是樁好生意，」我說，「你認為斐優達或蜀邯不會願意多花點錢——搞不好是花很多點錢——好把太陽召喚者弄到手嗎？你們有多少人？」

盧欽科回頭看了一眼，像學校老師一樣對我搖了搖手指。反正試一下也不會少一塊肉。

「我只是要說，」我故作天真繼續說，「你其實可以拿我去拍賣到更高的價錢，讓你每個手下都賺飽，開開心心過下半輩子。」

「我喜歡她的想法。」綁了髮髻的女人說。

「不要太貪心了，葉卡捷琳娜，」盧欽科說，「我們不是使節，也不是外交官，光是那女孩項上人頭的賞金就能讓我們買到穿越國境的路費。搞不好我會搭船從第爾霍姆閃人，又或者這輩子就這樣埋在一大堆金髮妞裡。」

我們進入空地時，盧欽科和身材凹凸有致的斐優達女人尋歡作樂的噁心畫面瞬間從我腦中蒸發——格里沙全被趕到中央，並遭到近三十名全副武裝的民兵團團圍住。托亞頭上挨了一記，看起來傷得很重，血流不止；赫薛仍未卸下警戒，但我只消一眼就知道他中了槍。他很蒼白，站得搖搖晃晃，緊抱著身側的傷口氣喘吁吁。昂卡狂吼不已。

「瞧？」盧欽科說，「有這種意外之財，我根本不用擔心什麼最高出價者。」

我走到他面前，盡可能將音量壓到最低。「放他們走，」我說，「如果你把他們交給闇之手，他們會遭受折磨。」

「然後呢？」

我吞下流竄全身的憤怒情緒。出言威脅恐怕什麼都談不成。「活囚犯比死屍體更有價值，」我刻意乖順，「至少解開我的手，這樣我才能照料受傷的朋友。」也才能將手腕一抖，把你那些狐群狗黨一舉殲滅。

葉卡捷琳娜瞇起眼睛，「不行，」她說，「讓她手下隨便一個放血者去照料他。」她往我背後一戳，領我們加入其他人。

「瞧見那項圈了嗎？」盧欽科問群眾，「我們抓到了太陽召喚者！」

其餘民兵傳出驚呼和幾聲高喊。「所以現在可以來想一想拿到闇之手的獎金後要怎麼花了。」

他們發出歡呼。

「為什麼不拿她去勒索尼可萊．藍索夫？」這團人後方的某個士兵說。我位於空地正中央，而且他們的人數似乎比預想更多。

「藍索夫？」盧欽科說，「如果他腦袋裡還有腦，就會找個漂亮小妞坐他膝上，隱居在溫暖的鄉下——如果他還活著的話。」

「他還活著。」有人說。

盧欽科啐了一口。「對我來說並沒有差。」

「那對你的國家呢？」我問。

「我的國家為我做過些什麼嗎？小女孩？沒土地沒人生，只有一件制服一把槍。王座上是闇之手還是什麼沒用的藍索夫，我根本無所謂。」

「我在歐斯奧塔的時候看過王子，」葉卡捷琳娜說，「長得還不賴。」

「長得還不賴？」另一個聲音說，「他根本帥到爆炸。」

盧欽科臉一沉，「是誰覺得——」

「驍勇善戰，足智多謀，」現在那聲音似乎轉到我們上方。盧欽科歪過脖子，仔細端詳林中。

「舞技過人，」那聲音說，「噢，而且還是個神射手。」

「誰——」盧欽科沒機會把話說完便傳來轟天一響，他雙眼間立時出現一個小黑洞。

我倒抽一口氣。「這不可能——」

「別這麼說。」瑪爾低聲道。

轉眼之間，天下大亂。

第六章

槍火震碎周遭空氣，瑪爾一把將我推倒，我面朝下，一臉栽到森林地面的護根層，並感到他以身體護著我。

「趴下！」他大吼。

我將頭扭到一側，看見格里沙在我們周遭圍成一圈，赫薛倒地，但是史提格手持打火石，火焰貫破天際；塔瑪和托亞衝進混戰；柔雅、娜迪亞和阿德理克紛紛舉起雙手，樹葉從森林地面被狂風捲起。但在纏鬥的各方武裝人馬中，著實難分敵我。

當某人從樹頂盪下，我們旁邊突然傳來咚的一聲。「你們兩個打著赤腳沒穿衣服在泥巴裡面幹什麼呢？」一個熟悉的聲音問道。「希望是在找松露，我說對了嗎？」

尼可萊一刀劈斷綁住我們手腕的繩子，扯著我站起身。「下次我也會想辦法被逮，這樣就會比較好玩。」他扔了把步槍給瑪爾。「一起上？」

「我根本分不出誰是我們這邊的！」我不禁抱怨。

「人少到爆的那方就是我們這邊。」

不幸的是，我想尼可萊沒在開玩笑。在整個陣型轉移時我鎮定下來；從淺藍色的臂帶來區分尼可萊的人馬比較容易。對上盧欽科的民兵部隊，他們勢如破竹，可是即使缺了領導者，敵人的凝聚力依舊強大。

我聽見一聲吶喊，尼可萊的人往前進，催促著格里沙移到他們前方，我們被驅趕在一塊兒。

「現在是怎樣？」我問。

「就是要趕緊開溜這樣。」尼可萊愉快地說。但我從他那張沾滿泥濘的臉上看見一絲緊繃。

我們倉皇逃進林中，在尼可萊於樹木間狂奔時努力跟上。我無法推知我們要去哪兒。朝小溪去，還是大路？我完全失去了方向感。

我看了一下身後，清點剩餘的人，確認一個都沒少。風術士在前後輪番進行召喚，將樹拉倒、擋住民兵的路；史提格瞄準那些人，噴出一道道火焰。大衛跑在娟雅身旁，他不知怎麼又撿回了背包，卻因為那壓垮人的重量而腳步踉蹌。

「把那丟掉！」我喊道，但就算他真的聽見，也不理不睬。

托亞一把將赫薛扛上肩。這名高大火術士的體重拖慢了他的腳步。一名軍刀出鞘的士兵正慢慢逼近。塔瑪一個撐跳，躍上倒下的樹幹，以手槍瞄準、開火。轉眼間，那個民兵就揪住胸口，腳步跨到一半便頹然倒下。昂卡衝過那具身軀旁邊，緊跟在托亞後方。

「瑟杰呢？」我才剛大喊出聲，立即瞥到他慢吞吞落在後方，一臉茫然不知所措的模樣。塔瑪立即回頭，一面閃躲倒下的樹木和火焰，一面硬拖著他跟上。我聽不見她到底吼了些什麼，但想必不是溫柔的愛的鼓勵。

我失足絆倒，瑪爾抓住我手肘、推我向前，再轉身舉起步槍射擊兩發，接著我們就擁進大麥田中。

儘管傍晚陽光熾烈，麥田仍裹在一層不祥的大霧中。我們全速越過沼澤般的軟土，直到尼可萊大喊：「這裡！」

我們趕緊煞住步伐，並因此激起陣陣碎土。這裡？我們在一片空盪原野正中央，四面八方除了大霧掩護，就只有緊追在後、渴望報仇也渴望賞金的大批民兵。

我聽到兩聲尖銳的口哨，接著腳下大地一陣搖撼。

「抓好了！」尼可萊說。

「是要抓什麼？」我喊了一聲。

下一秒，我們往上升起，纜索在兩旁啪一聲就定位。同時間，地面似乎高了起來。我抬頭一看——大霧分開，我們正上方盤桓著一艘巨大飛行器，載貨口敞開。這是一艘淺型駁船，一端配備風帆，整艘船懸在一個長條形的巨大充氣囊下。

「這是什麼玩意兒？」瑪爾說。

「鶺鴒號。」尼可萊說，「——其實應該說是鶺鴒號的原型。問題關鍵在於氣球不能漏氣。」

「那你解決這個小問題了嗎？」

「大部分解決了啦。」

腳下的土地碎開，只見我們站在一片以某種金屬網格製成的搖晃不穩平台上。我們又往上飛得更高——先是離地十呎，接著十五。一顆子彈砰地打在金屬上。

我們紛紛站到平台邊緣，盡力瞄準從下方對我們開火的狂徒，緊抓著繩索。

「快走！」我喊道。「為什麼不快點拉開距離？」

尼可萊和瑪爾交換了個眼神。

「他們知道太陽聖人在我們手上。」尼可萊說，瑪爾點點頭，一把抓起手槍，快速以手肘各推托亞和塔瑪一下示意。

「你在做什麼？」我問，不禁驚慌起來。

「我們不能留任何活口。」瑪爾說完，從邊緣一躍而下。我放聲尖叫，但是他往地上一滾作為緩衝，旋即起身開火。

托亞和塔瑪跟進，在尼可萊和他的人手全力從上方進行掩護的同時，迅速解決剩下的民兵。我見到其中一個民兵突圍朝林子奔去，托亞對著這名獵物背後發射一顆子彈，那人甚至還沒倒地，這個巨人已然轉身，一手握拳，擰碎另一名悄悄揮刀從他身後撲來的士兵的心臟。

塔瑪直接衝向葉卡捷琳娜，斧頭唰唰閃爍兩次，女兵旋即倒地，髮髻飄然飛落在她失去生命的軀體旁，上頭還連著一片顱骨。另一人舉起手槍瞄準塔瑪，但是瑪爾早看準了他，不帶一點慈悲劃開他喉嚨。我將成爲刀刃。此處已經一個人也不剩，只有橫屍遍地。

「快點！」平台升得更高，尼可萊大喊著拋下繩索，瑪爾一腳抵地，將繩索拉得繃緊，好讓塔瑪和托亞能爬上來。雙胞胎一上平台，瑪爾就以腳踝和手腕勾住繩索，讓他們彎身拉他上船。

直到此時我才看見他身後的動靜——有個人從地上爬起，渾身蓋滿泥濘和鮮血，軍刀舉在身前。

「瑪爾！」我放聲大喊，可是太遲。他的四肢還纏在繩索上。那名士兵發出狂吼、揮刀劈砍，瑪爾只能徒勞無功地舉手自衛。光映在那名士兵的刀刃上。他揮到一半、暫停動作，軍刀從手中掉落。接著，他的身軀被切成兩半、從中分開，彷彿有人從他頭頂一路劃開一條完美線條，直到鼠蹊。當他四分五裂，那條線散發粲然金光。

瑪爾抬頭，我站在平台邊緣，雙手仍因施展黑破斬而灼灼放光。我整個人搖搖晃晃，所幸尼可萊搶在我翻落邊緣前把我拉回來。我趕忙掙脫，飛快衝到平台最遠端大吐特吐。

我緊扣著冰冷的金屬，覺得自己簡直像個懦夫。瑪爾和雙胞胎挺身加入戰鬥，確保闇之手不會得知我們的位置，毫無遲疑。他們招招無情、效率過人。而我不過就取了這麼一條命，卻像個孩子那樣縮成一團，擦著唇上的嘔吐物。

史提格放出火舌燒燬地上的屍體。我根本沒時間停下來思考，那副砍成兩半的屍體根本像是沉默的告密者，將會直接透露我的行蹤。

過了一會兒，平台被拉上來，收進鵜鶘號的載貨空間，我們上路離開。當我們來到甲板，飛船爬升進雲海中，太陽的金光映照在左舷。尼可萊高喊口令，一組風術士出手操縱那顆巨大的菱形氣球，同時間，另一組人則往船帆中灌滿強風。浪術士在船底部裹上霧氣，以免遭地上的人識破行蹤。我認出了一些面孔，那是在尼可萊還喬裝成史鐸霍恩、瑪爾和我在他船上當囚犯時的那些野生格里沙。

與蜂鳥號、翠鳥號相比，這艘船艦更為巨大，姿態也少了點優雅。我迅速發現這是為了運送貨物而打造的船。尼可萊在南北邊界間——偶爾也穿越影淵——走私贊米武器。船不是用木頭做的，而是某種由造物法師製成的輕量物質。大衛真是為之瘋狂。他還真的趴到甲板上想看清楚一點，接著這邊敲敲、那邊打打。「這是某種凝固的樹脂，但是經過強化，是用……碳纖維嗎？」

「玻璃。」尼可萊說，並因為大衛這麼捧場而開心極了。

「這樣延展性更強！」大衛簡直樂不可支。

「我能說什麼呢？」娟雅語氣乾巴巴的。「他就是這麼熱情的一個人啊。」

因為娟雅在場，我稍稍擔心了一下，但是尼可萊從沒見過渾身是疤的她，而且好像真的認不出她來。我和娜迪亞交頭接耳了一下，小聲提醒格里沙幾句，要他們別使用她的真名。

有個船員給我一杯清水漱口，洗一洗臉和手。我臉頰燙紅地接下，因為剛剛在平台上的舉止而難為情。

清理好後，我便用手肘撐著欄杆，穿過霧氣窺看下方景色。原野被秋意染上紅與金，沿河城市與熙攘的港口閃爍藍灰光芒。尼可萊的能力太瘋狂，我根本沒能思考我們正在天空飛翔的事實。以前我就坐過他比較小的船艦，並且可以確定地說我更喜歡鵜鶘號。它散發某種威嚴莊重的氣勢，也許沒辦法很快把你帶到什麼地方，可是也不至於突然就翻船。

無論地面下方數哩或上空數哩，這一切都令我難以置信——想不到尼可萊竟能找到我們、想不到他這麼平安，而我們都還有一口氣。鬆口氣的感覺排山倒海湧來，我不禁眼眶泛淚。

「先是跑去吐，現在又哭哭，」尼可萊走到我身旁，「難道我魅力不再了嗎？」

「我只是因為你還活著很開心而已，」我趕忙眨掉眼淚，「雖然我覺得你只要一開口我就會反悔了。」

「我也很高興見到妳。有風聲說妳潛伏在地下，但感覺更像是妳整個人消失了。」

「我確實覺得自己好像被活埋了。」

「妳的同伴都在那裡嗎？」

「這就是全部的人了。」

「妳不是認真──」

「這就是剩下的第二軍團。闇之手有他的格里沙，你有你的軍隊，但是……」我話音漸弱。

尼可萊望向甲板，瑪爾和托亞一面幫忙綁繩索、控制船帆，一面和尼可萊的一名船員熱烈談話。有人給瑪爾找了件外套，但他仍缺雙靴子；大衛正不斷撫摸著甲板，簡直像是恨不得與其合而為一。其他人聚集成一個個小團體，娟雅和娜迪亞及其他元素系依偎在一塊兒；史提格因瑟杰動彈不得，他倒在甲板上，頭埋在雙手中。塔瑪正在照料赫薛的傷，昂卡則毛髮倒豎，死死地把爪子摳進他一條腿上，這隻虎斑貓顯然恨透了飛行。

「全部就剩這些。」尼可萊重複。

「有一名療癒者選擇留在地下。」過了好久，我終於問，「你是怎麼找到我們的？」

「其實我也沒有找。那些民兵一直在我們走私路線上胡亂擄掠，我們實在負擔不起再丟另一批貨，所以我找上盧欽科，接著有人在廣場看到塔瑪，當我們意識到他們盯上的營地是你們的，我就想說我何不英雄救美——」

「順便撈彈藥？」

他咧嘴一笑。「一點也沒錯。」

「謝天謝地我們知道要先被抓。」

「哎唷，腦子動很快，妳很棒。」

「國王和王后怎麼樣了？」

他嗤了一口氣。「好得很，無聊透頂。他們沒什麼事可以做。」他整理了一下外套袖口。「瓦斯利的死對他們打擊很大。」

「我很遺憾。」我說。但事實上，對於尼可萊這位兄長，我實在沒有太多情感。

「他自找的，不過，說來我自己也很訝異——我也十分遺憾。」

「那個，這件事我非問不可：你把巴格拉救出來了嗎？」

「出了一堆力，得不到幾句感謝。妳其實可以先提醒我一聲呀。」

「她真討人喜歡，你說是不是？」

「就像大型瘟疫那樣討人喜歡。」他伸手輕扯我的一綹白髮。「妳很前衛呢。」

我不太自在地將鬆開的髮絲撥到耳後。「這在地底下可是流行髮色。」

「是這樣嗎？」

「戰鬥的時候變白的。我本來希望能恢復，但好像永遠都會是這樣了。」

「我表親盧多維奇差點死於家中大火，一覺醒來發現頭上多了一綹白髮。他表示女士們都覺得很時髦。當然啦，他也說那場火是鬼魂搞出來的，所以鬼才曉得。」

「可憐的盧多維奇。」

尼可萊往後靠著欄杆，端詳拴在我們上方的氣球。一開始，我以為那是帆布，現在則認為那可能是外頭裹著橡膠的絲綢。「阿利娜……」他開口。我實在超不習慣看尼可萊這樣惴惴不安，花了好一會兒才理解他是在小心揀選用字。「阿利娜，宮殿遭到攻擊那晚，我有回去。」

所以讓他苦惱的就是這件事嗎？他覺得我認為他把我拋下？「我沒懷疑。你看到什麼了嗎？」

「我飛過去時整塊地方一片漆黑，有幾處爆出火勢，我看到大衛的鏡射碟摔碎在屋頂和小行宮的草皮上，禮拜堂垮了，上頭爬滿虛獸。我還以為我們恐怕也會完蛋，但牠們看也沒看翠鳥號一眼。」

牠們當然不會看，畢竟牠們的主人正被困在一堆瓦礫底下苟延殘喘。

「我本來希望能有方法找回瓦斯利的屍體，」他說，「但是情況實在不佳，整座宮殿天翻地覆。到底發生了什麼事？」

「虛獸攻擊小行宮，等我抵達，其中一枚鏡射碟已經毀了。」我用指甲摳住船欄杆，刮出小小的半月狀。「我們根本沒有機會。」我不願回想血跡斑斑的主要大廳，以及到處橫陳的屍體——屋頂、地上、樓梯——一堆堆殘破不堪的藍色、紅色和紫色。

「那闇之手呢？」

「我想殺他。」

「大家都想。」

「用自殺攻擊的方式。」

「懂。」

「我把禮拜堂弄倒了。」我說。

「妳——」

「或說虛獸把禮拜堂弄倒——總之是聽了我的命令。」

「妳能命令牠們？」

就在這個瞬間，我幾乎看見他開始計算各種可能優勢。不愧是天生的戰略家。

「不要太衝動，」我說，「我得打造自己的虛獸才辦得到，而且得和闇之手有直接接觸。」

「噢，」他陷入悶悶不樂，「可是要是妳找到火鳥呢？」

「我不確定，」我承認，「但是……」我遲疑著。我從沒把這個想法大聲說出來。如果在格里沙之中這樣講，會被認為是異端，可是我仍想說出口，想讓尼可萊聽見。我隱隱期望他說不定可以理解這能帶給我們的優勢，即便他恐怕不會懂那股驅使著我的飢渴。「我覺得，我說不定能打造自己的軍團。」

「光之士兵？」

「大概是那樣。」

尼可萊望著我。我看得出他正小心地揀選用字遣詞。「妳對我說過魔邪和微物魔法並不一樣，它要求更高的代價。」我點點頭。「阿利娜，像是多高？」

我想到被壓扁在鏡射碟底下的女孩，她歪掉的護目鏡；我想到在瑟杰懷中被撕成兩半的瑪麗；我想到躲在長披巾底下的娟雅；我想到教堂牆壁如同一張張染血的羊皮紙，上頭擠滿死者的姓名。引領我的不只是正義的怒火，更是我對火鳥的需求——雖然暫時擋下，但火焰燃燒未停。

「那無所謂，」我堅定地說，「無論多少我都願意承擔。」

尼可萊思考了一會兒，說：「非常好。」

「就這樣？沒有什麼智慧小語或是鄭重警告？」

「諸聖啊阿利娜，我真心希望妳別找我要什麼理智建議，我個人熱愛各種不理智的熱情與真心誠意的懊悔，把它們照三餐吞。」他暫停一下，臉上笑容褪去。「但我是真心為妳失去的士兵感到遺憾，還有那晚，抱歉我沒能再多做些什麼。」

我從下方看見永凍土延伸成一片白的起始點，再過去則是遙遠山岳的輪廓。「你還能做什麼呢，尼可萊？你搞不好連自己的小命都會丟掉，現在也是。」這樣說十分無情，可也是我的肺腑之言。只要對上闇之手的影子士兵，無論是誰——不管多麼厲害、多麼足智多謀——幾乎都是希望渺茫。

「這很難說，」尼可萊說，「我可沒有鬧著。我搞不好還有些闇之手意想不到的驚喜呢。」

「拜託告訴我你會打扮成有翼鷹人從蛋糕裡面跳出來。」

「哎唷，這樣驚喜就被妳毀了啦。」他朝欄杆一推離開。「我得帶大家越過邊界。」

「『哪個』邊界？」

「我們要進斐優達。」

「噢好棒好棒，去敵人的領域。我差點要放鬆心情了呢。」

「這是屬於我的天空。」尼可萊邊說邊眨了下眼，大步走過甲板，一面吹著熟悉且走調的曲子。

我確實想念他。我想念他說話的方式，想念他的連珠砲問題轟炸。我想念他所到之處都能帶來希望。這是數個月來我第一次覺得胸中死結總算打開。

一越過邊界，我還以為我們會朝海岸去——甚至是西拉夫卡。可是我們立刻調轉航向，朝著先前驚鴻一瞥的山脈區域航行。由於過往的製圖師經歷，我知道那裡是斯庫左最北的山峰，幾乎覆蓋整個拉夫卡東部和南部邊界。斐優達人稱它們艾比揚，意為手肘。雖然，隨著我們越來越近，這個名稱就越來越難理解。它們簡直是山頂積滿雪的龐然大物，全是白色的冰和灰色岩石。它們使佩塔索相形見絀。如果它們是手肘，我真心不想知道它們連在什麼身上。

我們越爬越高，厚厚雲層將最陡峭的山巔藏在其中，我們飄飛進去，空氣漸趨嚴寒。當我們從上方再冒出來，我不禁充滿敬畏地倒抽一口氣，只有幾座山頂刺穿雲層，有如飄在白色海洋上的小島嶼。最高的那座看起來好像被冰霜化成的巨大手指握在其中。當我們繞著轉了一圈，我彷彿在冰裡看到一些形體。一道細細的石頭階梯順斷崖壁面以Z字形曲折而上。到底有哪個神經病會來爬這種地方？又是為了什麼目的？

我們繞過山岳，朝岩石越靠越近。就在我快要嚇到喊出來的時候，船往右急轉——說時遲那時快，竄進兩道冰牆間，鵜鶘號瞬間轉向，我們飛入一座回聲不斷的石頭停船棚。

尼可萊還真是沒閒著。我們全擠到欄杆旁，因為周遭熱鬧忙碌的光景目瞪口呆。停船棚中還停靠了其他三艘船艦，又一艘和鵜鶘號同類型的運貨駁船，時髦亮眼的翠鳥號，還有一艘類似它，但船身上印著「鷺鷥號」的船艦。

「那是一種鷺鳥，」瑪爾穿上借來的靴子。「牠們體型比較小，鬼祟又狡猾。」和翠鳥號一樣，鷺鷥號擁有雙船身，但底部較平較寬。此外，它還配備了像是雪橇車的東西。

尼可萊的船員將繩索拋過鵜鶘號欄杆，工人趕忙跑來接，一個勁兒拉緊、綁在固定於停船棚牆上和地上的鐵鉤。我們著陸，發出碰然巨響，並在船身磨過石壁時發出震耳欲聾的刮擦聲。

大衛不怎麼欣賞地皺起眉。「太重了。」

「不要看我。」托亞說。

一完全停住，托亞和塔瑪就從欄杆跳出去，大呼小叫向船員和工人打起招呼。那些一定是兩人在沃夫尼號上就熟悉的伙伴。我們其餘人則乖乖等著舷梯放下，才拖著腳步下駁船。

「了不起。」瑪爾說。

我不可思議地搖著頭。「他到底怎麼做到的？」

「想知道我的祕密嗎？」尼可萊在後面出聲，我們都嚇得跳了起來。他靠過來，從左邊看到右邊，然後用超大音量說悄悄話。「因為我有很多錢。」

我翻翻白眼。

「我說真的，」他有點不滿，「我真的有很多錢。」

尼可萊叫靜候在旁的工人開始動手修繕，然後帶著我們這群衣衫襤褸、目瞪口呆的人前往嵌在石中的門口。

「大家都進去。」他說。我們雖困惑不已，仍魚貫進入那個小小的方形空間。裡面的牆壁看起來像是鐵製的，尼可萊將閘門一把拉起、關了起來。

「踩到我的腳了啦。」柔雅火大抱怨，但我們貼得太緊、難分難捨，實在猜不出她到底在對誰發脾氣。

「這是什麼？」我問。

尼可萊壓下一根控制桿，我們異口同聲發出尖叫——整個空間一瞬往上爆衝，連帶我的胃也一起失重。

我們一個顛簸又停住，我的肚子彷彿碰地一下摔到腳底，接著閘門滑開，尼可萊走出去，笑到前仰後合。「我真是永遠玩不膩。」

我們像見鬼一樣從那盒子逃出來——大衛除外，他流連忘返地在那兒擺弄著槓桿裝置。

「你小心點啊，」尼可萊喊，「下去可是比上來的路還要顛簸很多呢。」

娟雅抓住大衛的手臂把他拉開。

「諸聖啊，」我不禁咒罵，「我都忘了我每分每秒都恨不得捅你一刀。」

「也就是說我的魅力還在嘛，」他瞥了娟雅一眼，悄悄地說，「那女孩是出了什麼事？」

「一言難盡，」我顧左右而言他，「拜託告訴我這裡有樓梯，我寧可定居在這裡也不想回去坐那玩意兒。」

「這裡當然有樓梯，但它們就比較不好玩嘛。而且，一旦拖著身體上下整整四層樓梯到一個程度，就會發現心胸瞬間變得超開闊。」

我正想反駁，但在好好打量四周後，這些話我就死也說不出口。如果停船棚令人驚艷，那麼，這裡只能用「難以置信的奇蹟」來形容。

這是我這輩子去過最大的房間，搞不好寬度和高度都是小行宮圓頂廳的兩倍——不，搞不好是三倍。這甚至不算什麼房間——我突然意識到。我們位於一座山挖空的頂部。

此時我也終於領悟，在鵜鶘號漸漸接近這裡時我看到的東西到底是什麼。冰霜手指其實是巨大青銅柱，鑄造成人形和生物的模樣。它們在我們上方高聳入天，承托巨大玻璃嵌板，能夠眺望其下的雲海。玻璃之透徹，使整個空間呈現令人毛骨悚然的開放感，彷佛風能穿透進來，吹得我一頭栽落下方空無一物的深淵。我的心臟開始狂跳。

「深呼吸，」尼可萊說，「一開始可能會有點難以承受。」

這個空間超級熱鬧、擠滿了人，有的成群聚在製圖桌和擺放了一些機械裝置的地方，其他人則在某種臨時倉庫裡，於一箱箱補給品上做記號。另一個區域特別空出來做訓練空間，士兵正持木劍對打，同時間其他人，例如風術士便召喚風，火術士則投擲火焰。透過玻璃，我看見朝四方伸出的大型露台，巨大尖刺好比羅盤指針——東南西北。有兩根被挪往一旁，以便進行打靶練習。真的很難不拿這裡和白大教堂與世隔絕的潮濕洞穴相比。這裡的一切都生氣勃勃、充滿希望與活力，與尼可萊本人如出一轍。

「這是什麼地方？」當我們慢慢走過此處，我問。

「這裡本來是朝聖的地點，就是在過去拉夫卡的邊界還延伸得更北的時候，」尼可萊回答，「這是聖德米揚的修道院。」

冰霜的聖德米揚。至少這就解釋了剛剛驚鴻一瞥的蜿蜒樓梯。能讓人願意走樓梯上來的，若非信仰，便是恐懼。我記得德米揚在《聖人生平》裡的故事。他在北方邊界施行了某種奇蹟，然後我相當確定他被石頭給砸死了。

「幾百年前，這裡被改為天文觀測台。」尼可萊繼續說，指著嵌在其中一道玻璃狹縫的巨大黃銅望遠鏡。「這兒已經棄置超過一世紀。我在赫倫罕之役的時候聽說過，但為了找到位置花了點工夫。現在我們稱它為紡車總部。」

我彷彿頭上遭到重擊，那些青銅柱就是星座——獵人與他拉開的弓、伏案讀書的學者、三傻兒相貼依偎，共披一件外套。還有司庫、熊、乞丐。剪羊毛的少女揮舞骨針。總共十二個正是紡車的輪輻。

我得把脖子用力往後仰才能將高高上方的玻璃圓頂盡收眼底。太陽正在西沉，而在它後方，我見到天空轉為濃艷的深藍色。如果瞇起眼睛，就能看清圓頂中央的十二芒星。

「玻璃還真多啊。」我喃喃說道，一陣頭暈。

「但是沒有結霜。」瑪爾點出。

「熱導管，」大衛說，「在地底下，可能也內嵌在柱子裡。」

這個房間確實溫度較高，雖然仍冷到讓我不想和外套帽子分離。不過透過靴子，我能感覺到腳的確暖了些。

「下面有鍋爐，」尼可萊說，「整個地方都靠融雪和蒸氣熱力運轉。問題在於燃料，但我一直在儲備煤炭。」

「什麼時候開始的？」

「兩年前。在將比較下面的洞穴改裝成停船棚時就開始修繕了。這不是什麼理想的度假勝地，但有時候你就只是想出走一下。」

我相當激賞，但同時也相當氣餒。和尼可萊待在一起向來如此，你會看著他千變萬化、不斷展現不為人知的一面。他讓我想起小時候玩的俄羅斯木娃娃。只不過他不是越開越小，而是越變越大、更奧祕難解。明天他搞不好會告訴我他在月球打造了一幢享樂宮殿。去那裡是不容易，但景色了得。

「到處看看，」尼可萊對我們說，「感受一下這地方，納夫斯基正在停船棚卸貨，我得去照料一下船身修繕作業。」我記得納夫斯基。他是尼可萊以前軍團的士兵——二十二軍團。他不是很喜歡格里沙。

「我想見巴格拉。」我說。

「妳確定嗎？」

「完全不確定。」

「我可以帶妳去見她，要是我哪天得帶人上絞刑架，這會是很好的練習。還有，在妳好好享受過這個懲罰後，找奧列捷夫來和我一起吃晚餐。」

「謝了，」瑪爾說，「但我得好好檢查一下追捕火鳥大遠征所需的全套裝備。」

曾經——而且不是多久以前，瑪爾只要想到留我和這位白馬王子獨處就會怒髮衝冠。但尼可萊謹守禮儀，不露出任何驚訝神情。「當然沒問題。我會讓納夫斯基把工作做完後去找你。他也可以幫你安排休息的地方。」他伸手拍了瑪爾的肩膀。「能見到你真好，奧列捷夫。」

瑪爾回以真誠微笑。「我也是。謝謝你來救我們。」

「大家都至少要有一個興趣。」

「你的興趣不是穿金戴銀嗎？」

「那要有兩個。」

他們短暫握了手，瑪爾行禮，和隊伍一同離去。

「他不想和我們吃飯我應該覺得被冒犯嗎？」尼可萊問，「我準備的菜都超棒，而且我吃飯不會流口水。」

我不想討論這件事。「巴格拉。」我催促道。

「他在大麥田的表現真是令人刮目相看，」尼可萊繼續說，扶著我的手肘帶我朝剛來的方向走。「比起以前，我看他使劍用槍的功力又更上一層樓。」

我記得導師說過的話：人民為拉夫卡戰鬥是因為國王下令。瑪爾向來是天賦異稟的追蹤師，但他成為士兵是因為我們都是士兵，因為我們別無選擇。現在，他為何而戰？我想起他從網格平台一躍而下的模樣，他刀子一橫、劃過民兵喉嚨。我將成為刀刃。

我聳聳肩，恨不得快點改變話題。「除了訓練，在地底下也沒什麼事能做。」

「我可以想到一些用來打發時間更有趣的方式。」

「你是在影射什麼嗎？」

「妳好下流，我指的是一些解謎遊戲啊，或研讀有教化意義的文本。」

「反正我不要回那個鐵盒子，」離岩石上那扇門越來越近時，我說，「所以你最好帶我走樓梯。」

「為什麼大家都說這種話？」

當我們走下一道既寬闊又沉穩到令人愉悅的石頭階梯，我大鬆一口氣。尼可萊帶我走過蜿蜒曲折的通道，我也脫下了外套，開始噴汗。天文台正下方的樓層相對暖和。我們通過一扇寬大的門，而我瞥見在黑暗中發出亮光，正嘶嘶叫嚷的迷宮般鍋爐系統。就連表面總是光鮮亮麗的尼可萊，優雅五官上都蒸出了好一層薄薄汗水。

我們無疑正前往巴格拉的老巢。那女人似乎無時無刻都要保暖。我不禁想，這會不會是因為她幾乎不使用力量的緣故。如果是我，恐怕這輩子都甩不開白大教堂的寒意。

尼可萊停在一扇鐵門前。「想逃的話，這是最後機會喔。」

「你走吧，」我說，「不要管我。」

他嘆口氣，「請在心中永遠地緬懷我。」他輕輕敲門，我們便走了進去。

我彷彿瞬間回到巴格拉在小行宮的小屋，並一時之間倉皇失措。她坐在那兒，靠著貼磚暖爐，穿著同樣那件褪色柯夫塔，一手擱在枴杖上——以前她拿那玩意兒揍我揍得可順手了。同一名男僕正在讀書給她聽，而我突然意識到，我甚至沒想過問問這孩子是否成功逃出歐斯奧塔。羞愧感旋即湧上。尼可萊清清喉嚨，男孩便退到一旁。

「巴格拉，」尼可萊說，「晚上可好？」

「很好啊，又老又瞎。」她咆哮。

「妳也很迷人喔，」尼可萊拖拖拉拉地講著話，「怎麼可以忘記呢。」

「狗崽子。」

「老巫婆。」

「臭小子，你想幹麼？」

「我帶了某人來看妳。」尼可萊說，推了我一下。

我怎麼會緊張成這樣？

「嗨，巴格拉。」我勉強擠出話來。

她瞬間暫停、動也不動。「小聖人啊，」她呢喃著，「妳浴火重生來拯救大家了呢。」

「那個，為了幫我們除掉妳那位受詛咒的崽子，她真的差點掛了。」尼可萊雲淡風輕地說，

我眨了眨眼。所以尼可萊曉得巴格拉就是闇之手的母親。

「妳怎麼就連殉難都做不好？」巴格拉揮手叫我進來。「丫頭，把門關上，妳讓熱氣漏出去了。」因為這熟悉的台詞，我不禁笑了出來。「還有你，」她對著尼可萊的方向啐了一口，「隨便你愛去哪就去哪。」

「這範圍也太廣了吧，」他說，「阿利娜，晚餐的時候我會回來接妳，但要是妳覺得煩，任何時候——想尖叫跑走或拿匕首戳她——都可以，照妳當下心情。」

「你怎麼還在這兒？」巴格拉厲聲說道。

「我軀體雖離開，但是真心希望妳別把我忘記。」他認真說道，眨了下眼便消失無蹤。

「討厭的小鬼。」

「妳喜歡他。」我真是不敢置信。

巴格拉臉一沉。「貪婪、傲慢、愛以身犯險。」

「妳聽起來很像是在擔心他。」

「妳也喜歡他吧，小聖人。」她說，語調中帶了點暗示意味。

「我是喜歡，」我承認，「在可以殘酷的時候，他選擇當個好人，這倒是頭一遭。」

「他太常笑了。」

「這還真是個糟糕的特質。」

「妳就那麼喜歡對長輩頂嘴嗎？」她粗聲吼道，然後咚地拿枴杖敲了地一下。「孩子，去給我拿點甜的東西。」

那名僕人咻地站起來，將書放下。他朝門跑去時經過我身邊，我抓住他。「稍等一下。」我說，「你叫什麼名字？」

「米沙。」他回答。這孩子極度需要剪頭髮，但是除此之外狀態不錯。

「你幾歲？」

「八歲。」

「七歲。」巴格拉粗著聲音說。

「快八歲。」他勉強承認。

就這個年齡來說，他個子很小。「你記得我嗎？」

他試探著伸出一手碰觸我脖子上的鹿角，再一臉嚴肅地點點頭。「聖阿利娜。」他大吸一口氣。他的母親教導他我是聖人，儘管巴格拉各種蔑視，顯然沒說服他改變想法。「妳知道我媽媽在哪裡嗎？」他問。

「很抱歉，我不知道。」而他甚至一點也不驚訝。說不定，他也早預期聽到這個答案。「你覺得這裡怎麼樣？」

他的眼神先飄向巴格拉，再回到我身上。

「沒事的，」我說，「講實話就好。」

「沒有人可以一起玩。」

我感到一陣心痛，想起我在瑪爾來到卡拉錫之前的寂寞時光。年紀大的孤兒對另一個瘦巴巴的小難民沒有太大興趣。「狀況說不定很快就會改變。在那之前，你想學習怎麼戰鬥嗎？」

「僕人不可以戰鬥。」他說。但我看得出他喜歡這個提議。

「我是太陽召喚者，你有我的允許。」我不理會巴格拉的嗤之以鼻。「如果你去找瑪爾延・奧列捷夫，他會幫你安排一支練習用的劍。」

我還來不及眨眼，男孩已經衝了出去，簡直興奮到要絆倒自己。

他離開後，我說，「他的母親是？」

「是小行宮的一個僕人。」巴格拉把長披巾又拉緊一點。「她有可能活下來，但是實在很難確定。」

「他還好嗎？」

「妳覺得呢？尼可萊得死命拖著瘋狂尖叫的他上那艘天殺的船，雖說那可能才是明智的決定。至少現在他沒那麼常哭了。」

我把書移開，坐到她旁邊，順道瞥了書名一眼，那是宗教寓言故事。這可憐的孩子。然後我將注意力轉往巴格拉。她長了點肉，在椅子上也坐得比較挺。離開小行宮對她比較好，即便她又找了個熱呼呼的洞穴躲進去。

「妳看起來滿不錯。」

「我恐怕『看』不到，」她挖苦地說，「妳對米沙說的話是認真的嗎？妳真的考慮把學生帶來這裡？」歐斯奧塔格里沙學校的孩子都被疏散到卡拉錫，與他們的老師及我之前的格鬥導師波特金一起。數月以來，我不斷憂心他們的安危，而今，我終於有能力做點什麼了。

「如果尼可萊同意他們住在紡車總部，妳會考慮教他們嗎？」

「嗯哼，」她沉著一張臉，「總得有人教。誰曉得他們和那群傢伙學了什麼垃圾。」

我露出微笑。她還真的是有了點進展呢。然而，當巴格拉拿柺杖敲我膝蓋，我的微笑馬上消失。「嗷！」我痛喊一聲。這女人的精準度還真是匪夷所思。

「手腕伸出來。」

「我還沒找到火鳥。」

她又舉起柺杖，但我畏縮著躲開。「好啦！好啦！」我握住她的手，放到我空無一物的手腕上，她幾乎一路摸索直到手肘，我問道，「尼可萊怎麼會知道妳是闇之手的母親？」

「因為他問了我。他的觀察力比你們這些蠢蛋敏銳多了。」發現我沒有偷偷藏起第三個增幅物，她一定很滿意，因為她只是咕噥一聲便放下我的手腕。

「然後妳就這樣告訴他了？」

巴格拉嘆氣。「那是我兒子的祕密，」她疲憊地說，「現在守護這些祕密已經不是我的責任。」她往後靠。「妳殺他的行動又失敗了是不是？」

「沒錯。」

「我沒辦法說我很遺憾，畢竟說到底，我甚至還不如妳呢，小聖人。」

我遲疑一下，便衝口而出。「我用了魔邪。」

她盛滿陰影的雙眼嗖一聲睜開。「妳用了什麼？」

「我……不是我自己一個人使出來的。我是利用我們之間透過項圈製造出的連結，我控制了闇之手的力量，創造出虛獸。」

巴格拉倉皇摸索著我的手，抓住我兩隻手腕，捏得我好痛。「丫頭，妳絕對不能這麼做，絕不可以小看這種力量。創造出影淵的就是這玩意兒，它只會帶來不幸。」

「巴格拉，我可能沒什麼選擇。我們知道了火鳥的位置——或是說好像知道了。一旦我們找到——」

「妳又要為妳自己的力量犧牲另一個上古生物的性命？」

「不一定，」我微弱地提出反駁，「我就對雄鹿展現過仁慈，也許火鳥不一定要死。」

「妳聽聽自己在說什麼。這可不是什麼童話故事，雄鹿得為妳捨命，好讓妳取得牠的力量，火鳥也不會有什麼不同。而且這一次，鮮血會算在妳手上。」接著她笑出聲，一如往常低沉而陰鬱。「這件事好像沒有預想中讓妳那麼困擾了，是不是，丫頭？」

「是。」我承認。

「妳一點也不在乎可能會失去什麼嗎？例如可能會造成什麼損傷？」

「我在乎，」我可悲地說，「真的在乎，但我也真的別無選擇，就算我不──」

她垂下雙手。「妳還是會去追。」

「我不否認。我想要火鳥，想要增幅物合併的力量，但那也不會改變沒有任何人類大軍能和闇之手的影子士兵抗衡的事實。」

「邪惡生物對抗邪惡生物。」

如果非走到這個地步的話。我已經失去太多，不能再抗拒那些能讓我變強，甚至能贏下這場仗的武器。不管有沒有巴格拉的幫助，我都會找到方法、掌控魔邪。

我遲疑著。「巴格拉，我讀了莫洛佐瓦的手記。」

「現在才讀嗎？有沒有手不釋卷啊？」

「沒有，我覺得很令人火大。」

讓我訝異的是，她笑了出來。「我的兒子全心研讀那些內容，簡直奉為圭臬。他至少讀了上千次，他懷疑、詰問每一個字，開始認為其中藏有密碼，還把紙頁拿到火上找隱形墨水。到最後，他瘋狂詛咒莫洛佐瓦。」

我也一樣。只有大衛毫不動搖。今天他堅持拖著那一大包東西，差點害死了自己。

我很不想開口問這種話，就連把這個可能性具體講出來都千百個不願意，但還是逼自己說出口，「有沒有……有沒有任何可能……其實莫洛佐瓦沒有完成整道工序？有沒有可能他從沒打造出第三個增幅物？」

有一會兒，她靜靜地不說話，臉上表情變得遙遠，那雙盲眼動也不動注視著某個我看不見的事物。「莫洛佐瓦從來沒有未完成的作品，」她輕輕說，「那不是他的行事風格。」

她的話中有著一些什麼，令我臂上寒毛直豎。我突然想起一段回憶，在小行宮，巴格拉將雙手放在我脖子的項圈上。我眞想看看他那頭雄鹿。

「巴格拉——」

門口傳來一個聲音。「吾主。」我抬頭看見瑪爾，因為遭到打斷不禁有點火大。

「什麼事？」我問，並意識到只要和火鳥有關，我講起話就不免有一股氣。

「娟雅出了點狀況，」他說，「和國王有關。」

第七章

我立刻站起身。「發生什麼事了？」

「瑟杰說溜嘴她的真名。他好像把洞穴裡的習慣帶到山上來了。」

我挫敗地怒吼一聲。在闇之手廢黜國王的陰謀中，娟雅扮演關鍵角色。我早對瑟杰失去耐心，現在他竟然還讓她陷入險境，危及我們和尼可萊的關係。

巴格拉伸出手抓住我的褲子，指了指瑪爾。「那是誰？」

「我護衛隊的隊長。」

「格里沙？」

我皺眉。「不是，是被棄者。」

「他聽起來——」

「阿利娜，」瑪爾說，「他們現在要來抓她了。」

我扳開巴格拉的手指。「我得走了，我會派米沙回來找妳。」

我急忙離開房間，將門在身後關上。瑪爾和我衝向樓梯，兩步併成一步跑了起來。

太陽早就下山，紡車總部的燈盞也已點亮。我瞥見外頭星星已從雲海上方探出，有群戴著藍色臂帶的士兵集合在訓練區，一副下一秒就要抽槍瞄準托亞和塔瑪的態勢。看到我的元素系格里沙排排站在雙胞胎後面，護著娟雅和大衛，我不禁湧上一陣驕傲。到處不見瑟杰——這可能也是好事一樁，畢竟我實在沒空賞他一頓應得的痛揍。

「她來了！」娜迪亞一看見我們便高喊，我直接奔向娟雅。

「國王等很久了。」其中一名護衛說。令我訝異的是，柔雅嗆了回去。「那就讓他等。」

我一手攬住娟雅的肩膀，稍微將她帶開。她在發抖。

「聽我說，」我將她的髮絲往後順，「不會有人傷害妳的，妳懂嗎？」

「阿利娜，他是國王。」我從她的聲音中聽見恐懼。

「他現在已經不是國王了。」我提醒她，語氣中帶著我並不具備的自信。情況有可能變得非常糟糕，而且恐怕會很快。可是已經無可挽回了。「妳非面對他不可。」

「讓他看見我……落到這種不堪的地步——」

我要她看著我的眼睛。「妳沒有不堪，妳為了讓我自由，挺身對抗闇之手。我不會讓妳被抓走的。」

瑪爾靠近我們。「護衛開始躁動了。」

「我做不到。」娟雅說。

「妳做得到。」

瑪爾溫柔地將一手放在她肩上。「我們會為妳撐腰。」

一滴淚水滾落她臉頰。「為什麼？在小行宮時我打阿利娜的小報告、我把她給你的信燒掉、我讓她以為——」

「在史鐸霍恩的船上，妳擋在我們和闇之手中間，」我聽見瑪爾沉穩地說，一如洞穴倒塌時那樣語氣平靜，「我的友誼不是只給完人，而且——感謝諸聖——阿利娜也不是。」

「妳願意相信我們嗎？」我問。

娟雅吞了口口水，吸一口氣，拚命擠出過去本來輕而易舉的自信。她拉起披巾，說：「好。」

我們回到人群那兒，大衛疑惑地看著她，她則伸手握住他的手。

「我們好了。」我對士兵說。

瑪爾和雙胞胎與我們並肩同行，但我做出警告之姿對其他人舉起一手。「留在這裡，」我說，然後淡淡追加一句，「保持警戒。」娟雅等於是按照闇之手的命令犯下弒君之罪，尼可萊也很清楚這點。如果最後演變成大打出手，我無法想像我們該怎麼離開這座山巔。

我們隨護衛橫越天文觀測台，再前往通向一道短階梯的走廊。繞過轉角時，我聽見國王的聲音。我沒辦法聽清楚他說的每一句話，但絕對不會聽錯「叛國」二字。

我們在一道門口暫停腳步，這扇門由兩座持矛青銅雕像形成——他們是埃維耶斯特的騎兵的埃雅沙與亞凱迪，盔甲上釘滿鐵星星。不管這間房室以往曾作何用，現在都成了尼可萊的戰情室。內部四壁覆滿地圖和藍圖，還有一張巨大的製圖桌，上面凌亂散了一堆東西。尼可萊傾靠在桌上，雙臂交叉、腳踝交疊，露出憂慮表情。

我幾乎快認不出拉夫卡的國王和王后。我最後一次看到王后，她包裹著玫瑰色絲綢，渾身掛滿鑽石。現在她在簡陋的農民上衣外穿著羊毛連身裙，沒了娟雅的巧手，那頭金髮變得暗淡無光、有如稻草，亂七八糟紮成一個髻。國王很顯然仍偏愛軍裝打扮，軍禮服的金辮繩結與緞面飾帶消失，換上第一軍團的褐布，搭配那副不堪一擊的體格和變得灰白的小鬍子，一點也不相稱。他靠著妻子的椅子，好像風吹就倒。不管娟雅對他做了什麼，他佝僂的肩膀及鬆垮皮膚就該死地成為無法否認的證據。

我一進去，國王眼睛就凸出，模樣滑稽到不行。「我沒說要見這個女巫。」

我仍逼自己行禮，期望從尼可萊那兒學到皮毛的交際手腕能派上用場。「吾王。」

「那個叛徒在哪裡？」他低吼，唾沫從下唇飛出。

還交際手腕呢。

娟雅上前一小步，放下披巾時雙手狂抖。國王倒抽一口氣；而王后摀住了嘴巴。

整個空間瀰漫死寂，有如砲彈炸開後的靜謐。我看到尼可萊領悟真相的瞬間。他望向我，下巴一收。我並不完全算是對他撒謊，但很可能也相去不遠。

「這是怎麼回事？」國王呢喃著說。

「這是她為了救我付出的代價，」我說，「她與闇之手為敵。」

國王滿臉怒容。「她是背叛國君的人，我要她的項上人頭。」

讓我驚訝的是，娟雅對尼可萊說：「如果他願意為他的罪受罰，那我也願意。」

國王的臉瞬間轉紫。搞不好他可以來個心臟病發，省下我們一堆工夫。「在階級比妳高的人面前給我閉上嘴巴。」

娟雅昂起下巴。「這裡沒有階級比我高的人。」雖然她這舉動沒幫上什麼忙，我仍想大聲歡呼。

王后啐了一口。「如果妳以為——」

娟雅雖在顫抖，但是開口說話時聲調依舊穩健。「如果他無法因不配為王受審，就讓他因不配為人受審。」

「妳這不知感恩的賤貨。」國王冷笑著說。

「你們兩個，」尼可萊說，「夠了。」

「我是拉夫卡的國王，我絕不會——」

「您是失去王位的國王，」尼可萊平靜地說，「我現在要恭敬地請您不要說話。」

國王閉上嘴，太陽穴上一條血管噗噗跳個不停。

尼可萊將雙手揹在背後。「娟雅．沙芬，妳被控犯下叛國和預謀殺人的罪名。」

「如果我真想要他死，他早就死了。」

尼可萊警告似地瞪了她一眼。

「我沒有想殺他。」她說。

「但妳仍對國王下了手，讓他患上御醫認為永遠無法康復的病症。那是什麼病？」

「是毒。」

「那麼一定能追查出來。」

「這種毒查不出來。是我自己設計的。如果時間夠久，給的劑量夠小，症狀就會非常輕微。」

「植物性生物鹼？」大衛問。

她點點頭。「一旦物質在受害者的身體系統累積、達到一定臨界點，器官就會衰竭，這個退化、敗壞的過程不可逆。它不是殺手，而是小偷——偷的是壽命，而且永遠不會還給你。」

她語氣聽來十分滿足，我不禁一陣惡寒。她剛剛描述的並非凡俗毒藥，而是由技術精良、能力介於驅使系和造物法師間的女孩製造出的物質——一個在質化系工坊待了夠長時間的女孩。

王后搖著頭。「時間夠久、劑量夠小？她根本沒有管道能碰到我們的食物——」

「我在自己的皮膚上下毒，」娟雅用殘酷的語氣說，「在我嘴唇上。每次只要他碰我——」

她輕輕顫抖著望向大衛。「每次他吻我，就等同將毒素攝取到體內。」她捏緊了拳頭。「一切都是他自找的。」

「但毒素也會影響到妳自己。」尼可萊說。

「我得把皮膚上的毒清除掉，再將鹼液留下的燒傷治好，每一次都是。」她又捏起拳頭。

「可是非常值得。」

尼可萊用手抹過嘴巴。「他有逼妳嗎？」

娟雅點了一下頭。尼可萊下巴一條肌肉抽了一下。

「父親？」他問，「您有嗎？」

「她是僕人，尼可萊，我根本不必逼她。」

過了好久，尼可萊說，「娟雅．沙芬，在這場戰爭結束後，妳將會因為對我國犯下叛國罪名，以及和闇之手共謀推翻王位接受審判。」

國王咧開嘴，露出得意洋洋的笑容，但尼可萊還沒說完。

「父親，您病了，您已為這個王位和拉夫卡的人民犧牲奉獻，現在應該得到屬於您的歇息。今晚，您將寫下退位書。」

國王困惑地眨動眼睛，眼皮顫抖，好像無法理解自己聽到了什麼。「我絕對不會——」

「您將寫下退位書，明天，您會搭乘翠鳥號離開。它會帶您到歐斯科佛，並在那裡安全登上沃夫尼號，橫越真理之海。您可以去溫暖的地方，例如南方殖民地。」

「殖民地？」王后倒抽一口氣。

「您會獲得所有奢侈享受，遠離爭端，也遠離闇之手能及的範圍。您會非常安全。」

「我可是拉夫卡的國王！這個……這個叛徒，這個——」

「如果您要留下，我將會讓您因強姦罪名受審。」

王后一手揪住胸口。「尼可萊，你不是認真要這麼做吧？」

「她應該在您保護之下，母親。」

「可是她是僕人！」

「而您是王后。您的子民就是您的孩子，每一個子民都一樣。」

國王逼近尼可萊。「你難道打算用這種微不足道的罪名把我從自己的國家驅逐——」

塔瑪打破緘默。「微不足道？如果她出身高貴，這還會是微不足道嗎？」

瑪爾交叉雙臂。「如果她出身高貴，他就不會有這狗膽。」

「這是最好的解決方法。」尼可萊說。

「這算什麼解決方法！」國王咆哮，「這根本卑怯可鄙！」

「我不能對這項罪名置之不理。」

「你沒資格也沒權力。你算哪根蔥？膽敢評斷你的國王？」

尼可萊坐得更挺一些。「這是拉夫卡定下的法律，不是我。法律不該在階級或身分面前低頭。」他緩了緩語氣。「您也清楚這樣做是最好的。您的健康持續惡化，需要休息，倘若得帶領大軍對抗闇之手，您也太過虛弱。」

「你看我做不做得到！」國王怒吼。

「父親，」尼可萊溫和地說，「人民不會跟隨您的。」

國王瞇起眼。「瓦斯利的氣概遠勝於你。你軟弱愚蠢、思想庸俗，體內流的血也一樣。」

尼可萊顫了一下。「可能吧，」他說，「但您還是要寫退位書，並且得登上翠鳥號，不得反抗。您要離開這裡，否則就得面對審判。如果您被判有罪，我將對您處以絞刑。」

王后發出一小聲啜泣。

「我不會承認她說的一切。」國王對著娟雅搖著一根手指。「我可是國王——」我站到他們中間。「而我是聖人。要來比比看誰的話更有重量嗎?」

「妳這可怖的小女巫，給我閉上嘴!之前有機會我早該殺了妳。」

「夠了。」尼可萊厲聲說道，耐心正被消磨殆盡。他對門口的護衛示意，「護送我父母去他們房間，嚴加看守，確保他們不能和任何人交流。父親，我希望早上就能看見您的退位書，否則我會為您上銬。」

國王看著尼可萊，再望向正將他夾在中央的護衛。王后緊抓著他的一隻手臂，藍眼中滿是驚慌。

「你不是藍索夫家的人。」國王惡狠狠地說。

尼可萊小幅度鞠躬。「對於這件事，我好像很能接受。」

他對護衛舉手示意，他們抓住國王，但他掙脫了箝制，走向門口，怒髮衝冠，試圖喚回一丁點尊嚴。

他在娟雅面前暫停腳步，目光遊走，檢視她的面容。「至少現在妳現出了真正的模樣——」他說，「殘破不堪。」

無庸置疑，這話就像一巴掌打在她臉上。*殘破者*，正如殘破不堪的她。當她第一次來到朝聖者之中，他們亦低聲以此名喚她。瑪爾忍不住上前，塔瑪的雙手摸向斧頭，而我聽見托亞的怒吼。但是娟雅伸出一手遏止他們。她的背脊僵直，僅存的一眼燃燒堅定信念。

「吾王，當您登上那艘船，請記得我；當拉夫卡消失在海平線那端，您看著它最後一眼，請記得我。」她舉步靠近，對國王低聲說了些什麼，他瞬間蒼白了臉，我在他眼中看見如假包換的恐懼。然後娟雅退後說道，「我真心期望您品嘗了我的代價還算值得。」

國王和王后速速被護衛帶離房間，娟雅則一直昂著下巴，直到他們離開。然後便肩膀一垮。大衛伸出手臂攬住她，但是她將他甩開。「別這樣。」她吼道，抹去岌岌可危、快要落下的淚水。

「娟雅——」我開口時，塔瑪也想要上前。

她舉起雙手將我們擋開。「我不要你們的憐憫，」她情緒激動、語氣狂暴，不加任何修飾。我們只能手足無措地站在原地。「你們不會懂的，」她用雙手遮住臉，「你們沒有一個人懂。」

「娟雅——」大衛仍想嘗試。

「你敢就給我試試看。」她粗著嗓音，眼淚再次湧上。「在我變成這樣之前、在我壞掉之前，你根本不多看我一眼。現在我只是另一個你想修好的物品。」

我恨不得能想出三兩字句給她安慰，可是，在我什麼都還沒想到之前，大衛就聳起肩膀說，「我很瞭解金屬。」

「那和這一切到底有什麼關係？」娟雅哭著說。

大衛皺起眉頭。「我……我對周遭發生的一切一點也不瞭解。我不瞭解笑話，不瞭解日落或詩句，但我瞭解金屬。」他無意識地將手指一伸一縮，好像試圖透過肢體動作找到正確字句。

「美貌是妳的盔甲，可是非常脆弱，都是表面工夫。但妳的內在是什麼呢？是鋼鐵——勇敢而且百折不撓。那是用不著修理的。」他深呼吸一口氣，笨拙地走上前，雙手捧起她的臉，吻了她。

娟雅渾身僵硬，我以為她會將大衛推開，但是她一把環抱住他，超用力回吻。

瑪爾清清喉嚨，塔瑪低聲吹出口哨。我得咬住嘴唇才能壓下尷尬的笑。

他們分開後，大衛臉紅得超級誇張，娟雅臉上的笑容超級燦爛，簡直讓我的心臟揪了起來。

「我們應該多讓你離開工坊才對。」她說。

這次我真的笑了出來。但當尼可萊開口，我立刻打住。「娟雅．沙芬，別以為妳能高枕無憂，」他的語氣冰冷，帶有深深厭惡。「等這場仗結束，妳將面臨指控，而我會決定妳能否得到赦免。」

娟雅優雅一鞠躬。「我不畏懼您的審判，吾王。」

「我現在還不是國王。」

「王子殿下。」她改口。

「退下。」他揮手要我們離開。我遲疑了一下，但他只是說：「全部人都走。」

當門關上，我看見他往製圖桌上沉重一靠，頭埋進雙手。

我跟著其他人回到大廳，大衛正在對娟雅咕噥不停植物性生物鹼和鈹粉塵的屬性。我不確定他們這樣大談毒藥是否明智，但我想這可能是專屬他們的浪漫時刻。

只要一想到要回去紡車總部，我就忍不住拖拖拉拉。這簡直是我這輩子最漫長的一日，雖然我先前暫時耐住一身疲憊，現在它卻像件濕透的外套，沉沉壓在肩上。我決定讓娟雅或塔瑪告訴其他格里沙剛剛發生的事，明天我再來處理瑟杰。可是，我還挪不出時間投奔床鋪、將整個人陷到裡頭。還有些事情得弄明白。

我在樓梯處抓住娟雅的手。「妳剛剛說什麼？」我平靜問道，「妳對國王說了什麼悄悄話？」

她看著其他人從樓梯往上爬，說：「*Na razrusha'ya. E'ya razrushost.*」我非殘破，而是毀滅。

我揚起眉毛。「以後我絕對不能讓妳露出難看表情。」

「親愛的，」她邊說邊將滿是疤痕的一邊臉頰轉向我，再轉另一邊。「我這輩子的臉都會是這麼難看了啊。」她雖口吻愉快，但我也在其中聽見一絲悲傷。她用僅剩的那眼對我一眨，上樓消失身影。

□

瑪爾已和納夫斯基幫我們安排好休憩處，他留下來帶我去看我房間。房間位於山的東側，門框是兩座青銅少女交握的雙手，我想她們應該是晨星和暮星的化身。房裡，遠端牆壁由一整扇圓窗占據，外環著鉚釘黃銅環，有如船上舷窗。油燈已點亮。雖然這幅景色在白天無庸置疑美輪美奐，但在此時此刻，除了一片黑暗和我回望自己的疲倦面容，什麼也沒有。

「雙胞胎和我就在隔壁，」瑪爾說，「妳睡覺時我們會有一人負責站崗。」

臉盆旁有罐熱水在等我，我邊洗臉，瑪爾邊報告他為其他格里沙安排的住處、準備遠征前往斯庫左所需的裝備要花多久，還有他打算怎麼分配隊伍。我努力想聽進去，但在某個時刻，我的腦子直接停工了。

我坐在窗戶位置的石頭長椅上。「很抱歉，」我說，「我真的聽不進去。」

他就站在那裡，我幾乎能看見他掙扎著要不要在我身旁坐下。最後，他還是待在原位。

「今天妳救了我一命。」他說。

我聳聳肩。「你也救了我的命。我們好像老是這樣。」

「我知道這不容易——第一次出手殺人。」

「我得為很多條命負責，這不該有所不同。」

「但這確實不同。」

「他是和我們一樣的士兵，很可能在某個地方有家庭，有深愛的女孩——說不定甚至有小孩。他上一秒鐘還活著，下一秒就……不在了。」我知道自己應該就此打住，但我一定得把話說出口。「而且你知道最可怕的是什麼嗎？這其實很容易。」

瑪爾沉默了好一會兒，然後說，「我不確定我殺的第一個人是誰。獵捕雄鹿的時候，我們偶然在北方邊界撞見斐優達巡邏隊。我覺得那場打鬥應該不超過幾分鐘，可是我殺了三個人。他們只是盡忠職守，我也一樣；努力活過今日、再到明天，但接著他們就在雪中流血。我根本無法得知第一個倒下的是誰，也不確定這是否重要。只要時間夠久，他們的長相就開始模糊。」

「真的嗎？」

「假的。」

我有所遲疑，當我低喃時無法看著他。「那種感覺很好。」可是他什麼也沒說，所以我猛地又開口。「我為什麼使出黑破斬、怎麼使用那股力量都無所謂，可是它一直都讓我感覺很好。」

我不敢去看他，怕在他臉上看見厭惡——或是更糟，看見恐懼。但是當我逼自己抬起頭，瑪爾卻露出若有所思的表情。

「妳原本也可以宰了導師和他那些祭司護衛，但妳沒有。」

「我是很想。」

「但妳沒有。妳有很多機會做出殘忍舉動，但妳沒這麼做。」

「只是還沒而已。火鳥——」

他搖頭。「就算得到火鳥，妳也不會改變。妳仍是那個女孩——在我打破阿娜·庫亞的鍍金座鐘時替我挨打的女孩。」

我不禁發出呻吟，像在指控一樣伸手對著他。「你就這樣任我被打。」

他笑出來。「當然啊。那女人恐怖死了。」然後他又換上一臉嚴肅表情。「妳仍會是那個願意犧牲生命、在小行宮拯救我們的女孩；我親眼目睹為了一介僕役對抗國王的女孩。」

「她不是僕役，她是——」

「——是朋友，我懂。」他遲疑一下，「阿利娜，重點在於盧欽科說得很對。」

我花了一會兒才回想起這個民兵隊長的名字。「他說對了什麼？」

「這個國家出了問題。沒土地、沒人生，只有一件制服和一件武器。我以前就是這麼認為。」確實。如果要離開拉夫卡，他一定願意，而且不會回頭看第二眼。「是什麼改變了？」

「妳。那晚在禮拜堂，我看到了。如果我不是那麼害怕，甚至以前就該看清。」

我想起被切成碎片的民兵身體。「也許你怕我也沒有什麼錯。」

「阿利娜，我不怕妳，我怕的是失去妳。現在的這個女孩再也不需要我，但其實這一直是妳本來的模樣。」

「什麼模樣？渴望力量？殘忍無情？」

「是強大，」他別開眼神，「是閃閃發光。也許確實有點無情，但是要想統治四方，非得如此不可。拉夫卡分崩離析，阿利娜，我認為它已經這樣很久了。我在禮拜堂見到的女孩，能改變局勢。」

「尼可萊他——」

「尼可萊是天生的領導者，他懂得作戰方法、懂得政治鬥爭。但他不懂怎麼在絕望中求生。他從來不是無名小卒，不像妳或娟雅——不像我。」

「他是好人。」我反駁。

「而且也會是個好國王。但他要妳協助才能成為好國王。」

我不知道該說些什麼，只是將一指壓上窗玻璃，用袖子抹去污漬。「我要去問他能不能把學生從卡拉錫帶到這裡，還有孤兒。」

「妳去的時候也帶他一起，」瑪爾說，「他應該看看妳出身自哪裡，」他笑著說，「妳可以把他介紹給阿娜·庫亞。」

「我已經放巴格拉去咬尼可萊了耶，這樣他會認為我囤積了很多惡毒老女人。」我在玻璃上又按出一枚指紋，沒看他，逕自說道，「瑪爾，告訴我刺青的事。」

他安靜了一會兒，然後一手伸到頸後搔了搔。「那是古拉夫卡語的一個誓言。」

「但為什麼採用那個符號？」

這一次他沒臉紅，也沒別過身。「這是我對自己的約定，我要變得比現在的我更好，」他說，「這是誓言，如果我無法對妳有其他用處，至少要成為妳手中的武器。」他聳聳肩。「我猜也算是提醒吧，提醒自己『想得到』和『有資格得到』不能相提並論。」

「你想得到什麼？瑪爾？」整個空間突然變得非常安靜。

「不要問我這個問題。」

「為什麼？」

「因為那不可能。」

「但我還是想要聽。」

他吐出好長的一口氣。「就此道晚安好不好？叫我退下，阿利娜。」

「不要。」

「妳需要一支軍隊；妳需要王位。」

「確實是。」

於是他笑開來。「我知道我應該說些高尚話——我想要呢，一個擺脫影淵、統一自由的拉夫卡；我想要闇之手屍埋土中，再也沒辦法傷害妳或任何人。」他懊惱地搖了一下頭。「但我想我仍是那個自私的混帳。儘管在這高談闊論什麼誓言啊榮耀，我真正想要的是把妳推到那面牆上，把妳吻到再也想不起另一個男人的名字。所以快點叫我退下吧，阿利娜。因為我給不了妳頭銜或軍隊，或任何妳需要的東西。」

他說得沒錯，我很清楚。不管我們之間存在何種脆弱且絕美的羈絆，都屬於平行世界的兩個人——兩個沒被義務和責任綁死的人。而我不確定這樣一來這羈絆還殘留多少碎屑。然而我仍想要他緊緊擁抱我，想要聽他在黑暗中呢喃我的名字。我想叫他留下來——

「晚安，瑪爾。」

他手放在佩戴於心臟上方的金色日輪，那是我許久以前在黑漆漆的花園中給他的。

「吾主。」他輕聲說道，俯身鞠躬，然後離開。

門在他身後關上，我弄熄油燈，在床上躺下，拉起毯子裹住身體。有大窗的那面牆彷彿一隻圓睜巨眼，現在整個空間被一片漆黑籠罩，我便看見了星星。

我的拇指掠過掌心的疤。那是多年前被破掉的藍色杯子邊緣割傷的。傷疤是一種提醒，讓我不要忘記自己的世界是在哪個瞬間整個變樣，又是在哪個瞬間，我交出部分的心，再也拿不回來。

我們作出明智決定，做了正確的事。我得相信，隨著時間過去，這些合情合理的行為必能帶來安慰。然而今晚，在這過於安靜的房間，在失去的痛楚裡，在鐘聲敲響的同時，我有了深刻且無可挽回的領悟：有些美好事物，就此逝去。

□

第二天早上，我醒過來，看見托亞在我床邊。

「我找到瑟杰了。」他說。

「他之前不見人影嗎？」

「昨天一整晚。」

我穿上為我準備的乾淨衣服，束腰外衣、長褲、新靴，還有召喚者的藍色厚羊毛柯夫塔，內襯紅狐皮，袖口繡上金色。尼可萊永遠有備而來。

我讓托亞領我下樓梯、前往鍋爐層，然後去其中一間黑暗的水處理室——而我立刻後悔自己選的這身衣裳。這裡簡直熱到讓人崩潰。我往裡面照進一道光，瑟杰在那些巨大金屬水箱之一旁邊靠牆坐著，膝蓋貼緊胸口。

「瑟杰？」

他瞇起眼睛，轉過頭。托亞和我交換一個眼神。

我拍拍他粗壯的手臂。「你去吃早餐吧。」我說，其實我的肚子也在叫了。當托亞離開，我將光調暗，坐到瑟杰旁邊。「你在這裡做什麼？」

「上面太大了，」他咕噥著說，「也太高。」

絕對不只如此。就他而言，絕對不會只因為這樣就說溜娟雅的名字，而我再也無法視若無睹。我們一直沒有機會談談小行宮的大災難——又也許其實有機會，但我不斷逃避。我想為瑪麗的死致歉，因為我讓她置於險境，又因為不在場的而救不了她。但是對於這種程度的失職，又有什麼話能開脫？要說什麼才能填補那個缺洞？世上本來有個活生生的女孩，她有一頭栗色鬈髮，以及輕快的銀鈴笑聲。

「我也想念瑪麗，」最後我這麼說，「還有其他人。」

他將臉埋進雙臂。「我以前從來沒怕過——沒有真的怕。現在我無時無刻都怕，停不下來。」

我伸出一手攬住他。「我們都怕，這種事不用羞愧。」

「我只是想再次得到安全感。」

他的肩膀在顫抖。我真希望能擁有尼可萊的天分，知道該說什麼才對。「瑟杰，」我開口，可是不確定自己是會把情況變得更好或更糟。「尼可萊在地面有營地，在茲貝亞與稍微往南一點的地方。那裡有給走私者用的中途停留點，離大部分戰亂區域有段距離，如果他同意，你會想被派到那裡嗎？你可以擔任療癒者，又或者就這樣休息一陣子？」

他一點遲疑也沒有，倒抽一口氣喊道。「想。」

我湧上一股強烈的慰藉，並因此滿心罪惡。在與民兵的戰鬥中，瑟杰因為狀況不穩定而拖累了我們。我可以道歉，可以講些沒用的話，但我真的不知道怎麼幫助他，而且這也改變不了我們正處於戰備狀態的事實。瑟杰已經變成了拖油瓶。

「我會安排，如果你還需要什麼……」我的音量漸小，不確定該怎麼收尾，只好尷尬地拍拍他肩膀，起來轉身離開。

「阿利娜？」

我在門口暫停腳步，現在只能勉強在黑暗中看出他的身影，走道照進來的光閃閃發亮地映在他濡濕的臉頰上。「娟雅的事——一切的一切——我很抱歉。」

我記得瑪麗和瑟杰曾經水火不容的模樣，也想起他們手勾著手坐在一起，共享一杯茶，大聲歡笑。「我也是。」我低聲說。

當我走進廳堂，卻看見巴格拉和米沙等在那裡，不禁嚇了一跳。

「妳在這裡做什麼？」

「我們來找妳。那男孩怎麼回事？」

「他很不好過。」我帶他們離開水箱室。

「誰又好過了？」

「他眼睜睜看著自己深愛的女孩被妳兒子開膛剖肚，看著她在懷中斷氣。」

「苦痛就像泥土一樣不值，而且司空見慣。重要在於如何利用這些苦痛。現在，」她敲了一下枴杖，「我們來談談上課的事。」

我震驚到花了一會兒才理解她的意思。上課？打從我帶著第二個增幅物回到小行宮，巴格拉就一直拒絕教我。我提振精神，跟著她走上廳堂。雖然問這種問題可能有點笨，但我實在忍不住。「妳為什麼會改變心意？」

「我和我們的新國王聊了一下。」

「尼可萊？」

她咕噥一聲。

當我看見米沙要帶她去哪裡，腳步忍不住慢了下來。「妳要搭那個鐵盒子？」

「當然，」她粗著嗓子，「不然我要拖著身體去爬那些樓梯嗎？」

我望了米沙一眼，他則平靜回看我，一手擱在臀部那之練習用木劍上。我緩緩移動到那個可怖裝置裡頭。

米沙一把將閘門關上，拉動控制桿，我們往上猛衝又突然煞車，我不禁閉上眼睛。

「尼可萊說了什麼？」我們走出那玩意兒進紡車總部時，我顫抖著問。

巴格拉將手一揮。「我警告過他，說妳獲得增幅物的力量，很可能和我兒子一樣危險。」

「那還真是謝了喔。」我諷刺地回答。可是她說得沒錯，我自己也曉得，但是那不代表我希望尼可萊去擔心這種事。

「我逼他發誓，要是發生那狀況會一槍斃了妳。」

「然後？」我問，即便我不太敢聽。

「他承諾會不擇手段。」

我一清二楚，尼可萊此言不假。他可能會為我哀悼，也可能永遠不會原諒自己。但是尼可萊的第一順位是拉夫卡，他永遠不會容忍威脅到自己國家的事物。

「那妳怎麼不現在就殺呢？省了他一堆麻煩？」我呢喃著。

「我每天都想呢，」她厲聲反駁，「特別是在妳耍嘴皮子的時候。」

巴格拉對米沙咕噥了一些命令，他便帶我們前往南側露台。門藏在剪羊毛少女的黃銅裙襬裡，她靴上的掛鉤吊了許多外套和帽子。巴格拉已包得密不透風，我根本看不太到她的臉，而我給自己抓了頂毛皮帽，外加拿了件厚羊毛外套將米沙裹起來、扣好釦子，才去到外頭，進入刺骨的冷風中。

長露台盡頭收成尖形，簡直與船首無異，坐落我們面前的雲海恍若凍結的大海。霧不時會分開，讓人一窺覆蓋白雪的山峰與遙遠下方的灰色岩石。我抖了一下。太大又太高。瑟杰沒有說錯。只有艾比揚最高的幾座山峰突出雲上，得以看見。而我再一次意識到那條延伸向南的島鏈。

「告訴我妳看到什麼？」巴格拉說。

「大多是雲，」我說，「天空，還有幾座山峰。」

「最近的那座有多遠？」

我試圖估測距離。「至少一哩，可能兩哩吧。」

「很好，」她說，「把那座山頂給削了。」

「什麼？」

「妳以前也用過黑破斬。」

「那是一座山欸，」我說，「一座非常大的山。」

「妳是第一個佩戴兩件增幅物的格里沙呢。快動手。」

「這有好幾哩遠！」

「妳是打算抱怨到我髮蒼齒搖入棺材嗎？」

「要是被人看到——」

「這麼北的地方根本住不了人，少找藉口了。」

我挫敗地大嘆一口氣。我已經戴著增幅物好幾個月，非常清楚地認知自己力量極限到哪。我舉起戴著手套的雙手，光化作一道令人愉悅的浪潮向我奔來，在雲海中一路閃爍。我專心一意，將其收斂為刃。然後覺得自己像個白痴般地朝著最近的山峰使出一擊。

——連碰都沒碰到。光燃燒著穿越雲層，卻至少短了幾百碼，碰不到山，只在短短一瞬間照出底下幾座山頂，尾巴留下幾縷碎霧。

「她表現得怎麼樣？」巴格拉問米沙。

「很爛。」

我忍不住臭臉看他。小叛徒。然後聽到有人在我身後竊笑。

我轉過身，發現我們吸引了一群士兵和格里沙。要認出赫薛的紅色雞冠頭再容易不過，昂卡像條橘色圍巾一樣圈在他頸子上；柔雅在他旁邊嘻嘻竊笑。真是太棒了。我現在除了滿肚子羞恥之外什麼也沒有。

「再一次。」巴格拉說。

「太遠了，」我忍不住抱怨，「而且也太大。」就不能從小一點的開始嗎？例如房子之類的？

「才沒有太遠，」她冷笑一聲，「在那裡或在這裡根本沒有差別。組成山脈的事物和組成妳的是同樣一種東西。它沒有肺，所以讓它與妳一同呼吸；它無脈搏，所以給它妳的心跳。那正是微物魔法的精髓。」她用枴杖狠揍我一下。「不要像頭野豬那樣喘那麼大聲，用我教過妳的呼吸法——從容、規律。」

我感到臉頰漲紅，然後慢下呼吸。

格里沙理論的諸多片段知識填滿我腦中。*Odinakovost*——此同——*Etovost*——彼異。這一切的一切都胡亂攪在一塊兒，但在我腦中迴盪最強烈的字眼卻是莫洛佐瓦狂亂潦草的字跡：我們不都是一種元素嗎？

我閉上眼睛。這一次，我沒有伸手汲取光芒，而是朝它奔去。我感到自己潰散、反射在露台、白雪，以及身後玻璃上。

我發射出黑破斬。這道攻擊打在山的一側，一個悶聲巨響，使得冰層與岩石隨之顫動。

我身後的人群爆出一陣歡呼。

「嗯哼，」巴格拉說，「這些人為跳梁小丑鼓掌呢。」

「要看是哪個小丑，」尼可萊在露台邊緣說，「還有跳什麼舞。」

太棒了，更多觀眾。

「好一點了嗎？」巴格拉問米沙。

「好一點了。」他不情願地說。

「好很多好不好！」我抗議，「你看我打中了啊！」

「我不是只叫妳打中，」巴格拉說，「我叫妳把山頂削掉。再一次。」

「賭十塊錢她會失敗。」尼可萊的一名野生格里沙高喊。

「賭二十她會成功。」阿德理克忠心耿耿。

我真想抱抱他，雖然我知道他根本沒這錢。

「賭三十她打中後面那座。」

我轉過身。瑪爾正交叉雙臂靠著拱道。

「那座山峰不只五哩欸。」我出言抗議。

「比較像是六哩。」他輕鬆愉快地表示，眼中帶有挑戰之意。這感覺像是回到卡拉錫，他賭我不敢偷一袋甜杏仁，或引誘我在結凍之前跑到特里夫卡池塘表面。「我做不到。」我會這樣說。「妳當然做得到。」他會這樣回答，並穿著借來的冰刀鞋（鞋尖塞了紙）滑離我身邊，不回頭也不確認我會否跟上。

當人群又是叫囂又是下注，巴格拉用低沉嗓音對我說：「我們說這叫作同類相喚，丫頭，但如果魔法真能做到這樣細緻的程度，那麼我們就全屬一類。光存在於隙間夾縫；它在山的土壤中，在岩石和冰雪裡。黑破斬早已發動。」

我望著她。當時她可以算是逐字逐句引用了莫洛佐瓦的手記。她說闇之手為其深深著迷。而今，她又多對我透露了些什麼嗎？

我捲起袖子，舉起雙手。人群靜了下來。我全神貫注望向遠處的山峰，那真是遠到我完全看不清細節。

我將光喚來身邊，再放出來，任自己隨它而去。我在雲中，在它們之上，而有那麼短暫一瞬間，我進入山脈的黑暗深處，感到自己被壓縮其中、喘不過氣。我便是隙間夾縫，光存在其中，即便無法看見。當我手臂往下一揮，劃出的弧無窮無盡，儼然存在於此刻與接下來每時每分的燦亮劍矢。

一聲繞梁震盪的啪傳來，有如遠方的雷聲。天空似乎開始顫慄。

靜靜地、慢慢地，遠處山脈的頂峰開始移動。它並不是傾斜，而是無情且無助地往旁滑落，雪和岩石如瀑布般從表面落下，曾經的山峰位置留下一條完美的斜線，一塊露出來的灰色岩石壁架就這麼從雲海上方突了出來。

我聽到後方傳來尖叫和高聲歡呼，米沙跳上跳下、嘎嘎亂喊。「她成功了！她成功了！」

我回頭一看，瑪爾微乎其微對我一點頭，然後把大家趕在一起、催他們回紡車總部。我看見他指著其中一名野生格里沙無聲說道，「付錢。」

我視線轉回那座被削掉的山，血液中的力量滋滋沸騰，神智逐漸脫離現實，脫離剛剛做出的不可逆舉動。再一次，我體內一個聲音喧鬧沸騰，渴望更多。我在柯夫塔中顫著身子，被狐狸毛溫軟的絨尾巴撫慰。

「妳就給我這樣慢慢來啊，」巴格拉咕噥抱怨，「照這速度，在妳有任何進展之前，我的兩腿都要凍傷凍沒了。」

第八章

瑟杰當晚搭朱鷺號離開，在鵜鶘號修理時，那艘載貨駁船趕鴨子上架代打。尼可萊在杜瓦附近平靜的中途站給了他一個位置，讓他在那裡修養恢復，順便為熙來攘往的走私者提供一點幫助——他甚至表示如果瑟杰願意稍等，可以在西拉夫卡暫時避難。但瑟杰只是恨不得想快點離開。

第二天早上，尼可萊和我與瑪爾、雙胞胎會面，討論在南斯庫左山脈追蹤火鳥的後勤狀態。其餘格里沙不知道第三個增幅物的位置，我們也希望盡量維持這狀態久一點。

尼可萊整整兩晚絕大部分時間都在研究莫洛佐瓦的手記，而且就和我一樣有所擔憂，深信一定有幾本缺漏，或者在闇之手那裡。他要我去對巴格拉施壓，可是若要談這個話題，我得格外小心。要是我激怒她，就不可能再得到新資訊，她也會終止我的課程。

「感覺不只是書沒有寫完，」尼可萊說，「有沒有人覺得，這個莫洛佐瓦有一點……怪？」

「如果你所謂怪是要說孤僻——一點也沒錯，」我承認，「雖然我是希望他瘋歸瘋，但是是對的。」

尼可萊對著釘在牆上的地圖反覆思忖。「可是這仍是我們唯一的線索？」他點了點南方邊界一座毫不起眼的山谷。「我們在這兩根瘦巴巴的石頭之間賭上了很多啊。」

那個沒有標記的山谷叫雙磨坊，就是瑪爾和我出生的村落所在地，以矗立在它南邊入口的遺跡，也就是兩根風化的細細尖塔命名。某個人就這麼擅自認為那是兩座磨坊的殘骸，但是我們深信那其實是古老拱門的遺跡，是找到火鳥——也就是伊利亞．莫洛佐瓦的增幅物——的路標。

「穆林有座廢棄的銅礦場，」尼可萊說，「你可以把鷺鷥號停在那裡，步行進入山谷。」

「為什麼不直接飛進斯庫左？」瑪爾問。

塔瑪搖頭。「飛行起來可能很棘手。那裡停船棚更少，而且地勢更加危險。」

「好吧，」瑪爾同意，「那我們降落在穆林，然後走伊德科娃道過去。」

「這樣應該能有滿好的掩護，」托亞說，「納夫斯基說很多人會經過那些邊界城市，想搶在冬天降臨、山脈無法跨越前離開拉夫卡」

「你需要多久才能找到火鳥？」尼可萊問。

所有人轉向瑪爾。

「這無法得知，」他說，「為了找雄鹿，我花了好幾個月，獵捕海鞭則不到一週。」他的眼神沒離開過地圖，「但我能感到我們心中頓時湧上那段時光的回憶。當時我們航行於白骨路的冰凍海面，被嚴刑拷打的威脅不時高掛頭上。「斯庫左涵蓋的區域很大，我們得盡快動身。」

「妳選好船員了嗎？」尼可萊問塔瑪。

當他說塔瑪可以擔任鷺鷥號的船長，她簡直就要跳起舞來。接著她立刻著手熟悉那艘船和船上所有設備。

「柔雅非常不適合團隊合作，」塔瑪回答，「但我們需要風術士，她和娜迪亞是最佳選擇；史提格操縱繩索的能力還不錯，至少有一個火術士在船上也無傷大雅。明天我們應該就能試航。」

「找有經驗的船員，速度可以更快。」

「我會在名單再各加入一名你的浪術士和造物法師，」她說，「剩下如果能用我們的人，我會比較安心。」

「野生格里沙很忠誠。」

「也許吧，」塔瑪回答，「但我們的人更有默契。」

我意識到她說得沒錯，並因此有些訝異。我們的人。是什麼時候變成這樣的？是在逃離白大教堂的路上？洞穴坍塌的時候？我們面不改色地與尼可萊的護衛對峙，甚至反抗國王的瞬間？

我們這一小群人得分開，而我不喜歡這樣。被留下來的阿德理克非常憤怒，我也一定會想念他——我甚至會想念赫薛和昂卡。但是最困難的部分在於向娟雅道別。由於有船員再加上補給物，鷺鷥號已承受很大負擔，而且也沒道理再讓她和我們一起進入斯庫左。而即便我們要有質化系格里沙同行，好製造第二只手銬，尼可萊卻認為大衛留下全心為戰鬥準備，才能派上最大用處。所以我們改帶埃莉娜，也就是沃夫尼號上替我在手腕融造鱗片手銬的野生造物法師。大衛對這個決定很高興，娟雅知道後比我還開心。

「所以妳是說我不用一整路聽柔雅抱怨，還得接受托亞拿克里基的第二個篇章瘋狂轟炸，一面跋涉過風沙滾滾的山區？」她笑翻了。「我要愛死妳了。」

「妳在這裡會沒事嗎？」我問。

「我想會的——真不敢相信我會這麼說，但我慢慢有點喜歡尼可萊了。他和他父親一點都不像，而且有夠會穿衣服。」

她說得還真是一點也沒錯。即使在山頂這種地方，尼可萊的靴子永遠光可鑑人，制服一塵不染。

「假使一切順利，」塔瑪說，「我們應該這週結束就能動身。」

我湧上一陣心滿意足，甚至得刻意壓下想去撫摸空盪手腕的衝動。但接著尼可萊清清喉嚨。

「關於這個……阿利娜，我在想，妳是否能考慮稍微繞個路呢？」

我皺眉。「哪一種繞路？」

「西拉夫卡的盟友還很新。他們一定會因為斐優達的施壓，對闇之手打開影淵。如果能讓他們看看太陽召喚者有何能耐，一定意義非凡。其他人搜索斯庫左時，我們也許能去參加一些國宴，像是削掉山區幾座山頂呀，讓他們吃個定心丸。然後從歐斯科佛的回程，我可以再帶妳去加入山裡的人馬。就像瑪爾說的，有很大一塊區域得搜索，稍微晚一點也沒有關係。」

有一瞬間，我以為瑪爾會開口堅持在降初雪前進出斯庫左的必要性，不管是怎樣的耽擱都很危險。然而，他只是把桌上的地圖一捲，說：「十分明智，托亞可以擔任阿利娜的隨行護衛，我得練習拉纜繩。」

我忽視心臟猛地一下絞痛。我想要的不就是這樣嗎？「當然。」我說。

如果尼可萊本來準備要大吵一架，現在也藏得不動聲色。「太好了。」他回答，合掌一拍，「來討論妳的打扮吧。」

□

結果，在尼可萊用絲綢布讓我滅頂以前，我們還有一大堆事要處理。他同意只要鵜鶘號一回來就派它去卡拉錫，但是這還只是該項議題的第一條。等到我們談完軍需品、暴風型態及雨天裝備，早過中午了，所有人都急需喘口氣。

部隊大多數人會去位於紡車總部西側的臨時食堂用餐，三傻兒和熊高掛眾人上方。我不是很想和大家一起，所以抓了泡在葛縷子籽裡的麵包卷和一杯糖快滿出來的熱茶，走到南邊露台上。

外面冷風刺骨，天空呈現明亮燦藍。午後的太陽在雲海上刻畫出深深陰影，我啜著茶，一面任風吹亂圈住我臉面的皮毛，一面聆聽風在耳中呼嘯。左右可見東西露台伸出的尖端。從遠處看，那座被我劈掉剩下的山頂再次被雪覆蓋。

只要時間慢慢流逝，我知道巴格拉一定會教我發揮更上一層的力量，但她永遠不會協助我駕馭魔邪。可是只靠自己我根本不知從何著手。我還記得在禮拜堂感受過的那種連結與瓦解，感覺著生命從體內被奪走，目睹我創造的生物化為實體的驚懼。可是若沒有闇之手，我就不知該如何獲取那股力量，也無法確定火鳥能否改變現況。說不定，這件事對他來說再簡單不過。他曾告訴我，說到永恆，他的經驗比我多太多。闇之手奪取過多少生命？他自己又活過幾個人生？也許，從以前到現在，生與死在他眼中已然不同，變得渺小而平凡無奇，習以為常。

我伸出一手將光喚來，讓它悠然化為光束、從我指間溜下。它燒穿雲朵，露出下方山區更多座參差不齊的險峻懸崖。我放下杯子，身子探過圍牆，去端詳鑿刻在下方山側的石頭階梯。塔瑪說，在古老時代，朝聖者會跪著爬那道樓梯上來。

「如果妳想跳下去，至少給我一點時間，以妳名義寫首歌謠。」尼可萊說。我轉身見他大步走上露台，金髮閃閃亮亮。他披了件軍綠色的優雅長大衣，上面飾有金色雙鷹。「歌謠裡會有很多悲傷的小提琴旋律，還會有一小節專門獻給妳對鯡魚的熱愛。」

「還要等？那不就得聽你親口唱歌嗎？」

「我的男中音表現正好超過平均水準——而且超過不少。此外妳又有什麼好急的？是因為我的香水嗎？」

「你不噴香水。」

「我身上有股自然而討人喜歡的幽香，人見人愛。但要是妳對香水有強烈喜好，我會開始噴的。」

我皺皺鼻子。「謝謝，不必。」

「我應該要滿足妳的一切需求——尤其在那場示範之後。」他對著那座遭到斬首的山點頭示意。「如果妳想要我脫帽，儘管說，無論何時我都會立刻脫掉喔。」

「很驚人吧？」我嘆了口氣，「但是闇之手是巴格拉帶大的，他有好幾百年能精進力量，我連一年都不到。」

「我有禮物要給妳。」

「是火鳥嗎？」

「妳想要的是那個嗎？那要早點告訴我啊。」他將手伸進口袋，在圍牆上放了個東西。光線映在一枚翡翠戒指上，戒指中央蒼翠美麗的綠色石頭比我的拇指甲還大，周遭圍繞著由小顆鑽石做成的星星。

「不是說保守就是美德？」我緊張地顫著呼吸說。

「我超愛妳引用我講的話。」尼可萊點了點戒指。「這也許可以給妳一點安慰，妳就想，如果戴著它揍我，搞不好能打瞎我。我真心希望妳這麼做——欸，我是說戴上戒指，不是揍我。」

「你哪裡弄來這東西的？」

「她離開前給我的。這是藍索夫翡翠，我們被攻擊那晚，她在我的生日晚宴上戴了。不過很特別的是，我得說那不是我最糟的一次生日。」

「竟然？」

「十歲的時候，我父母雇了個小丑。」

我嘗試伸手拿起戒指。「好重。」我說。

「不過是塊石頭。」

「你有告訴母親你打算把它送給一個平凡的孤兒嗎？」

「話幾乎都她在講，」他說，「她想對我說說麥格納斯．歐皮耶。」

「誰？」

「斐優達的一個大使，相當厲害的水手，靠船運賺大錢。」尼可萊眺望雲海。「很顯然，他也是我的親生父親。」

我不太確定該致上恭喜或慰問。談起血統出身，尼可萊總是雲淡風輕，但我知道，他並不是嘴上說的那樣一絲傷痛都沒有。

「親耳得知這件事的感覺好詭異，」他繼續說，「我覺得，一部分的我似乎希望謠言只是謠言。」

「你還是會成為偉大國王的。」

「我當然會，」他語帶嘲弄，「我雖悲慘，但非愚笨。」他揮掉袖子上看不見的一條線頭。「我不知道她這輩子會不會原諒我流放她的舉動，尤其是流放到殖民地。」

到底是失去母親更痛苦，還是從來不認識母親更難受？無論哪個我都深感同情。他正一點一點地失去家人。先是哥哥，現在是雙親。「我很遺憾，尼可萊。」

「這真的是要感到遺憾的事嗎？我終於得到了想要的東西——國王退位、登上王座路上的障礙都清空。要不是還得處理一下那個強大的獨裁者和他的怪物爪牙，我早就在開香檳了。」

尼可萊想怎麼油嘴滑舌都沒差，但是我心中清楚，他想像中就任拉夫卡領導大位的方式可不是這樣——兄長遭到殺害、父親因一名僕人提出的可鄙指控遭貶下台。

「你什麼時候會即位？」我問。

「等到我們贏了之後。我會在歐斯奧塔加冕為王——不接受其他地點。而第一步就是得鞏固我們和西拉夫卡的結盟。」

「所以才要戒指？」

「所以才要戒指。」他順了順翻領的衣邊，「是說，娟雅的事——妳其實可以先對我說一聲。」

我簡直要被罪惡感淹沒。「我是想保護她。沒有很多人願意這麼做。」

「阿利娜，我不希望我們之間有任何謊言。」他想到了他父親犯下的罪嗎？或他母親的逢場作戲？可是他說出這種話依舊不太公平。

「史鐸霍恩，那你又對我說了多少謊？」我作勢比了比紡車總部。「在你準備開誠布公前，還藏了多少祕密？」

他將雙手收到背後，明顯露出一臉不自在。「那個，因為我是王子，所以有特權？」

「如果不過是個王子也算數，那活生生的聖人也可以。」

「妳打算占著吵架王頭銜一輩子嗎？那和妳很不搭欸。」

「這算吵架嗎？」

「顯然不算，因為我吵起架才不會輸人。」然後他看了一下旁邊。「我說聖人啊，他現在是從那些冰塊階梯跑上來嗎？」

我試圖瞇眼看穿霧氣。無庸置疑，有人正沿懸崖一側蜿蜒向上的狹窄階梯爬上來，他吐出的呼吸在冰寒空氣中化為縷縷煙雲。我只看了一眼就意識到那是瑪爾。他低垂著頭，肩上揹著背包。

「這可真是……振奮人心。如果他繼續這樣搞，我可能得開始逼自己努力健身了。」尼可萊語調一派輕鬆，但我感到那雙睿智的榛果色眼睛直盯著我看。「假設我們勝過闇之手——對此我深信不疑——瑪爾打算繼續擔任妳護衛隊的隊長嗎？」

我差點忍不住用拇指去抹掌心疤痕——但阻止了自己。

「我不知道。」儘管發生了這一切，我仍想將瑪爾留在身邊。但是那樣對我們兩人都不公平。我逼自己回答。「我覺得他請辭會是更好的選擇。他確實是很強的戰士，卻是更好的追蹤師。」

「妳知道他不肯接受打鬥後贏到的賭金嗎？」

「你覺得怎麼做最好，就去做。」這股痛楚猶如一把細薄刀刃，就這麼刺進我肋骨。我正將瑪爾和我的人生切割，語調卻沒有一絲動搖。看來尼可萊把我教得非常好。我試圖歸還戒指。

「我不能收下，現在不行。」也許永遠都不行。

「留著。」他說，合攏我的手指，將翡翠包住。「身為私掠船船長，得懂得利用一切優勢。」

「那王子呢？」

「王子向來有求必得。」

□

那晚，當我回到房間，尼可萊還準備了更多驚喜等著我。我遲疑一下，然後腳跟一轉，在走廊上大步狂衝，跑到其他女孩住的地方。我在那裡站了好久好久，覺得害羞又愚蠢，過了一會兒才逼自己敲門。

娜迪亞來應門。在她身後，我看見塔瑪也來了，正在窗邊磨利斧頭；娟雅坐在桌前，往另一隻眼罩周邊縫上金線；柔雅懶洋洋躺在其中一張床上，用指尖放出一陣陣風，讓一根羽毛飄在空中。

「我有東西要給妳們看。」我說。

「是什麼？」柔雅問，眼神仍盯著羽毛。

「總之妳們來看。」

她身子一翻、從床上起來，吐出惱怒的嘆息。我帶著她們沿走道來到我房間，一把將門打開。

娟雅立刻一頭栽進鋪開在我床上的一疊禮袍。「是絲綢！」她不禁呻吟。「還有天鵝絨！」

柔雅拿起掛在椅背的一件柯夫塔。那是金色的錦緞，袖子和褶邊有奢華的藍色刺繡，袖口裝飾綴了珠寶的日輪。「貂皮，」她撫摸著內襯對我說，「我這輩子沒這麼討厭妳過。」

「那件是我的，」我說，「但其他的隨妳們拿。反正我在拉夫卡也不可能每一件都穿。」

「這都是尼可萊幫妳做的嗎？」娜迪亞問。

「他這人事情從來不做一半。」

「妳確定他會希望妳送別人嗎？」

「是借別人，」我糾正，「如果他不喜歡這樣，那可以學著在給指令時多加小心。」

「聰明。」塔瑪說，把一件藍綠色斗篷披到肩上，打量鏡中的自己。「他得看起來像個國王，妳則要有王后的架勢。」

「還沒完。」我說，並且再一次感到渾身竄上一陣羞怯。我仍不太知道和其他格里沙相處時該有什麼舉動。他們算朋友嗎？還是子民？這真的是全新領域。可是我實在不想要孤孤單單待在自己房間，除了腦中思緒和一堆衣服作伴外什麼朋友也沒有。

我拿出尼可萊的戒指放在桌上。

「諸聖啊，」娟雅倒抽一口氣，「那是藍索夫翡翠。」

在燈光下，它似乎在閃閃發光，周邊的小鑽石一閃一閃。

「他就這樣給了妳？叫妳收下？」娜迪亞問。

娟雅抓住我手臂。「他求婚了嗎？」

「不算是。」

「但還是可能會。」娟雅說，「那枚戒指是傳家之寶，王后不管去哪裡都戴著，就連睡覺都戴。」

「妳不要就給我，」柔雅說，「妳就殘忍無情摔碎他的心，我會高高興興地給我們的可憐王子一點安慰，然後成為高貴尊榮的王后。」

我笑出來。「柔雅，妳搞不好真的可以，如果妳不要這麼恐怖——一分鐘就好。」

「如果可以得到這種獎勵，一分鐘有什麼問題，搞不好兩分鐘都可以。」

我翻翻白眼。「不過就是枚戒指。」

柔雅大嘆氣，高高舉起翡翠，讓它閃閃發著光。「我還真的是很恐怖，」她突然說，「都死了那麼多人，我還這麼想念漂亮的東西。」

娟雅咬住嘴唇，然後衝口而出。「我想念杏仁庫利奇，還有奶油，還有廚子都會從巴拉基列夫市集帶回來的櫻桃醬。」

「我想念海，」塔瑪說，「還有我在沃夫尼號上的吊床。」

「我想念坐在小行宮的湖邊，」娜迪亞插嘴，「一邊喝茶。一切感覺好寧靜。」

柔雅看著自己的靴子。「我想念沒有意外的明天。」

「我也是。」我坦白地說。

柔雅放下戒指。「妳會答應嗎？」

「他其實不算真的求婚。」

「但他終究會。」

「也許吧。我不知道。」

她嫌惡地嗤了一口氣。「我剛剛撒謊，我真是前所未有討厭死妳了。」

「如果能有格里沙登上王座，」塔瑪說，「將會意義非凡。」

「她說得沒錯，」娟雅補充，「格里沙成為統御者，而不只是階下僕。」

他們想要格里沙王后，瑪爾想要出身平民的王后。那我要什麼？——我要拉夫卡得到和平、我要高枕無憂地睡在我的床上。我要讓每天早上醒來感受到的罪惡和懼怕畫下句點。此外，也有一些舊的想望。我想因為真實的自己被愛，而不是我的力量；我想躺在一片草皮上，縮在某個男孩的臂彎中，看著風吹雲動。但那些夢想屬於普通的女孩，而非太陽召喚者或是聖人。

柔雅哼了一聲，把淡水珍珠做的傳統頭飾擺上頭髮。「我還是覺得應該是我當王后。」

娟雅拿一隻天鵝絨拖鞋丟她。「我對妳行屈膝禮的那天，會是大衛在影淵正中央裸體唱歌劇的那天。」

「講得一副我會讓妳進我宮殿似的。」

「算妳好狗運。過來，那個頭飾都歪了。」

我再次拿起戒指，在手中翻來轉去。我怎麼也沒辦法戴上它。

娜迪亞用肩膀撞撞我的。「還有一些東西比王子更糟呢。」

「確實。」

「但也有更好的，」塔瑪說，把一件鈷藍色蕾絲禮袍朝娜迪亞推去。「試穿這件。」

娜迪亞舉起禮袍。「妳發瘋了嗎？這件上半身搞不好短到肚臍那裡欸。」

塔瑪咧齒一笑。「一點也沒錯。」

「反正阿利娜也不能穿，」柔雅說，「她的胸部恐怕會直接掉到甜點盤上。」

「委婉一點啦！」塔瑪喊著。

娜迪亞笑到倒在地上。「西拉夫卡對太陽召喚者的胸部宣示忠誠！」

我努力裝得一臉嚴肅，可是笑太用力。「好啊好啊，妳們開心就好。」

塔瑪拿了條圍巾套住娜迪亞的脖子，一把拉近、吻了她。

「噢我的諸聖老天爺，」柔雅抱怨，「每個人都在談戀愛是不是？」

娟雅竊笑。「要有信心。我有看到史提格超悲傷地凝視著妳。」

「他是斐優達人，」柔雅說，「所以他只有一種凝視。而且想要人約我可以自己來，不勞妳費心。」

我們分類整理這箱衣服，揀選最適合這趟旅程的禮袍、外套和珠寶。尼可萊一如往常深謀遠慮，每件衣服都做工精細，包含藍色金色。雖說若能有點變化我也不介意，但這趟旅程的意義在於力量展演，並非個人娛樂。

女孩們一直待到油燈燒盡，我很感謝有她們陪伴。然而，她們將喜歡的衣服拿走，剩下的華服包裹收起、放回箱中，便道了晚安。

我從桌上拿起戒指，突然再清楚不過地意識到掌中的重量。

翠鳥號很快就會回來，尼可萊和我將前往西拉夫卡。到那時候，瑪爾和他的團隊會上路前往斯庫左。這就是我們的計畫。我很討厭在王宮的生活，但瑪爾更是深惡痛絕。因為他只能在歐斯科佛的宴會中當個駐守在旁的可憐小護衛。

如果我對自己坦誠，絕對能看出打從我們離開小行宮，他便越發精力充沛，就連在地下也是。他靠著自己的能力成為領導者，找到全新的使命感。我不能說他快樂，但是也許隨著時間過去，他會快樂起來，會得到平靜，說不定還能對未來有所期待。

我們會找到火鳥，會和闇之手正面對決——搞不好還能打贏。我會戴上尼可萊的戒指，瑪爾請辭，擁有他應得的——如果沒有我他就能擁有的人生。既然如此，為什麼插在我肋骨間的刀還在狂轉猛擰？

我躺在床上，星光從窗戶傾洩而入，我緊緊握著翡翠。

過了一會兒——我大概也無法確定我是刻意這麼做，或只是一場意外。我傷痕累累的心拉動看不見的拴繩。也許我只是太累，抗拒不了他的引力。因為我發現自己來到一個焦點模糊的房間，與闇之手大眼瞪小眼。

第九章

他坐在桌子邊緣，衣服縐巴巴揉成一團落在膝蓋位置，雙臂高舉過頭，同時，一名軀使系療癒者模糊的身影在焦點範圍中出入，處理闇之手身側血淋淋的大傷口。一開始，我以為我們在小行宮的醫務室，但這個空間實在太黑太模糊，我難以分辨。

我努力不去注意他的外貌——亂七八糟的頭髮，赤裸胸膛上陰影盡顯的隆起。他看起來那麼像是人類，只是個在戰場或是對打中受傷的男孩。*不是男孩，我提醒自己，是活了好幾百年、奪走好幾百條命的怪物。*

當那名軀使系處理完畢，他繃緊下巴。皮膚縫妥後，闇之手便將手一揮，打發她離開。她稍稍遲疑了一下，便迅速溜走，消失蹤影。

「有件事我一直在想。」他說。沒打招呼，也沒有開場白。

我靜靜等待。

「巴格拉告訴妳我打算做什麼的那晚——就是妳逃離小行宮那晚，妳有猶豫過嗎？」

「有。」

「在妳離開後的時日，有想過回來嗎？」

「有。」我承認。

「但妳選擇不回來。」

我知道自己應該離開，至少應該保持緘默，但我實在太疲倦了。而待在這兒、和他在一起，感覺是那麼輕鬆自在。「不只因為巴格拉那晚說的話。你對我撒謊，你欺騙我。你……拖我下水。」你誘惑我，讓我想要你，讓我懷疑自己的心意。

「阿利娜，我要妳對我忠心，我要妳和我綁在一起，而且不只是因為義務或恐懼。」他用手去試探剛剛皮膚的傷口位置。現在那裡只剩一點微紅。「有謠言說目擊到妳那位藍索夫王子。」

我飄得更近一些，試著保持稀鬆平常的語調。「在哪？」

他抬起頭，嘴唇露出似笑非笑的神情。「妳喜歡他嗎？」

「有差嗎？」

「如果妳喜歡他們，就會比較困難。妳會更為那些人哀悼。」他哀悼過多少人？他有過朋友，或妻子嗎？他曾讓任何人那麼親近嗎？

「阿利娜，告訴我，」闇之手說，「他占有妳了嗎？」

「占有？像占據什麼半島一樣嗎？」

「臉不紅氣不喘，眼神也沒別開。妳變了呢。妳那位忠貞的追蹤師怎麼樣了？他是否蜷著身子睡在妳王座腳邊？」

他想激我，試圖挑釁。我沒有迴避，而是更靠近。「那晚在你房間，你戴著瑪爾的臉來找我。是因為知道我會拒你於千里之外嗎？」

他抓著桌邊的手指收緊，但是他聳聳肩。「他是妳渴望的人——但現在還是嗎？」

「不是了。」

「聰明的學生，差勁的騙徒。」

「你為什麼這麼鄙視被棄者？」

「我沒有鄙視，是很瞭解。」

「他們不全是愚蠢和軟弱之人。」

「他們的本性極好預測，」他說，「人會愛妳一小段時間，但當他們的好國王年老力衰、最終死去，他的女巫妻子卻仍然年輕，他們會作何感想？當所有記得妳犧牲的人都沉睡於六呎之下，妳認為他們的孩子，或他們的孫子，要花多久時間才會翻臉不認人？」

他的話使我渾身竄過一陣冷意。我仍未理解將在眼前開展的漫長人生，以及張開血盆大口的永恆深淵。

「妳從來沒思考過這件事，對不對？」闇之手說，「妳只活在當下瞬間，我卻活過數千時刻。」*我們不都是一種元素嗎？*

說時遲那時快，他狡猾鬼祟地伸來一手抓住我手腕，整個房間一瞬間聚焦清晰。他把我拉近，用雙膝將我困住，另一隻手貼到我的下背，強壯的手指在我脊椎弧線處伸開。

「阿利娜，妳註定是我互補的另一半，是這世上唯一可能與我一同統治、讓我的力量得以安穩的人。」

「那誰能和我互補?」我還沒來得及三思，這句話就蹦了出來。在我還不曉得火鳥存在以前，這個想法就困擾我至今，此時意念赤裸裸化為實體。「要是我及不上你呢?要是我不但沒能阻止你，只不過是另一個力量像雪崩一樣失控的人呢?」

他端詳了我好長一段時間。每次他都用這種眼神看我，好像我是某道哪裡不對勁的方程式。

「我要告訴妳我的名字，」他說，「是我被賜予的真名，而不是我爭取來的稱號。妳願意聽嗎，阿利娜?」

我感覺得到在紡車總部、在我手掌心尼可萊戒指的重量。我其實不必站在這裡，被扣在闇之手懷抱裡。我能從他的掌握中逃走，一溜煙兒回到我的意識，回到藏在山巔的安全石室裡。但我不想。儘管發生了這一切，我仍想得到那個呢喃道出的祕密。

「願意。」我用氣音回答。

好一會兒後，他說，「亞歷山德。」

我忍不住噗嗤一笑。他揚起一邊眉毛，唇上綻開笑意。「怎樣?」

「只是……很普通。」如此平凡的名字，國王或農民之輩都通用。單是在卡拉錫我就認識兩個亞歷山德，第一軍團甚至有三個。其中一個死在影淵。

他的笑容加深，並將頭側往一邊。看到他這樣幾乎令人感到心痛。「妳願意說出口嗎?」

我遲疑著，危機感從四面八方迫近。

「亞歷山德。」我輕聲說。

他的笑容褪去，灰色雙眼似乎開始閃爍不定。

「再一次。」

「亞歷山德。」

他傾身靠近。我感到他的吐息吹在頸子上，接著是貼在皮膚上的嘴唇，就在項圈上方一點，幾乎像是嘆息。

「不要。」我抽身欲離，但他將我抓得更緊，一手伸向我的頸背，纖長手指與我的髮絲交纏，輕輕緩緩將我的頭往後仰。我閉上眼睛。

「給我。」他抵著我的喉嚨呢喃出聲，腳跟勾住我的腿，將我拉得更近。我感到他舌頭的熱度，當他領我用雙手圈住他的腰，我感到他赤裸皮膚下結實肌肉的伸縮。「反正不是真的，」他說，「就給我吧。」

我感到一陣飢渴，那是我們都不想要的慾望和渴求的脈動——儘管如此，它仍攫住了我們。在這世上，我們獨一無二、沒有同伴。而今我們被綁在一起，未來也會是如此。

可是這都無所謂。

我忘不了他做出的事，也不能原諒他真正的樣貌——殺人犯、怪物。他折磨我的朋友、屠殺我想保護的人。

我一把將他推開。「但也夠真了。」

他瞇起眼睛。「我厭倦了這場遊戲，阿利娜。」

我體內的怒氣翻湧覺醒，讓我有些驚訝。「厭倦？你每一次都把我玩弄於掌中，你才不是厭倦，你只是因為我現在沒那麼好哄騙，所以覺得可惜。」

「真是聰明啊，」他咬牙切齒，「聰明的學生，妳今晚能來，我非常高興，我也想分享這邊的訊息。」他將血淋淋的衣服扯過來、套頭穿上。「我要進影淵。」

「儘管去，」我說，「有翼鷹人值得多咬你幾口。」

「牠們碰不到我一根寒毛。」

「你難道悄悄希望牠們換口味嗎？還是你又在發瘋？」

「我沒瘋，去問大衛吧，問他在宮殿留了什麼祕密給我。」

我整個人僵住。

「另一個聰明的傢伙，」闇之手說，「這一切結束後，我也要把他搶回來。枉費這麼聰明的腦袋。」

「你只是虛張聲勢。」我說。

闇之手露出微笑。但這一次，他嘴唇彎曲的弧度更為陰冷。闇之手推開桌子，昂首闊步朝我走來。

「我會進入影淵，阿利娜，而且我會讓西拉夫卡搞清楚我的能耐——就算沒有太陽召喚者。而當我瓦解藍索夫唯一的盟友，我會像獵捕動物一樣追殺妳。妳絕對找不到任何避難所，也永遠不會有寧日。」他高高在上、朝我逼近，灰色雙眼發出精光。「快飛奔回去找妳的被棄者吧，」

他低吼道，「把他牢牢抓好，這場遊戲的規則就要改變了。」

闇之手舉起一手，黑破斬劈穿了我，我形影潰散，伴著冰寒的一震，我恍若被狂風吹回身體裡頭。

我緊緊環抱自己，心臟在胸中像瘋了一樣狂跳，仍能感到那道劈砍殘留的感覺，但我毫髮無傷，也沒傷痕。我踉蹌下床，試圖找燈，但很快又放棄，開始到處摸索，直到找到外套和靴子。

塔瑪正在我房間外頭站崗。

「大衛住在哪裡？」我問。

「就在走廊那邊，和阿德理克還有赫薛在一起。」

「瑪爾和托亞在睡覺嗎？」

她點點頭。

「叫他們起來。」

她溜進護衛的房間，瑪爾和托亞沒幾秒就到了外頭和我們會合，像個士兵那樣馬上清醒，而且早早穿好靴子。瑪爾也拿了手槍。

「不會用到那個，」我說，「至少我覺得不會。」

我思考是否要叫人去找尼可萊，可是想先搞清楚我們要對付的到底是什麼。

我們大步從廳堂走到大衛的房間，塔瑪先在門上敲了一下才推門進去。

很顯然阿德理克和赫薛今晚被下了逐客令，睡眼超級惺忪的娟雅和大衛正在一張窄得要命的行軍床上，從被單底下抬起頭對我們眨巴著眼睛。

我指著大衛。「穿好衣服，」我說，「給你兩分鐘。」

「現在是什麼——」娟雅開口。

「照做就是。」

我們再次溜出門外等待。

瑪爾小咳一下。「也不能說多意外啦。」

塔瑪嗤了一聲。「他在戰情室發表完那場小演講後連我都想撲倒他呢。」

一會兒後，門嘎吱打開，赤著腳又一身凌亂的大衛帶我們進去。娟雅交叉雙腿坐在床上，紅色鬈髮朝四面八方炸開。

「什麼事情？」大衛說，「出什麼事了？」

「我收到消息，闇之手打算利用影淵對付西拉夫卡。」

「尼可萊——」塔瑪起頭。

我舉起一手。「我得知道這可不可能。」

大衛搖頭。「沒有妳他做不到。如果不進異海，他就沒辦法擴張。」

「他說他有辦法——他說你在小行宮留了個祕密。」

「等一下，」娟雅說，「這個消息是哪裡來的？」

「我有管道，」我簡明扼要地說，「大衛，他這樣說是什麼意思？」我不願相信大衛會背叛我們，至少不可能是故意。

大衛皺眉。「我們逃離歐斯奧塔時我落下了舊筆記本，但它們實在不可能造成什麼危險。」

「裡面都有些什麼？」塔瑪問。

「什麼都有，」他敏捷的手指不斷將褲子布料摺起又鬆開。「鏡射碟的設計，能分濾光譜上不同光波的鏡片。完全沒有能用來進入影淵的東西。但是……」他的臉刷白了些。

「還有什麼？」

「那只是一個想法——」

「還有什麼？」

「有尼可萊和我想到的一個玻璃沙艇計畫。」

我皺起眉，瞥了瑪爾一眼，再看向其他人。他們都和我一樣滿頭霧水。「他為什麼會想要一艘玻璃沙艇？」

「整艘船體是打造來裝盧米光的。」

我做了個不耐煩的手勢。「盧米光是？」

「一種液態火焰的變異型。」

諸聖啊。「大衛啊……不會吧。」液態火焰是莫洛佐瓦的發明之一，一種黏答答的易燃物，並且能創造出幾乎無法撲滅的火焰。因為太危險，莫洛佐瓦在創造出的數小時內就將配方毀了。

「不是！」大衛舉起雙手，彷彿要自我辯解。「不是！不是的！這個物質更優秀、更安全。

這個反應只會造出光線，不會有熱度。這是在我們想方設法改善對抗虛獸的閃光彈時想出來的。它沒辦法拿來用，但我很喜歡這個想法，所以留了下來……想說之後搞不好能用。」他無奈地聳聳肩。

「它不發出熱也能燃燒？」

「不過是獲得人造陽光的一種方法。」

「足以讓有翼鷹人不敢越雷池一步？」

「對，但是對闇之手派不上用場。它的燃燒時間有限，而且要有陽光來啟動。」

「多少陽光？」

「不用很多，重點就在這裡：那只是另一種放大妳力量的方式。就像那些碟子。但是影淵沒有任何陽光，所以——」

我舉起雙手，陰影在四壁潑灑開來。

娟雅喊出聲，大衛身子一縮、靠到床上；托亞和塔瑪伸手去抓武器。

我垂下雙臂，影子便回復原來樣貌，所有人瞠目結舌望著我。

「妳握有他的力量？」娟雅低喃道。

「不算是，我只有一點點。」瑪爾認為我從闇之手那裡拿到了力量，也許闇之手也從我身上拿走了什麼。

「所以我們在灶房時妳才能讓影子跳來跳去。」托亞說。

我點點頭。

塔瑪伸手指著瑪爾。「你騙了我們。」

「我替她保守了祕密，」瑪爾說，「你們也會這麼做。」

她交叉雙臂。托亞的一隻大手擱在她肩膀，兩人都一臉沮喪，但沒有我預料中那麼害怕。

「你懂這代表什麼了嗎？」我說，「只要闇之手有一絲絲我力量的殘餘——」

「這樣就足夠拖延有翼鷹人嗎？」娟雅問。

「不夠，」我說，「我不認為。」我要有一個增幅物才能控制足夠的光，並安全進入影淵。當然，這也無法保證我和闇之手在禮拜堂對決時，他沒拿走我更多力量。話說回來，如果他真的能夠使用陽光，在這之前他就會展開行動。

「那都無所謂，」大衛沮喪地說，「一旦進入影淵，只要有足以啟動盧米光的光量就行了。」

「足以讓眾人安全的光，」瑪爾說，「全副武裝的格里沙和士兵……」

塔瑪搖搖頭。「就算是闇之手，感覺風險還是太高。」

但是托亞的想法與我如出一轍，出聲回答。「妳忘了虛獸。」

「讓影子士兵去對抗有翼鷹人？」娟雅恐懼地說。

「諸聖啊。」塔瑪咒罵一聲。「你覺得哪邊會贏？」

「問題永遠在於控制的手法，」大衛說，「盧米光什麼都能燒穿，唯一能擋得住的只有玻璃，但是那自然有工程層面的問題。尼可萊和我一直沒能解決。那只是……想著好玩的。」

就算闇之手還沒解決這個問題，也是遲早的事。

妳絕對找不到任何避難所，也永遠不會有寧日。

我把頭埋在雙手中。「他會毀掉西拉夫卡的。」

在那之後，再也不會有任何國家膽敢與我和尼可萊同一戰線。

第十章

半小時後，我們坐在廚房一張桌子末端，面前有著喝光了茶的杯子。娟雅缺席，但大衛在場，垂著腦袋伏在一疊草稿紙上，試圖靠記憶重新寫出玻璃沙艇的設計圖和盧米光配方。無論結果如何，我都不相信他是有意協助闇之手。大衛唯一的罪大概就是求知若渴，而非醉心權力。

紡車總部其他地方空空盪盪、死寂無聲，士兵和野生格里沙大多都在睡覺。而儘管尼可萊在大半夜從床上被拖下來，依舊能夠一副神采奕奕，甚至睡衣睡褲外頭還披上軍綠外套。告訴他我得知的新訊息其實不用花多少時間，當我聽到從他口中蹦出來的第一個問題，也沒有很驚訝。

「妳知道這件事多久了？」他說，「為什麼沒有快一點告訴我？」

「只有一小時，可能更短。我只是想先和大衛確認資訊。」

「那實在不太可能——」

「是好像不可能。」我態度溫和地予以糾正。「尼可萊……」我感到肚子一陣扭絞，忍不住瞥向瑪爾。我還是忘不了當我終於告訴瑪爾我看見闇之手的幻象，他作何反應，而現在甚至更糟——因為是我自己去找他的。「我親自從闇之手口中聽到，是他告訴我的。」

「不好意思，妳說什麼？」

「我有辦法去找他，就像某種幻覺。我……是我找上他的。」

好長一段暫停。「妳是說妳可以監視他？」

「不太算。」我努力解釋我看到的畫面會是什麼模樣，闇之手又是以什麼姿態出現。「我聽不到其他人講話，或者真的看見他們——如果他們沒有靠近他身邊或是與他有接觸。感覺就像只有他是真的，只有他有實體。」

尼可萊的手指在桌面敲打。「但是我們可以嘗試刺探消息，」他說，語調變得興奮。「也許可以餵他幾個假情報。」我眨了眨眼，尼可萊這麼快就開始出謀畫策了嗎？不過我也該習慣了。

「妳也可以對其他格里沙這麼做嗎？就是進入他們的腦袋裡？」

「我不認為。闇之手和我……有連結，而且很可能會一直維持下去。」

「我得警告西拉夫卡，」他說，「他們恐怕得疏散影淵沿岸區域。」尼可萊一手抹臉。這是我第一次從他的自信外表上看到裂痕。

「他們應該不會隱瞞盟國吧？」瑪爾問。

「很難說。如果西拉夫卡認為自己不會遭到報復，就可能釋出善意、開放道路。」

「如果他們投誠，」塔瑪說，「闇之手還會出兵嗎？」

「這不只是開不開放的問題，」我說，「而是要孤立我們，讓我們無處求援。同時也關於力量，他想利用影淵，一如往常。」我壓下想去觸碰赤裸手腕的衝動。「像是一種制約。」

「你能徵召到多少人馬？」瑪爾問尼可萊。

「總共嗎？也許可以召集到約五千兵力，他們散落在整個西北多個單位，問題只在於該怎麼動員，可是我覺得可以做到。我們也有理由認為部分民兵可能對我們效忠。波利茲那亞及北方、南方前線基地有大量逃兵。」

「那太陽士兵呢？」托亞問，「他們能戰鬥，一定願意為阿利娜獻出生命。他們以前就這麼做過。」我搓揉雙臂，想著又要失去更多生命，想著露比向來討人喜歡的臉龐，卻烙上了日輪刺青。

尼可萊皺眉。「但是我們能信任導師嗎？」在幾乎扳倒尼可萊父親的政變中，那名祭司扮演舉足輕重的關鍵角色，而且他不像娟雅，並非受國王所害的脆弱僕役，而是曾備受信任的顧問。

「他到底想要什麼？」

「我認為他想要活下來。」我說，「我不認為他會冒風險和闇之手正面對峙，除非他確定結果如何。」

「能多點幫手也是不錯。」尼可萊承認。

我的右邊太陽穴附近湧上一陣悶痛。「我不喜歡這樣，」我說，「非常不喜歡。你們等於要把一堆活生生的人扔向虛獸。這麼一來傷亡人數將會前所未聞。」

「妳應該知道吧——我也會和他們一起在那裡。」尼可萊說。

「這只代表我也得把你算進傷亡名單。」

「如果闇之手透過任何潛在盟友，利用影淵隔開我們，拉夫卡就會成為他囊中物。他只會變得更強，軍力更加鞏固。我絕對不要束手就擒。」

「你在小行宮也見識過那些怪獸的能耐——」

「妳自己也說過他不會停手。他需要使用力量，而他用得越多，就會渴望越多。這可能是我們扳倒他的最後機會。此外，不是傳說我們這裡的奧列捷夫是超強追蹤師嗎？如果他找到火鳥，我們就還有機會。」

「那如果他沒有呢？」

尼可萊聳聳肩。「那就穿上最體面的衣服，以英雄之姿赴死。」

□

等到我們徹底商量完下一步要做什麼時，已屆拂曉。翠鳥號歸來，尼可萊立刻再指派新一批船員送它出航，外加指名給西拉夫卡商會的警示，提醒他們闇之手可能暗中計畫出手攻擊。他們也帶上邀請函，請對方與他和太陽召喚者於中立的克爾斥見面。畢竟，如果在隨時可能成為敵方領域的地方被逮，對尼可萊和我來說風險過高。鵜鶘號已經回到停船棚，很快會出發前往卡拉錫，但我們不會一起登船。我不會和他們一起前往孤兒院，而我不曉得是該感到遺憾還是鬆一口氣，可是我們真的沒有時間再繞道了。瑪爾和他的小隊會在明日登上鷺鷥號前往斯庫左，而我將在一週後和他們碰頭。我們會按照計畫，並祈禱闇之手在那之前不要輕舉妄動。

雖然還有更多事要討論，可是尼可萊有信要寫，我也得和巴格拉談談。我們的課程已到尾聲。我在她黑漆漆的巢穴找到人，火已燒旺，整個房間暖到令人難耐。米沙剛端來她的早餐托盤，在她吃著蕎麥粥和啜飲苦澀紅茶時，我靜靜等待。等她吃完，米沙剛翻開書要讀，巴格拉卻迅速阻止了他。

「把托盤拿走，」她說，「小聖人有話要說。如果我們再讓她等，她搞不好會從座位上跳起來修理我。」

這可怕的女人。她什麼都知道嗎？

米沙拿起托盤，遲疑一下，重心從一腳換到另一腳。「我等下一定要直接回來這裡嗎？」

「別再像條蛆蛆一樣扭來扭去。」巴格拉厲聲說道，米沙渾身凍結。她將手一揮。「你這沒用的東西，去吧，但不要忘了拿我的午餐來。」

米沙衝出門，盤子敲得喀喀響，然後一腳將門在身後踢上。

「都是妳的錯，」巴格拉抱怨，「現在他再也坐不住了。」

「他是個孩子，不懂什麼是『坐得住』。」我在心中暗自記下，我們不在的時候得找人繼續教米沙擊劍。

巴格拉把臉一沉，更靠近火焰，將裹在身上的皮毛又拉緊一點。「好了，」她說，「旁邊沒有別人了。妳想知道什麼？還是妳打算繼續在這裡再坐一小時、憋著不講話？」

我真不曉得該如何啟齒。「巴格拉——」

「有話快說，不然就讓我睡覺。」

「——闇之手可能找到了不需要我也能進入影淵的辦法。這樣一來，他就能把影淵當成武器。還有什麼事是妳可以告訴我們的？我們非常需要情報。」

「妳每次都問一樣的問題。」

「我問妳莫洛佐瓦可不可能沒有完成增幅物時，妳說他的做事風格不是這樣——妳認識他嗎？」

「丫頭，我們沒什麼好講的了。」她轉回去對著火焰。「妳這個早上都白費了。」

「妳告訴過我，妳希望兒子能夠獲得救贖，這可能是我阻止他的最後機會。」

「啊，所以妳現在又想救我兒子了？妳還真是寬宏大量。」

我深呼吸一口氣。

「亞歷山德，」我低喃道，她渾身一僵。「他的真名是亞歷山德，如果他走到這一步，就會永永遠遠迷失。我們恐怕也會一樣。」

「那個名字……」巴格拉在椅子上往後一靠。「只可能是他告訴妳的。什麼時候說的？」

我從未和巴格拉的這一面交手，現在也不是很想。然而我還是重複了我的問題：「巴格拉，妳認識莫洛佐瓦嗎？」

她安靜了好一段時間，唯一的聲響只有火的劈劈啪啪。最後，她說：「我對他的認識就和所有人一樣。」

雖然我也是這麼猜想，事實仍太難以相信。我看過莫洛佐瓦的字跡，身上戴著他的增幅物，但他感覺起來從來不像真實存在，反倒像個有鍍金光環的聖人——與其說是人，更像是傳說。

「角落架上有瓶科瓦斯酒，」她說，「米沙拿不到。妳拿過來，順便帶上杯子。」

現在喝科瓦斯酒好像有點早，但我不打算表示異議。我拿來酒瓶，倒給她。

她啜了好大一口，嘖嘖咂嘴。「這新國王滿闊的，對吧？」她嘆了口氣，平靜下來。「好吧，小聖人，既然妳想知道莫洛佐瓦和他那些寶貝增幅物，我就告訴妳一個故事——我曾說給一個黑色頭髮、幾乎從來不笑的安靜小男孩的故事。那孩子聽得很仔細，細得超乎我意料。那時那孩子還有名字，沒有頭銜。」

火光中，她雙眼的幽深黑池彷彿正閃爍祟動。

「莫洛佐瓦是骨匠，是有史以來最強大的造物法師，是將格里沙力量界線試探到極致之人，但他同時也是個有妻子的平凡人。她是被棄者，儘管她愛他至深，依舊無法理解他這個人。」

我想起闇之手談起被棄者的口氣，對瑪爾的預測，還有拉夫卡人將會如何對待我。他是從巴格拉這裡學到的嗎？

「我應該告訴妳的是，他也很愛她。」她繼續說，「至少我認為是這樣。可是即便如此，也不足以讓他停下手上的工作，無法緩下驅使他的需求。這便是格里沙力量的詛咒。小聖人，妳應該也很清楚。」

「他們花了一年多在茲貝亞追捕雄鹿，花兩年航行在白骨路上，搜索海鞭。骨匠得到極大斬獲，這是他遠大計畫的前兩階段。但是當他妻子懷孕，他們便在一座小鎮落腳，讓他得以繼續實驗、醞釀計畫，評估哪種生物能成為第三個增幅物。」

「他們沒有多少錢。在他可能無法繼續研究時，他就做木工為生，村民偶爾也會帶著小傷和小病來尋——」

「他是療癒者？」我問，「我還以為他是造物法師。」

「莫洛佐瓦沒有劃分得那麼清楚，那個時候的格里沙通常不會這樣。他相信，如果微物魔法真夠細微，什麼都有可能。而對他來說多半是這樣沒錯。」我們不都是一種元素嗎？

「鎮上的人對莫洛佐瓦和他家人的態度揉合憐憫和厭惡。他的妻子衣衫襤褸，而他的孩子……幾乎連個影子都看不到。她的母親把她藏在屋裡，或在周遭的田地，而這個小女孩早已顯露力量，而且是前所未見之力。」巴格拉喝下另一口科瓦斯酒。「她能召喚黑暗。」

那句話飄在熱呼呼的空氣中，言下之意在我腦中緩緩沉澱。「妳？」我深呼吸一口氣。「那闇之手——」

「我是莫洛佐瓦的女兒，闇之手是莫洛佐瓦一族最後的子嗣。」她將杯中物喝光。「我的母親懼怕我，深信我的力量是某種邪惡事物，是我父親實驗造成的後果。而她可能也猜得沒錯。沾染魔邪……怎麼說呢，得到的結果絕對不會如你心意。她抵死不願抱我，幾乎無法忍受與我同處一室。她第二個孩子出生才終於恢復正常。她又生了一個小女孩，這個孩子和她一樣正常，沒有力量，漂亮可愛。我母親對她萬般寵愛！」

也許過去了數年，可能百年或是千年，我仍能從她聲音中聽見傷痛，那種永遠低人一等、不被需要的痛楚。

「我父親已準備動身去獵火鳥。我只是個孩子，但我求他帶我一起。我努力讓自己能派上用場，可是做出的一切舉動只是令他心煩。到最後，他禁止我進他工坊。」

她點了點桌面，我再次為她斟滿杯子。

「然後有一天，莫洛佐瓦不得不離開工作台，屋子後方的放牧場傳來我母親的尖叫，他被那聲音吸引過去。我本來在玩娃娃，妹妹卻又是哭喊、又是吼叫，跺著那雙小腳，直到我母親堅持要我把最喜歡的玩具讓出來。那是父親雕刻的木頭天鵝，是在他難得給我關注的時候做的。天鵝的翅膀細緻精巧，幾乎散發絨毛蓬軟的感覺，還有一雙完美的蹼足，能讓它平衡浮水。可是這東西在妹妹手中還不到一分鐘，天鵝纖細的頸子就被她折斷——如果可以，請妳不要忘記那時我還只是個孩子，一個寂寞的小孩，手邊屬於我的寶物寥寥無幾。」她舉起杯，卻沒有喝。「我使出了黑破斬，一掌朝她劈去；我把她劈成了兩半。」

我努力不去想像，但那畫面太過清晰，硬生生從我腦海浮出。泥濘原野上，一個黑髮的小女孩，她最喜歡的玩具裂成碎片。她就如所有小孩那樣，發了一頓脾氣。但她並不是普通小孩。

「然後怎麼樣了？」我終於低喃出聲。

「村民跑來，攔住我母親，不讓她靠近我。他們聽不懂她到底在說什麼，一個小女孩怎麼可能做出那種事？當我父親抵達，祭司已在我妹妹的屍體旁祈禱。莫洛佐瓦不發一語，立刻在她身旁跪下，開始動工。鎮上的人無法理解發生了什麼事，但是感覺得到力量的聚積。」

「他救活她了嗎？」

「救活了。」巴格拉簡明扼要地表示，「他是個強大的療癒者，使出渾身解數將她救了回來——雖然半死不活、氣息孱弱、傷痕處處——但她活下來了。」

我讀過無數版本的聖伊利亞殉難，看來故事細節確實因時間久遠而失真。他治好的是自己的孩子，不是陌生人的；是個女孩，不是男孩。但我忍不住想，結局大概從未改變，而且只要一想到接下來會發生什麼事，就不禁渾身顫抖。

「對他們來說太難承受了，」巴格拉說，「村民知道死亡應該是什麼樣子，那個小孩應該死去。也許他們也心懷憤恨吧。打從莫洛佐瓦來到鎮上，他們不知道因為疾病或受傷失去過多少摯愛之人。他本來可以拯救多少條命？也許驅使他們的不只恐懼或正義，還有憤怒。他們用鍊子把他綁起來——還有我妹妹，那個應該懂得看臉色、不該起死回生的孩子。沒有一個人站在我父親這邊，沒有一個人為我妹妹說話。我們住在他們生活圈的最邊陲，舉目無親。他們逼他前往河邊，我妹妹則需要人扛著。她才剛學會走路，綑著鍊子根本走不了。」

我的手在腿上緊揪成拳，不想聽接下來的發展。

「我母親一面慟哭懇求，我則大聲哭號，拚了命想從根本不太認識的鄰居懷中掙脫，他們將莫洛佐瓦和他的小女兒推下橋，我們眼睜睜看他們消失在水下，被身上鐵鍊的重量往下拖。」巴格拉將杯子喝乾，翻過來扣在桌上。「我再也沒見過我的父親和妹妹。」

我們不發一語坐在那兒，我則努力想將她的各種暗示拼湊完整。我沒看見巴格拉臉上有任何淚水。她的哀傷已是陳年舊事。我提醒自己。然而，我仍不認為這樣的痛楚有任何褪去的可能。

哀傷有自己的生命，自有其存在的歷程。

「巴格拉，」我出言催促，以自己的方式硬起心腸。「如果莫洛佐瓦死了——」

「我從來沒說他死了。那是我最後一次看見他，但他是身懷強大力量的格里沙，很可能在那一劫中活了下來。」

「即使被鐵鍊綑著？」

「他是有史以來最厲害的造物法師，區區被棄者的鋼鐵是束縛不了他的。」

「而妳認為他去打造了第三個增幅物？」

「他的作品就是他的一切，」她說，字裡行間充滿遭到忽視的孩子的苦澀心情。「如果他還剩一口氣，就絕對不會停止尋找火鳥。如果是妳，妳會嗎？」

「不會。」我承認道。火鳥成為專屬於我的執迷，成為跨越數世紀、強迫我和莫洛佐瓦緊緊相連的繩索。他可能活下來嗎？巴格拉似乎很確定。那麼她的妹妹呢？如果莫洛佐瓦有能力拯救自己，很可能也從河水的魔掌中救起了他的孩子，並用自己的技藝再次讓她起死回生？這個念頭令我震撼，想緊緊抓住，在手中翻來覆去地檢視。但是我還有更多事得問。「村民對妳做了什麼？」

她發出沙啞輕笑，聲音如蛇一般穿梭過房內，我不禁寒毛直豎。「如果他們有腦，就會把我一起扔進河裡。但反過來，他們把母親和我驅逐出鎮，丟進森林的懷抱。我母親一點用也沒有，只是不斷扯著頭髮、成天慟哭，把自己搞到生病。最後，她躺在地上不肯起來，不管我怎麼哭泣或喊她名字。我努力在她身邊待著，嘗試生火替她保暖，但我真的不知道怎麼弄。」她聳聳肩，

「我餓到不行，最後，我拋下了她，四處遊蕩，精神恍惚，渾身髒兮兮，直到來到一座農場。他們收留了我，組織搜索隊，但是我找不到回她那邊的路。我想，她大概就這麼躺在森林地上餓死了吧。」

我靜靜不說話，靜靜等待。我開始覺得科瓦斯酒很不錯了。

「那個時候的拉夫卡和現在不一樣，格里沙無處安身。像我們這樣擁有力量的人，註定落得我父親那樣的下場。我一直隱藏力量。我追隨女巫和聖人的各種寓言故事，終於找到格里沙用以研究自身魔力的祕密飛地。我盡可能學會所有本領。等到時機來臨，就全部教給了我的兒子。」

「那他的父親呢？」

她又發出一聲粗啞的笑。「妳也想要聽愛情故事嗎？根本沒這回事。我想要孩子，所以就去尋找我能找到最強的格里沙。他是個破心者，我甚至不記得他叫什麼名字。」

有那麼一瞬間，我看見過去那個無所不用其極的女孩。她無所畏懼、狂野凶猛，身懷非凡力量。然後她嘆了口氣，在椅子上稍稍一動，那個形象就消失無蹤，換成一名縮在火旁、疲憊不堪的老女人。

「我的兒子不是……他一開始很好。我們從一個地方搬到另一個地方，目睹同胞都過著什麼樣的生活，如何不受信任，被迫在遮遮掩掩和恐懼之中苟活。因此他立下誓言，希望我們未來能有安身之地，格里沙的力量將受敬重、被渴求，得到我們的國家珍視。我們會是拉夫卡人，不僅是區區格里沙。那個夢正是第二軍團的種子，一個美好的夢。如果我早知道……」

她搖頭。「是我讓他產生這種驕傲，我讓他扛著這分野心，但最糟的地方在於，我確實努力想保護他。妳要理解，就連我們這族都對我們避之唯恐不及，害怕我們身上詭異且陌生的力量。」

從來沒有像我們這樣的人。

「我絕不希望他和我小時候有一樣的感受，」巴格拉說，「所以我教導他，說沒有人比得上他，他此生都不必對任何人低聲下氣。我要他鐵石心腸、無堅不摧。我將我母親和父親教我的也教給他：不要倚靠任何人。愛——愛是一種脆弱、瞬息萬變又不成熟的事物，和力量相比什麼也不是。他是個優秀的孩子，而且學得太過出色。」

巴格拉倏地伸出一手，以驚人的準確度抓住我手腕。「先把飢渴放到一旁，阿利娜，妳要做莫洛佐瓦和我兒子都做不到的事——放下這一切。」

我的臉頰被淚濡濕，我為她和她兒子感到傷痛。可是即便如此，我依舊清楚自己心中的答案。

「我沒辦法。」

「何謂無限？」她誦念出這句話。

我對這段話瞭若指掌。「宇宙，與人心之貪婪。」並引用答之。

「妳恐怕無法從魔邪要求的代價中存活。妳嘗過一次那股力量，幾乎要了妳的命。」

「我非試不可。」

巴格拉搖搖頭。「蠢女孩。」她說，然而語調卻悲傷不已，好像斥責的是另一個人，那女孩來自很久以前，她迷失方向、不被需要，受痛苦和恐懼驅趕前行。

「手記——」

「好幾年後，我回到我出生的村落。我不確定會找到什麼。父親的工坊早就不見了，但手記還在，藏在那座老地窖的祕密壁龕裡。」她難以置信地嗤了一聲。「他們在上頭蓋了座教堂。」

我遲疑了一下才說，「如果莫洛佐瓦還活著，他會變成什麼模樣？」

「很可能自殺了吧。大部分力量強大的格里沙都是這個下場。」

我坐回去，震驚不已。「為什麼？」

「妳覺得我從來沒思考過嗎？我兒子沒想過嗎？愛人老去、孩童死去、王國興起又衰落，我們卻生生不息。也許莫洛佐瓦仍在大地上遊蕩，比我更老更偏激。又也許，他在自己身上使用了力量，終結一切。這件事再簡單不過：同類相喚。否則……」她再次輕笑，聲音乾啞粗嘎。「妳應該警告妳那位王子。如果他真以為一顆子彈就能阻擋佩戴三個增幅物的格里沙，就真的誤會大了。」

我不禁顫抖。如果走到那個地步，我有勇氣自我了結嗎？如果我將增幅物融合為一，也許能毀滅影淵，但也很可能就地打造出比那更恐怖的東西。而當我面對闇之手，即便我敢使用魔邪打造光之士兵，真的足以了結他嗎？

「巴格拉，」我小心翼翼地問，「到底要用什麼東西才能殺死擁有那種力量的格里沙？」

巴格拉點了點我手腕空無一物的地方，亦即可能在幾天後會戴上第三個增幅物的光裸位置。

「小聖人，」她低喃著說，「小小殉教者，我真心希望我們能找到答案。」

□

我將剩下的下午時間用來斟酌對導師請求援軍的措辭。這封信函將會放在維諾斯特聖盧金教堂的祭壇底下，並且——我衷心期望——能夠透過忠實信徒的網絡平安抵達白大教堂。我們會用托亞和塔瑪在太陽士兵裡用的密碼，這麼一來，假使訊息落入闇之手手中，他也不可能在兩週內解出來。瑪爾和我會在卡耶維爾，也就是那座夏季之後形同廢墟的賽馬城市，等待導師的人馬。此外，那裡也很靠近南方邊界。我們要不是能抓到火鳥，就是空手歸來，但無論獲得何種增援，都能在影淵的掩護下北進，並在奎比爾斯克以南和尼可萊的部隊會合。

我有兩套非常不一樣的行李。一套裡面除了簡單的軍人行囊之外別無他物，這一個會被帶上鷺鷥號，裡面裝滿粗布褲子、一件軍綠色外套（經過特別處理，能夠防雨）、沉甸甸的靴子，還另外準備一小堆錢幣，以防我到雙磨坊時可能要買通些什麼人或添購東西。有一頂毛皮帽、一條用來遮住莫洛佐瓦項圈的圍巾。另一套行李則帶上翠鳥號，那是一套三組、互相搭配的行李箱，高調裝飾上我的金色日輪，並塞滿絲綢和毛皮。

傍晚降臨，我下到鍋爐層去向巴格拉和米沙道別。在經過那番惡狠狠的警告後，巴格拉沉著怒容揮手打發我走，我還真是一點也不驚訝。可是我真正的目的是要來見米沙。我反覆向他保證，我已經找到人在我們離開時接手他的訓練，還將我私人護衛的金色日輪送給了他。反正瑪爾在南方也不能戴，而米沙臉上的喜悅神情，足以抵銷巴格拉所有輕蔑冷笑。

我好整以暇地從黑暗的通道慢慢走回去。底下萬般寂靜，在巴格拉將她的故事告訴我後，我幾乎沒有時間能多作思考。我知道她把這當作某種警世寓言，然而我的思緒卻不斷繞回和伊利亞．莫洛佐瓦一起被扔進河裡的女孩。巴格拉認為她死了，貶低妹妹，說她是被棄者。可是，要是她只是力量還未顯露呢？她也是莫洛佐瓦的孩子，要是她的天賦也是獨一無二——就和巴格拉一樣呢？如果她活了下來，她的父親說不定會帶著她一起去追捕火鳥。她很可能住在斯庫左附近，力量一代傳過一代、百年又百年地傳下來。很可能，最後出現在我的體內。

我知道這樣假定十分自以為是，甚至傲慢到無以復加。然而，如果我們在雙磨坊附近找到火鳥，距離我出生的地方如此靠近，真的只是某種巧合嗎？

我倏地打住腳步。如果我和莫洛佐瓦有血緣關係，就表示我和闇之手也有血緣關係，那就表示我差點……這個想法讓我起了一身雞皮疙瘩。不管經過多少年、多少世代，我仍強烈覺得需要洗一場滾燙的熱水澡。

我的思緒被從廳堂大步朝我走來的尼可萊打斷。

「有個東西得讓妳看看。」他說。

「一切都還好吧？」

「嚴格說來相當壯觀，」他注視著我，「那個老巫婆對妳幹了什麼事？妳一副吃了超噁蟲子的模樣。」

或者可能不小心和我的表哥接了吻，還做了一些其他事。我大大抖了一下。

尼可萊對我伸出手臂。「總之，不管是什麼妳都得晚一點再糾結了。樓上發生了奇蹟，而且可不會等人。」

我勾住他手臂。「你不會吹牛的，對吧，藍索夫？」

「如果妳賞臉，我就不算吹牛。」

我們剛要上樓梯，瑪爾就從相反方向迎面又跑又跳地下樓。他整個人都在發光，臉上閃耀著興奮之情，那個笑容像一顆炸彈在我胸中爆開，那屬於我本以為早早消失在這場戰爭傷疤底下的瑪爾。

他看到我和尼可萊勾肩搭背，只那麼短暫幾秒，臉上表情就收了起來。他作勢鞠躬，讓道給我們通過。

「你走錯方向了，」尼可萊說，「這樣會錯過的。」

「一會兒就上去。」瑪爾回答，語調聽來稀鬆平常，我差點以為剛剛的笑容是我的想像。

話說回來，單是要努力爬上那些樓梯還繼續勾著尼可萊的手，依舊花盡了我所有力氣。不要理會心中所想。我對自己說。該做什麼，去做就是了。

當抵達樓梯最上方、進入紡車總部，我下巴掉了下來。燈全熄滅，整個空間伸手不見五指，但我們周圍有星星墜落。從山頂如一條條瀑布傾洩而下的光流照亮窗戶，像是河水中的閃亮魚兒。

「流星雨。」尼可萊小心領我走過房間。大家都在有地暖的地上鋪開毯子和枕頭，成群或坐或躺臥，凝望夜空。

突然間，我胸口的疼痛加重，幾乎讓我身子一屈——這就是瑪爾想叫我來看的東西。因為他的表情——那毫無遮掩、急切又快樂的表情——本來是為了我而綻放。因為但凡他看見任何美好事物，第一個想找的一定是我，而我也是一樣。不管我是聖人、王后，或有史以來最強大的格里沙，仍永遠都會回過頭尋找他的身影。

「很美。」我勉強說道。

「就告訴妳我錢很多。」

「所以是你安排了這場星際大秀？」

「我的副業。」

我們站在房間中央，凝視玻璃圓頂。

「我可以承諾讓妳忘了他。」尼可萊表示。

「我不知道有沒有這種可能。」

「妳應該知道妳對我的尊嚴造成重大傷害了吧。」

「可是自信似乎完好無缺呢。」

「妳想想，」他帶著我穿越人群，來到靠近西側露台的安靜角落。「曾有一度，我很習慣不管去到哪裡都是注目中心，大家每次都說，就算賽馬跑到一半，一看見我連馬蹄鐵都會掉下來，結果妳竟然這麼無動於衷。」

我笑了出來。「你不是知道我滿喜歡你的嗎，尼可萊？」

「妳對我是不冷淡，可是也不熱情欸。」

「我也沒聽你講過什麼真心愛我之類的話啊。」

「所以講出來會比較好嗎？」

「不會。」

「那讚美妳呢？送妳花呢？給妳一百頭牛呢？」

我推他一下。「不會。」

即便現在，我依舊很清楚，他帶我上來這裡與其說在耍浪漫，其實更像是一種表演。食堂空盪無人，而我們獨自窩在紡車總部的這一小角落，他一定會讓我們走漫漫長路穿越人群，讓大家都看到我們在一起──拉夫卡未來的國王和王后。

尼可萊清清喉嚨。「阿利娜，雖然我們接下來幾週能活下來的機率微乎其微──但我會問妳是否願意成為我的妻子。」

我嘴巴好乾。我知道我們終究會走上這條路，但是親耳聽他說出口，還是詭異到不行。

「即便瑪爾想留任，」尼可萊繼續說，「我也會讓他請辭。」

就此道晚安好不好？叫我退下，阿利娜。

「理解。」我靜靜說道。

「真的嗎？我知道我說過我們可以只做名義上的夫妻，但如果我們……我們有了孩子，而我絕對不希望他也得忍受謠言和嘲笑。」他雙手在背後啪地一握。「王室私生子只要一個就夠了。」

孩子。生下尼可萊的孩子。

「你應該曉得你不用這麼做。」我說。我不確定是在對他還是對自己說。「我可以領導第二軍團，你其實可以娶任何一個喜歡的女孩。」

「蜀邯公主？還是克爾斥銀行家的女兒？」

「或者拉夫卡的女繼承人，或像柔雅那樣的格里沙？」

「柔雅？我有個不成文規則，絕對不拐任何長得比我好看的人。」

我大笑。「我怎麼覺得被侮辱了。」

「阿利娜，第一和第二軍團攜手合作，這才是我想要的結盟。其他的……我一直都曉得不管和誰結婚，都只會是政治婚姻，只和權力有關，沒有愛情成分。但我們可能會比較幸運。說不定隨著時間，我們能兩者兼得。」

「又或者第三個增幅物會把我變成醉心權力的獨裁者，然後你就得把我殺了。」

「沒錯，那樣蜜月就會變超尷尬。」他握起我的手，以手指圈住我赤裸的手腕。我一陣緊繃，然後意識到自己在等待隨闇之手的觸碰一同湧上的確定感，亦或是小行宮那晚，當瑪爾和我在班雅旁爭執，那猛然衝擊我的感受——可是什麼也沒發生。尼可萊的肌膚溫暖、手勁溫和。我忍不住思考自己還能不能再擁有那樣單純的感覺，亦或我體內的力量將持續劈啪躍動、如閃電尋找著高地那樣，尋找著力量連結。

「項圈，」尼可萊說，「手銬。這樣我就不用在珠寶上多花錢了。」

「我對王冠的要求可不便宜。」

「但妳也就一顆腦袋而已。」

「就目前所知，」我低頭望向手腕，「我應該給你警告。根據我今天和巴格拉的談話，如果這些增幅物真的不幸出了問題，想除掉我所要求的恐怕不只普通火力。」

「例如說？」

「例如另一個太陽召喚者。」就那麼簡單。同類相喚。

「我很確定在某個地方一定還有備胎。」

我忍不住笑了出來。

「看吧？」他說，「如果我們一個月內還有命在，說不定可以相處愉快。」

「不要這樣。」我說，但仍咧嘴笑開。

「不要怎樣？」

「每次都說出正確答案。」

「我正在努力逼自己戒掉這習慣耶。」他的笑容褪去，伸手把我的頭髮從臉上往後撥，我整個人不禁僵住。他的手放在項圈與我頸子彎曲處相碰的位置，我沒躲開，於是他的手掌順勢往上滑，捧住我的臉。

我不確定自己想不想要這樣。「你說……你說你不會吻我，除非——」

「除非妳心中真正有我，而不只是為了忘記他？」他更靠近，流星雨散發的光芒在他的五官上閃動。他靠過來，給我一些時間抽身反悔。當他說「我超愛妳引用我講的話」時，我感覺到他的吐息。

他的唇輕掠過我的嘴，就那麼短短一瞬間，然後又一次。這不像親吻，比較像是某種預告。

「等妳準備好，」他說，將我的手收進他手中，我們站在一起，看著傾瀉而下的星星在天空畫出斑斑痕跡。

隨著時間經過，我們說不定真能快樂。日日有人墜入愛河，娟雅和大衛、塔瑪和娜迪亞。但他們快樂嗎？他們會一直快樂下去嗎？也許愛情是種迷信，我們猶如禱詞那樣日日掛在嘴邊，只是希望寂寞的真相不要大舉入侵。我往後仰頭，星星好像靠在了一塊兒，然而其實相距百萬哩。最終，也許愛正是渴望著某個永遠遙不可及，卻又耀眼得不可思議的東西。

第十一章

第二天早上，我在東邊露台找到正在記錄天氣讀數的尼可萊。瑪爾的小隊準備就緒，可在一小時內出發，只等一聲令下。我拉起帽兜。其實不算有下雪，但仍有幾片雪花落在我臉頰和髮上。

「一切都好嗎？」我問，遞給尼可萊一杯茶。

「都不差，」他回答，「風勢溫和，氣壓也很穩定。可能在穿越山脈時有點棘手，但應該不會是鷺鷥號無法應付的狀況。」

我聽見身後的門打開，瑪爾和塔瑪走入露台。他們做農民打扮，戴著毛帽並穿著厚厚實實的羊毛外套。

「我們可以出發了嗎？」塔瑪問。她很努力要平靜，但我聽得出她聲音中簡直無法壓下的興奮。我在她身後看到娜迪亞臉貼在玻璃上，一副等待裁決的表情。

尼可萊點點頭。「可以出發了。」

塔瑪的笑容簡直要閃瞎人。她努力克制、鞠了個躬，然後轉向娜迪亞，對她打信號。娜迪亞歡呼一聲，突然做出一個介於抽筋和跳舞之間的動作。

尼可萊大笑。「要是她可以更熱情一點就好啦。」

「注意安全。」擁抱塔瑪時，我說。

「替我照顧托亞，」她回答。然後低聲說道，「我們把那件鈷藍蕾絲留在妳行李箱，今晚穿。」

我翻了個白眼，推她一下。我知道只要再過一週就能再見到大家，同時也很驚訝，因為我一定會非常想念他們。

面對瑪爾的時候，有一個非常尷尬的停頓。他的藍眼在蒼涼晨光中精神奕奕，我肩上的傷疤一陣刺痛。

「吾主，一路平安。」他鞠了躬。

我很清楚該如何回應，卻還是擁抱了他。有一瞬間，他愣愣地站在那兒，然後便雙臂一收、將我圈住。「阿利娜，一路平安。」他在我髮中呢喃，再迅速退後。

「翠鳥號一返航，我們會立刻上路，我期望能在一週後平平安安見到你們，」尼可萊說，「並帶回全能且強大的火鳥骸骨。」

瑪爾鞠躬。「諸聖庇佑，一路順風，吾王。」

尼可萊伸出手，他們相握。「祝好運，奧列捷夫。找到火鳥，等這一切結束，我會賜予你優渥的獎賞——烏達法的農莊、城市近郊的度假小屋，你想要什麼都行。」

「那些我都不需要。我只希望……」他放下尼可萊的手，別開眼神。「不要有負於她。」

然後瑪爾便腳步急促地回到紡車總部，塔瑪跟在他身後。透過玻璃，我看見他們在對娜迪亞和赫薛說話。

「好吧，」尼可萊說，「至少他學會怎麼退場。」

我忽視喉中的疼痛。「我們要多久才會抵達克特丹？」

「二至三天，取決於天氣和我們的風術士。我們會往北走，越過真理之海。那比穿越拉夫卡安全。」

「那是個什麼樣的地方？」

「克特丹嗎？那裡——」

他沒能把話說完。一道模糊陰影切斷我的視線，尼可萊霎時消失無蹤。我站在原地，瞪著他本來在的位置，接著感到爪子扣住我肩膀、雙腳離地，並在那個瞬間放聲尖叫。

我瞥到瑪爾衝進通往露台的門，塔瑪緊跟在後。他縱身一撲收近距離、抱住我的腰，再一把將我扯回地面。我扭身，雙臂劃開大弧，朝抓住我的虛獸施放一道耀眼火光，燒灼牠的身體。牠身子一晃，爆裂消散、潰不成形。我整個人摔落露台，跌在瑪爾身上，剛剛被怪物利爪刺穿之處汩汩流血。

我在轉眼間站起身，被眼前景象嚇得魂飛魄散，天空滿是衝來飛去的黑影，這些有翅怪物的移動方式與自然生物截然不同。我聽見身後廳堂爆開一場大混亂，傳來虛獸全力衝撞窗戶及玻璃被撞碎的聲音。

「把其他人弄出去，」我對塔瑪大吼，「帶他們離開這兒。」

「我們不能留下妳——」

「我也不能犧牲他們！」

「快走！」瑪爾對她大吼，一個動作步槍上肩，瞄準大舉襲來的怪物。我使出黑破斬，但牠們移動得太快，我無法瞄準目標。我伸長脖子在天空尋找尼可萊的身影，心臟瘋狂跳動。闇之手在哪兒？如果他的怪物在這兒，他一定就在附近。

——而他從上方降臨。他的怪物像是有生命的斗篷，在他身周繞行，翅膀如波瀾起伏的黑浪拍打空氣，成形又消散，托著他浮在空中。牠們的身體分開又接合，承接瑪爾的槍射出的子彈。

「諸聖啊，」瑪爾咒罵，「他怎麼找到我們的？」

答案很快便水落石出。我在兩隻虛獸中間看見一個吊高的紅色身影，黑色爪子深深插進那副被牠們攫住的身軀。瑟杰面如死灰，恐懼的雙眼睜大，無聲動著嘴唇，不斷祈禱。

「我該放過他嗎，阿利娜？」闇之手說。

「不要動他！」

「他把妳出賣給遇到的第一個闇衛，我就忍不住想，妳會以德報怨呢，還是以直報怨？」

「我不要他受半點傷。」我喊道。

我的思緒瘋狂運轉。所以瑟杰真的背叛了我們？打從小行宮一役，他就在崩潰邊緣，但要是他從一開始就計畫好了呢？也許，在我們對抗民兵時，他只是試圖想偷溜；說不定他是故意把娟雅的名字說溜嘴。此外，他是那麼迫不及待要離開紡車總部。

就在那個瞬間，我聽懂了瑟杰到底咕咕噥噥唸著什麼——不是禱詞，只有兩個字，一遍又一遍地重複：安全，安全，安全。

「把他交給我。」我說。

「是他先背叛我的，阿利娜。他應該來我這裡的時候，卻留在歐斯奧塔，坐在妳的議會裡，陰謀陷害我。他把一切都告訴我了。」

感謝諸聖，我們對火鳥的下落三緘其口。

「所以，」闇之手說，「決定權在我手上，而恐怕我要選擇以直報怨。」

就那麼一個動作，虛獸從瑟杰身軀扯下四肢，同時將他腦袋從頸子上割斷。我在極其短暫的一瞬間瞥到他臉上的驚恐。瑟杰張開了嘴，發出無聲驚叫，他的身軀碎片旋即消失在雲海下方。

「諸聖啊。」瑪爾咒罵一聲。

我反胃作嘔，但仍得強行壓下恐懼。瑪爾和我放慢速度轉過身，背靠著背。我們被虛獸包圍，我聽到身後傳來尖叫，還有紡車總部玻璃破碎的聲音。

「阿利娜，我們又回到老樣子了，妳的軍團對抗我的軍團。妳覺得這次妳的士兵會長進點嗎？」

我無視他，對著大霧灰濛之中高喊，「尼可萊！」

「啊，那個海盜王子？我在這場戰爭中做了很多不得不的後悔事，」闇之手說，「但這一件事，我不後悔。」

一名影子士兵俯衝而下。我在驚駭中看見牠的雙臂抓著拚命掙扎的尼可萊。就算我還剩下一點勇氣，如今也蒸發殆盡。我沒辦法眼睜睜看尼可萊被五馬分屍。

「求求你！」我忍不住衝口而出，忘了尊嚴，也忘了忍耐。「求你不要！」

闇之手舉起了手。

我一把摀住嘴，雙腿已然癱軟。

但虛獸沒有攻擊尼可萊，而是將他丟下露台。他的身體撞上石頭，發出可怕的一聲巨響，滾了好一陣才停下來。

「阿利娜！不要！」瑪爾想拉住我，但我拚命掙脫，跑到尼可萊躺的地方，在他身旁雙膝一跪。他發出呻吟，外套被怪物以爪抓住的地方撕扯成破爛碎布。他試圖以肘撐起身，口中卻滴下鮮血。

「這還真是出乎意料。」他虛弱地說。

「你沒事的，」我說，「沒事的。」

「妳這麼樂觀正向真是謝了。」

我從眼角餘光瞥見動靜，並發現兩道黑影從闇之手雙手釋出，滑溜溜竄過露台凸出處，如蟒蛇般波浪起伏，直朝我們衝來。我舉起雙手，劈出黑破斬，毀去露台一側，可是動作太慢，陰影風馳電掣，以極快速度滑過石頭表面，颼地灌入尼可萊口中。

他眼睛大睜，並因過於驚訝而呼吸一哽，就這麼將闇之手灌入他肺中的物體吸進去。我們驚恐萬分，面面相覷。

「那——那是什麼鬼？」他邊嗆邊說。

「我——」

他又是咳嗽又是顫抖，手指倏地往胸口撓，撕開所剩無幾的襯衫。我們都低頭去看，只見陰影在他皮膚底下展現出纖細的黑色脈線，擴散開來，好比大理石上的紋路般碎裂展開。

「不，」我呻吟著說，「不，不。」

裂痕橫過他腹部，也延伸至雙臂。

「阿利娜？」他無助地說，黑暗在他皮膚下彎折，爬上喉嚨。他的頭往後一仰，放聲尖叫，當他扭著身體、弓起背部，頸脖肌腱收縮，然後猛站起身，胸口大起大落。當他開始渾身痙攣，我伸出手想碰他。

他吐出另一聲野蠻尖叫，背後爆出兩塊黑色片狀物，一鼓作氣展開，像是翅膀。

他猛地抬頭看我，臉上汗珠串串，眼神驚慌而絕望。「阿利娜——」

然後他的眼睛——那慧黠的榛果色眼睛——轉成黑色。

「尼可萊？」我低喃。

他掀開嘴唇，露出黑瑪瑙般的牙齒，它們變成了尖牙。

尼可萊出聲咆哮，我踉蹌後退，他在離我極近的地方喀地闔上嘴。

「餓了嗎？」闇之手問，「真想知道這些朋友裡面你會先吃哪一個。」

我舉起雙手，萬般不願使用這股力量。我不想要傷害他。「尼可萊，」我懇求，「別這樣，清醒過來。」

他臉上表情痛苦抽搐。那裡面仍有他在，正拚命對抗，和那股掌控他的食慾奮戰。他伸展著雙手——不對，是利爪。他嚎吼著，聲音聽來極其絕望刺耳，一點也不像人類。

當他從露台起飛，翅膀拍打空氣。即使他變成駭人怪物，模樣卻仍美麗，不知怎麼，還是有尼可萊的樣子。他低頭注視蔓延至整副身軀的深色血管，看著從轉黑的指尖硬生生戳出、銳利如刃的尖爪。尼可萊伸出雙手，彷彿懇求我給他一個答案。

「尼可萊。」我哭喊出聲。

他在空中轉過頭，一個扭身逃離，加速向上飛，好像覺得這麼做就能贏過在他體內的需求。他穿梭過那些虛獸，黑色翅膀帶著他越飛越高。尼可萊只回過頭一次，而即便距離如此遙遠，我也能感受到他的苦痛與困惑。

然後他就消失了，成為灰暗天空中一塊黑色小點，我仍待在下方渾身顫抖。

「最後，」闇之手說，「他一定會忍不住的。」

我曾提醒過尼可萊，闇之手定會報復，但就連我都無法預見他採取的行動會這麼高明，殘酷得如此完美。尼可萊曾讓闇之手出盡洋相，而今，闇之手奪走我那光鮮亮麗、出類拔萃的高貴王子，把他變成怪物。畢竟，讓他喪命太過仁慈。

我發出一個聲音。這個喉音野蠻如動物，是我十分陌生的聲響。我舉起雙手，怒火高張，劈出兩道灼熱的黑破斬，命中了旋繞在闇之手身邊的形體。雖有部分炸開、消散無蹤，可是馬上有其他的替補上。我不在乎。我一次又一次出擊。如果我能砍掉山頂，那麼在這場戰鬥裡，這分力量絕對能影響勝負。

「衝著我來！」我吶喊道，「現在！就在這裡做個了結！」

「衝著妳來？阿利娜？根本沒什麼好打的，」他對虛獸作勢比畫，「抓住他們。」

虛獸從四面八方蜂擁而至，猶如一大團翻湧沸騰的黑色物體。瑪爾在我旁邊開火，我聞到火藥味，聽見子彈撞擊地面每一聲空彈匣的鏗鏘。我全神貫注於體內每一分力量，像風車一樣轉動雙臂，一次劈開五個、十個、十五個影子士兵。可是我們依舊處於劣勢。牠們實在是太多了。

然後，突然間，牠們停住動作，虛獸浮在半空，身體頹軟，循著無聲的韻律拍動翅膀。

「是妳做的嗎？」瑪爾問。

「我——我不覺得……」

死寂籠罩露台，我聽見風的哭嚎，我們身後的激烈惡戰震天價響。

「邪惡生物。」

我們轉過身，巴格拉踏入門口，一手扶著米沙肩膀。男孩顫抖不已，雙眼睜得超大，我看到的眼白都要比虹膜多了。在他們身後，我們的士兵不只在和虛獸戰鬥，還要加上闇衛，以及身穿藍色紅色柯夫塔、隸屬闇之手的格里沙。他讓他的怪物將手下人馬全帶上了山頂。

「帶我去。」巴格拉對米沙說。他不知道鼓起了多大勇氣才有辦法帶她出來、走上露台、經過那些虛獸——牠們正祟動不停、相互推擠，有如一整片閃閃發亮的黑色蘆葦田，一路跟在她身後。只有最靠近闇之手的那些還在動，依附著主人，翅膀一心同體地拍振。

闇之手看起來怒不可遏。「我早該料到妳會窩藏在敵方。進去，」他下令道，「我的士兵不會傷害妳的。」

巴格拉置之不理。當他們走到露台盡頭，米沙將她的手放在殘餘牆壁的邊上。她靠著，吐出一個心滿意足的歎息，再用枴杖輕推米沙一下。「走吧，孩子，去找那個瘦巴巴的小聖人。」他有所遲疑，巴格拉伸出手，找到他的臉頰，不怎麼溫柔地拍了拍。「去，」她重複，「我想和我兒子說點話。」

「米沙。」瑪爾喊，男孩聞言衝向我們，躲到瑪爾的外套裡。虛獸沒對他展現任何興趣，全副注意力都在巴格拉身上。

「妳到底想要什麼？」闇之手問，「可別奢望為這些蠢蛋求情。」

「只是想來見見你的怪物。」她說。巴格拉將枴杖靠在牆上，伸出雙臂，虛獸隨之擁上，沙沙騷動、相互推擠。有一隻甚至伸出腦袋，以口鼻磨蹭她的手掌，彷彿正在嗅聞一樣。這難道是好奇心嗎？還是飢餓？「牠們認得我──這些孩子。同類相喚。」

「住手。」闇之手命令道。

巴格拉掌中開始蓄積黑暗，這畫面令人衝擊不已。我只看她召喚過一次。和我過去壓抑自己力量一樣，她也把力量藏了起來，但是她是為了保護自己兒子的祕密才這麼做。我還記得，她說過有個格里沙被自身力量反噬。她和闇之手流著相同的血，有著相同的力量。現在，她可能與他反目嗎？

「我不會和妳打的。」闇之手說。

「那就直接殺了我。」

「妳明知道我不會這麼做。」

她扯開嘴角，輕笑一聲，好像對這個早慧的學生十分滿意。「這倒是真話，就是因為這樣，我還有一絲希望。」她倏地朝我轉過頭。「丫頭，」並用刺耳的聲線說道，盲眼之中空無一物。但就在那個瞬間，我敢發誓她將我看得一清二楚。「別再讓我失望。」

「她也沒有強到能與我對抗，老女人。拿起楞杖，我會把妳帶回小行宮。」

我心頭突然湧上一陣強烈懷疑。巴格拉雖給了我戰鬥的力量，卻從沒叫我放手一搏。她只叫我逃跑而已。

「巴格拉——」我欲開口。

「我的小屋、我的爐火，聽起來都滿不錯的，」她說，「可是我發現，無論身在何處，黑暗都並無二致。」

「眼睛的事情是妳活該。」他的語氣冷酷，但我也從中聽見傷痛。

「我確實是。」她嘆了口氣，「而且還不只如此。」然後，她毫無預警地將雙手拍合，雷電轟隆隆劈砍過山，黑暗巨浪從她雙掌翻騰而出，猶如展開的旗幟，扭絞捲曲並包圍虛獸。牠們大聲尖叫、躁動不停，困惑地呼呼轉動。

「我知道我疼愛你，」她對闇之手說，「也知道那並不夠。」

就那麼一個動作，她對著牆推了一下，離開牆邊，我還來不及抽氣尖叫，她已往前一傾，身影自岩架消失，拖著身後整排纏結扭絞、黑暗滾滾的虛獸一起下去。牠們像一道發出尖叫、疾行滾爬的黑色波浪經過我們身邊，翻騰著摔下露台，筆直下墜，被她散發出的力量深深吸引。

「不！」闇之手大吼出聲，隨著她縱身一躍。那些士兵的翅膀因他的怒火拍動。

「阿利娜，就是現在！」我因恐懼陷入恍惚，但是聽見瑪爾的聲音，感到他將我推過了門，然後突然間，瑪爾已將米沙抱在懷中，而我們正快步跑過觀測台，虛獸像是潮水般經過身邊，被跟隨巴格拉的那團隊列拉往露台。其他虛獸似乎只是在主人漸行漸遠時困惑地在原地徘徊。

快逃，巴格拉一遍又一遍地這麼對我說，而今我真的展開了逃亡。

熱呼呼的地面因融雪變得滑溜，紡車總部的巨大窗戶已碎裂，陣陣狂風吹掃內部，我看見倒下的軀體，以及零星的戰鬥。

我有點沒辦法清楚思考。瑟杰、尼可萊、巴格拉。巴格拉。她穿過大霧墜落，高聳岩石迎面與她相撞。她會尖喊出聲嗎？她會閉上那雙盲眼嗎？小聖人，小小殉道者。

托亞朝我們跑來，我看見兩名闇衛亮出刀刃，朝他撲去。他甚至沒有停頓步伐，就這麼推出雙拳，士兵旋即倒下，緊揪胸口，口中滴淌鮮血。

「其他人呢？」我們趕上托亞，全速衝向樓梯，瑪爾大喊。

「在停船棚，但是寡不敵眾。我們得快點過去。」

闇之手的一些藍袍風術士正試圖擋住樓梯，他們使用猛烈強風吹起板條箱和各種設備砸向我們，我用黑破斬一一劈開，搶在箱子還沒碰到我們之前就把它擊碎，讓風術士節節敗退。

然而最糟的狀況還等在底下停船棚。無論哪個系別早已潰不成軍，驚慌逃離闇之手的軍隊。眾人擁向鵜鶘號和朱鷺號。鵜鶘號已在停船棚裡飄起離地，被風術士造出的氣流托高。士兵拉住了纜繩，試圖把它拖回來、好爬上去，不想再等另一艘駁船。

不知道誰發出命令，鵜鶘號猛地掙脫，在起飛瞬間劃過群眾。它飛上天空，彷彿拖著詭異船錨那樣，帶著一串尖叫不停的人消失在視線之中。

柔雅、娜迪亞和赫薛背靠鷺鷥號其中一個船身，正利用火和風試圖逼退一批格里沙和闇衛。塔瑪在甲板上。當我看見納夫斯基在她身旁，還有幾名二十二軍團的士兵，不禁鬆了一口氣。可是他們身後，阿德理克卻躺在血泊中。他的一隻手以詭異角度無力垂下，臉色蒼白，神情驚恐。娟雅跪在他身旁，大顆眼淚不斷從臉上流下。同時，大衛舉著步槍站在她上方，用堪慮的精準度朝下方大舉攻來的人馬開槍。我到處找不到史提格的身影，他逃上鵜鶘號了嗎？還是被留在了紡車總部？

「史提格——」我說。

「沒時間了。」瑪爾回答。

我們推擠衝過暴亂人群，而當托亞喊出號令，塔瑪立時就定位，一把抓住鷺鷥號的船舵。當柔雅和其他風術士倉促爬上甲板，我們替他們掩護。一顆子彈射中瑪爾大腿，他登時腳步一滑，但是赫薛抓住了他，將他拖上船。

「快點讓我們移動！」納夫斯基大喊。他對其他士兵做出手勢，他們立刻順著船身圍欄列站，對闇之手的人馬開火。我在他們旁邊找了個位置，對著那批大軍施放耀眼強光，讓他們什麼也看不見，無法瞄準。

瑪爾和托亞在纜繩那邊站好，同時，柔雅往船帆灌滿了風，可是她的力量並不夠。

「娜迪亞，我們需要妳！」塔瑪大吼。

娜迪亞跪在她弟弟身旁，聞聲抬頭，臉上淚痕斑斑。雖有些搖晃，但她仍站起身，拚命放出一陣強風直入船帆。鷺鷥號開始在滑行裝置上往前溜。

「我們太重了！」柔雅大喊。

納夫斯基抓住我的肩膀。「活下來，」他匆匆說道，「去幫他。」他知道尼可萊出了什麼事嗎？

「我會的，」我發誓，「另一艘駁船——」

納夫斯基甚至沒稍停細聽。他高呼一聲，「以二十二軍團之名！」然後一躍翻過船側，其他士兵沒有絲毫遲疑、隨他而去，就這麼投入那團暴亂之中。

塔瑪發號施令，我們從停船棚飛出，鷺鷥號從岩架一個下墜——簡直令人魂飛魄散——但隨後船帆啪地展開定位，我們再次上升。

我回過頭，看了納夫斯基最後一眼，他將步槍扛上了肩，旋即遭大批人馬吞沒。

第十二章

我們上下起伏、巍巍顫顫，塔瑪和船員試圖控制鷺鷥號，懸在船帆下方的孱弱船艦岌岌可危地前後搖晃。雪花變為尖銳強風，揮鞭似地一下又一下朝我們臉面狂掃。當船身被懸崖側面刮出凹痕，整個甲板因之傾斜，所有人只能手忙腳亂找地方抓。

船上沒有浪術士能使出大霧掩護我們的蹤影，因此只能期望巴格拉為我們爭取了足夠時間，能逃出山脈和闇之手所及範圍。

巴格拉。我的眼神在甲板上飛掠而過。米沙逕自塞在船身一側，收起雙臂、抱住腦袋。沒人有空稍停給他一點安慰。

我跪在阿德理克和娟雅身旁，虛獸在他肩上咬了好大一口，娟雅正拚命要阻止失血，但她沒受過療癒者的訓練。阿德理克嘴唇蒼白，皮膚冷得像冰。我過去查看時他的眼睛已上吊翻白。

「托亞！」我大喊，努力不要洩露心中驚慌。

娜迪亞轉過身，睜大的眼中滿是恐懼，鷺鷥號隨之一傾。

「讓我們飛得穩一點，娜迪亞。」塔瑪一邊對抗強勁疾風、一邊發號施令。「托亞，去幫他！」

赫薛來到托亞身後，他上臂有道深深傷痕，但他抓住了繩索。「待命。」我看到昂卡的身形在他外套裡面扭來扭去。

托亞皺起眉頭。應該和我們一起的是史提格，赫薛從來沒學過怎麼拉纜繩。

「抓穩就好。」他謹慎地對赫薛說，看向瑪爾在船對面側負責的位置。他以雙手緊抓繩索，在我們受風吹雪擊時肌肉繃得死緊。

「快去！」瑪爾喊道。他大腿上被子彈打出的傷口汩汩流血。

他們交換位置。鷺鷥號頓時一偏，然後在赫薛發出一聲悶哼的同時，又扳正回來。

「瞭解。」他咬著牙關，擠出回答。可是實在令人放不下心。

托亞一躍而下，來到阿德理克身旁開始動手。娜迪亞嗚嗚啜泣，但仍將船隻控得四平八穩。

「你能救下他的手臂嗎？」我平靜問道。

托亞搖了一下頭。他是破心者，是戰士、是殺手——不是療癒者。「我沒辦法直接把皮膚封起來，」他說，「不然他會在內部出血，我得合起動脈，妳能讓他身體暖起來嗎？」

我對阿德理克放出光芒，他的顫抖便稍微緩和了些。

我們往前猛衝，船帆被格里沙的風力灌滿、拉緊。塔瑪伏在船舵上，外套在身後翻騰如浪。我很清楚我們是什麼時候脫離山區範圍的，因為鷺鷥號不再顫動。當我們逐漸加速，冷空氣便像刀一樣在我頰上劃，但我持續用暖光裹住阿德理克。

時間似乎慢了下來。沒有一個人想說出口，但我看得出娜迪亞和柔雅開始疲憊，瑪爾和赫薛也無法再撐下去。

「我們得降落。」我說。

「我們在哪？」赫薛問。原先高高豎起的紅髮現在扁扁地塌在頭上，被雪浸透。我一直覺得他這人永遠幹些出格的事，或許還有一點危險。可是此時此刻他在這裡——渾身是血、筋疲力盡——拉著繩索數小時毫無怨言。

塔瑪查閱航海圖。「剛過永凍土區，如果我們持續南行，很快會飛到人口更密集的區域。」

「我們可以想辦法找樹林當掩護。」娜迪亞喘著大氣。

「我們離切納斯特太近了。」瑪爾回答。

赫薛調整一下手握位置。「有差嗎？如果我們在白天飛行，一定會被看見。」

「我們可以飛高一點。」娟雅提議。

娜迪亞搖頭。「是可以嘗試，但是上面的空氣會更稀薄，垂直移動得花費很多力氣。」

「說來說去我們到底是要去哪裡？」柔雅說。

我沒有多想、馬上回答，「去穆林的銅礦場；去找火鳥。」

頓時有一陣安靜，接著，赫薛將很多人心中一直在想的事說出口——我知道大家一定是這樣。「我們可以逃。每一次面對那些怪物，就有更多人死掉。我們可以開著這艘船去任何地方，例如克爾斥，例如諾維贊。」

「例如地獄。」瑪爾咕噥著。

「這裡是我的家，」柔雅說，「我才不要被趕出去。」

「那阿德理克怎麼辦？」娜迪亞問，嗓音沙啞。

「他流了非常多血，」托亞說，「我只能盡量讓他心跳穩定，給他恢復的時間。」

「他需要真正的療癒者。」

「如果闇之手找到我們，療癒者也沒辦法給他多少幫助。」柔雅說。

我一手抹過雙眼，拚命思考。阿德理克也許能穩定下來，但也可能墜入更深的昏迷狀態，再也醒不過來。如果我們降落在某處、被目擊，恐怕必死無疑——或者更糟。闇之手一定曉得我們不會降落在斐優達、深入敵方領域。他可能會推測我們將逃往西拉夫卡。他會派出斥侯，前去任何可能的角落。但他會稍停片刻為母親哀悼嗎？她這樣狠狠摔落岩石上，會剩下足夠的屍身讓人埋葬嗎？我回頭望，覺得彷彿隨時會看見虛獸朝我們飛撲而下。而我不能去想尼可萊，真的不能。

「我們去穆林，」我說，「接下來該怎麼辦，我們到那裡再想。我不會逼任何人留下。柔雅、娜迪亞，妳們可以把我們帶到那裡嗎？」先前她們已十分疲憊，但我得相信她們還蓄積了一些力量，能喚出來用。

「我覺得我可以。」柔雅回答。

娜迪亞嚴肅地抬起下巴。「我會努力。」

「我們還是可能被看到，」我說，「我們需要浪術士。」

大衛本來在包紮被火藥灼傷的手，此時他抬起頭。「如果妳試試看彎折光線呢？」

我皺眉。「怎麼折？」

「大家能看到船的唯一原因，是因為光把它反射出來。妳只要消除這個反射就好。」

「我好像沒有聽懂。」

「還用妳說。」娟雅說。

「就像溪水裡的石頭，」大衛解釋，「只要把光線彎折，讓它不會真的碰到這艘船，就好像什麼東西都沒有。」

「這樣我們就能隱形嗎？」娟雅問。

「技術上。」

她拔下腳上的靴子，咚地放在甲板上。「試試。」

我懷疑地盯著那只靴子，不確定該如何著手。這完全是另一種使用力量的方式。

「只要……你說彎折光線？」

「嗯嗯，」大衛說，「這樣解釋可能會有點幫助：妳就這樣想，不用考慮什麼折射率之類的，只要改變光的方向，同時將光量同步。就是說呢妳不能單純從磁光開始，那樣做太荒——」

我舉起一手。「我們先搞定溪裡石頭好不？」

我專心集中，但沒採用使出黑破斬時召喚光或是粹煉光的方式。反之，我只是輕輕巧巧出手一推。

當靴子附近的空氣晃動，靴尖立時變得有些模糊。

我嘗試將光想像成水。當風吹過皮革旁側，會先分開，然後又無縫接回合併，好像靴子根本不在那兒。我將手捧成杯狀，靴子閃動一下，旋即消失。

娟雅歡呼，我忍不住尖叫，雙手朝空中一舉，靴子就再次出現；我捲起指頭，它又消失。

「大衛，我有對你說過你是天才嗎？」

「有。」

「那我再說一次。」

因為船的體積更大，而且會動，讓光彎曲、繞道會是更大的挑戰。但我只要擔憂反射在船身底部的光就好。經過幾次嘗試，以穩定狀態彎折光線便是易如反掌。

如果真的有人站在原野直直往上看，很可能會發現有哪裡不對勁，會見到一團模糊或者光芒一閃，但是他們不會看見一艘長翅膀的船飛越午後天空——至少我們是這麼希望。這讓我想起之前看闇之手做過的一些事。當他拉著我走過被燭光照亮的舞會廳，用力量掩護我倆、呈現幾乎隱形的狀態。但這又是另一個他在許久以前就先我好幾步熟練的技能。

娟雅翻遍補給品，找到一批約韃。那是諾維贊的一種興奮劑，士兵有時會在長時間站哨時食用。那東西讓我有些躁動、有些想吐，但實在沒有別的方式能讓我們不倒下，並維持專注。這東西得用嚼的。我們很快就將那鐵鏽色的漿汁呸出來吐到船外。

「要是這玩意兒把我牙齒染成橘色——」柔雅說。

「它一定會，」娟雅出言打斷，「但我保證會把妳的牙齒變白，比以前還要白——搞不好還可以幫妳修好幾顆長得怪怪的門牙。」

「我的牙齒一點問題都沒有。」

「對對對，」娟雅用安慰的語氣說，「妳是我看過最美的海象，我只是很驚訝妳竟然還沒磨穿下唇。」

「塑形者，想都不要想碰我，」柔雅咕噥抱怨，「不然我就把妳另一隻眼睛挖出來。」

等到薄暮降下，柔雅根本沒有力氣抬槓。她和娜迪亞全心專注於讓我們飛在天空。由於大衛能暫時掌舵，塔瑪便得空來處理瑪爾腿上的傷口。赫薛、托亞和瑪爾輪流負責纜繩，好讓彼此有機會稍做伸展。

只有娜迪亞和柔雅完全無法休息，在新月之下咬牙苦撐。我們努力想找方法幫忙，娟雅用背抵著娜迪亞，支撐著她，讓她的膝蓋和腳能稍微歇息。此時太陽已經落下，我們暫且不必掩護，所以有約一小時的時間，在柔雅召喚風時，我去撐著她的手臂。

「荒謬至極。」她低聲咕噥，肌肉在我手掌心顫抖。

「不然要我放手嗎？」

「妳敢放我就吐妳一身約韃汁。」

我正好恨不得有點事做。船上太安靜，我幾乎感到白天的夢魘正守株待兔，等著一擁而上，朝我撲來。

米沙一步也沒從最開始縮在船殼旁的位置移動。他緊抓著瑪爾找來給他的練習用木劍，而我這才意識到，他是在巴格拉要他送她去找虛獸時，將劍一起帶到了露台，喉嚨因此一緊。我從補給品中撈出一塊硬麵包給他。

「餓不餓？」我問。

他搖搖頭。

「你到底要不要試著吃點東西？」

又是搖頭。

我坐到他旁邊，不確定該說什麼。我還記得，之前我也是像這樣在水箱室坐在瑟杰旁邊，試圖找出安慰詞語，卻力有未逮。那時他就在密謀企圖欺騙我了嗎？可是他的恐懼不像演出來的。

但是米沙讓我想到的不只瑟杰。他是每個上戰場的父母的孩子化身，是卡拉錫的男孩女孩，是懇求父親注意的年幼巴格拉，是在母親膝前學會孤獨的闇之手。這就是拉夫卡造成的結果——製造出孤兒，製造出悲慘。沒土地沒人生，只有一件制服一把槍。尼可萊相信的，是比這些更美好的事物。

我顫抖著深吸一口氣。我得想個方法遏止這些念頭。要是我想到尼可萊，絕對會崩潰——還有巴格拉，還有瑟杰破碎的軀體，還有史提格，他被拋在後頭。甚至闇之手。當他母親消失在雲層下，他臉上那個表情——他怎能這麼殘忍，同時又這麼有人性？

沉睡的拉夫卡持續在下方經過，夜色緩慢過去。我數著星星，照顧阿德理克，我打盹，我在船員之間走動，提供些許飲水和幾簇晒乾的約韃花。只要有人問起尼可萊或巴格拉，我便用最簡單扼要的詞語，將那場戰鬥的事實真相告訴他們。

我逼自己靜下思緒，努力讓腦中空無一物，淨如白雪，無損無痕。大約日出時分，我在欄杆旁站定位置，開始挪移光線、掩飾船的身影。

就在那時，阿德理克在睡夢中喃喃說起了話。

娜迪亞猛回過頭，鷺鷥號搖晃起來。

「專心！」柔雅厲聲說道。

但她在微笑，我們都是，我們要抓住最微薄的那一絲希望。

□

白日的漫長時間我們就這樣一路飛行，然後是次日夜晚。等到終於看見斯庫左，已是第二個破曉。那天中午，我們瞥見一道參差不齊的幽深坑口，那正是尼可萊建議我們藏放鷺鷥號的廢棄銅礦場，礦場正中央有個暗濁的藍綠色池子。

降落過程緩慢而棘手，船身一刮擦到坑口地面，娜迪亞和柔雅立刻癱倒在甲板上。她們擠出渾身力量，直到臨界點。儘管她們的皮膚紅潤發光，但是無庸置疑氣力放盡。

其餘人拉著繩索，盡可能將鷺鷥號拖到岩架下方藏起來。如果有人爬下礦場，很容易就能發現，可是我很難想像有誰會這樣大費周章。坑口地面散落各種生鏽的機械裝置，死水池冒出刺鼻難聞的氣味。大衛說，水中那種不透明的藍綠顏色來自岩石濾出的礦物。此處完全不見任何活人蹤跡。

瑪爾和赫薛綁緊船帆的時候，托亞將阿德理克從鷺鷥號扛下來。他原本有手臂的殘肢不斷滲出血來，但基本上神智清醒，甚至喝了幾口水。

米沙拒絕離船，我往他肩上塞了件毯子，留給他一塊硬麵包、一片乾蘋果，希望他會吃。

我們扶柔雅和娜迪亞下船，拖著鋪蓋躲進一塊突出物底下的陰影歇息，沒有多說一個字，直接一頭墜入不安的睡眠中。沒人站哨。如果有人跟蹤，我們根本無力對抗。

當我要閉上雙眼時，瞥見托亞悄悄又溜回鷺鷥號，於是逼自己再次起身。過了一會兒，他帶著一綑綁得緊緊的東西再次出現，迅速望了阿德理克一下。當我意識到他抱的是什麼，胃部瞬間一沉。我閉上疲憊的雙眼，真的不想知道托亞打算把阿德理克的手臂埋在什麼地方。

當我醒來，已是傍晚。多數人仍安然沉睡。娟雅正在把阿德理克的袖子別起來。

我發現瑪爾從繞過坑口側面的小徑走來，手中抱著一只裝滿松雞的袋子。

「我想我們今晚就留下，」他說，「得生點火，可以早上再前往雙磨坊。」

「好。」我說，雖然我恨不得快點動身。

他一定也感覺到了，因為他說，「阿德理克需要休息，我們全都是。要是繼續這樣馬不停蹄，一定有人會崩潰。」

我點點頭。他說得沒錯。我們全都悲傷不已、嚇得魂飛魄散又筋疲力盡。「我會拿些柴薪過來。」

他碰碰我手臂。「阿利娜——」

「我不會去太久。」我從他旁邊擠過去。我不想講話，不想聽什麼安慰言詞。我想要火鳥，想將痛苦轉成憤怒，直接帶到闇之手面前。

我朝圍繞礦場的樹林走去。在這麼南的位置，林木型態截然不同，更高也更稀疏，樹皮紅且多孔。走在回礦場的路上時，我懷中裝滿了能找得到的每根乾樹枝，卻湧上一股彷彿被人監視的毛骨聳然感。我停下步伐，頸後寒毛整個豎起來。

我在被陽光照亮的樹幹之間窺看、等待。這分死寂極為稠密，好像每隻小生物都憋住了呼吸。然後我便聽到，幾不可聞的沙沙聲。我猛地抬頭，循著那道聲音走進樹林，目光捕捉到一閃而過的動靜，黑影翅膀拍動的悄然聲響。

尼可萊棲在一棵樹的枝椏上，以深邃目光注視著我。

他赤裸著胸口，上面有條條黑紋，好似黑暗在他皮膚底下碎裂開。他的靴子不知丟在什麼地方，赤足緊扣樹皮，腳趾變成黑色利爪。

他的手上有乾掉的血，嘴巴旁邊也有。

「尼可萊？」我低聲說道。

他瑟縮著倒退。

「尼可萊，等一下——」

但他一躍升空，在他衝出林中、飛上藍天時，黑色翅膀震動樹枝。

我想尖叫，所以我真的叫出聲了。我把柴薪全扔到地上，用力將拳頭塞進口中，尖叫到喉嚨刺痛不堪。可是我停不下來。無論在鷺鷥號或礦場，我都成功忍下來沒哭出聲，但是現在我整個人頹倒在林地，尖叫轉為啜泣，變成無聲而劇烈的喘息。好痛，這痛彷彿要撬開肋骨，卻無聲無息從我口中冒出。我不斷想著尼可萊撕破的褲子，並且冒出一個超蠢的念頭——要是他看見自己的衣服落得如此下場，該會多麼沒臉見人？他從紡車總部一路跟著我們過來，有可能告訴闇之手我們的下落嗎？他會這樣做嗎？在那副受盡折磨的身軀中，還剩下多少的他？

然後我就感覺到了，那條看不見的繫繩傳來震動。我拚命推拒，如今我絕不會去找闇之手，我這輩子都不會再去找他了。然而我非常清楚，無論他身在何方，都深陷哀慟之中。

□

瑪爾找到了我。我將頭埋在臂中，外套上蓋滿綠色針葉。他對我伸出一手，但我沒理會。

「我沒事。」我說，雖然根本言不由衷。

「天黑了，妳不該一個人待在這裡。」

「我是太陽召喚者，我要天黑它才天黑。」

他在我面前蹲下，等我和他對上眼睛。「不要把他們拒於門外，阿利娜，他們需要和妳一起哀悼。」

「我沒話可說。」

「那就讓他們去說。」

我給不出安慰也給不出鼓勵。我不想要分享這傷痛，不想要他們看到我多麼害怕。可是我仍逼自己站起身，將針葉從外套上掃掉，讓瑪爾帶我回礦場。

等到我們終於走回坑口，那裡已經一片漆黑，其他人得在突出物下方點亮油燈。

「我說你們還真是悠哉呢，」柔雅說，「你們兩個在森林裡嘻嘻哈哈的時候，我們就活該受凍嗎？」

現在要掩飾滿是淚痕的臉已經沒有意義了，所以我只是說：「其實是我需要好好哭一場。」我做好被她狠狠諷刺的準備，但她只說，「下次找我，我可能也需要。」

瑪爾把我蒐集的柴薪扔進不知道誰弄好的火坑，我把昂卡從赫薛肩上拔下。她短促地嘶了一聲，但我並不在意。此時此刻，我需要抱個軟綿綿又毛茸茸的東西。

他們已將瑪爾抓回來的獵物清洗、處理乾淨，儘管我心中發愁又擔憂，但沒有多久，燒烤肉類的氣味仍讓我分泌了一堆口水。

我們圍火落坐，邊吃邊輪流遞著科瓦斯酒瓶，凝視火焰的影子在鷺鷥號船身上舞動，同時樹枝發出嗶嗶剝剝的聲音。我們有好多好多話要說——誰會和我們一起進入斯庫左、誰會留在山谷待命，不管大家是否想留下。我揉揉手腕。這麼做能讓我專心想著火鳥，就只想這件事，不要去想尼可萊眼中黑色的光澤、嘴唇附近乾裂的深色血漬。

柔雅突然衝口而出。「我早該知道不能信任瑟杰，他每次都那麼懦弱。」這樣說感覺不太公平，但我暫且放過。

「昂卡一直不喜歡他。」赫薛補充。

娟雅往火中補了一根柴。「你們覺得他從一開始就打算這麼做嗎？」

「我有在想，」我承認，「我以為只要離開白大教堂和隧道，他就會好一點，但他好像變得更糟、更焦慮了。」

「什麼原因都有可能，」塔瑪說，「洞穴坍塌、民兵攻擊。托亞打呼。」

托亞對她扔了塊卵石。「尼可萊的人應該把他看緊一點。」

又或許打從一開始我就不該放他走。或許，對瑪麗的罪惡感蒙蔽了我的判斷，或許現在我也遭到悲傷蒙蔽，或許還會有更多背叛。

「虛獸真的就那樣……把他撕成兩半嗎？」娜迪亞問。

我望向米沙。他不知道什麼時候從鷺鷥號爬了下來，正在瑪爾旁邊睡得很沉。他仍緊抓著木劍。

「不忍卒睹。」我輕輕說道。

「那尼可萊呢？」柔雅問，「闇之手對他做了什麼？」

「我其實不知道。」

「那個能逆轉嗎？」

「這個我也不知道。」我望向大衛。

「也許吧，」他說，「我得研究他。那是魔邪，是新的領域。真希望我手上有莫洛佐瓦的手記。」

我聽到差點笑出聲音。這整段時間大衛吃力地帶著那些手記到處跑，我絕對會很開心地把它們扔進垃圾堆。可是如今，我們有充分的理由需要它們在手邊，那些東西卻遙不可及，被留在紡車總部裡。

我想把尼可萊抓起來，關進籠子裡，看是否能把他從黑影的魔掌中救回來。那頭過於聰明的狐狸啊，終於被抓了。我眨眨眼，別開目光，不希望又哭出來。

突然之間，阿德理克厲聲喊道，「瑟杰死掉真是太好了，我只可惜沒機會親手把他頸子扭斷。」

「你要有兩隻手才能做到。」柔雅說。

一陣短暫而駭人的死寂降下，然後阿德理克把臉一沉。「好吧，那就捅死他。」

柔雅咧嘴一笑，把酒瓶遞給他，娜迪亞只是搖搖頭。有時，我會忘了他們真的是士兵。我百分之百確定阿德理克會為失去的手臂哀悼，我甚至不曉得這會否對他的召喚能力造成影響。但我記得他在小行宮站在我面前，要求留下來戰鬥。他甚至比我還要強悍。

我想到我以前的老師波特金，他逼著我多跑一哩、多挨一拳。我想起他在許久前對我說的話：鋼鐵是爭取來的。阿德理克有鋼鐵般的決心，娜迪亞亦同。她在我們飛往艾比揚的路上又一次證明此事。一部分的我好奇著塔瑪喜歡她哪裡。但是娜迪亞參與過小行宮幾場最慘烈的戰鬥，失去最好的朋友，以及向來熟悉的生活，然而她並沒有像瑟杰一樣崩潰，或者像馬克欣一樣選擇在地底度過。經歷這一切，她依舊堅定剛毅。

當阿德理克把酒瓶傳回來，柔雅喝了一大口。「妳知道巴格拉教我第一堂課時對我說什麼嗎？」她壓低音量，模仿巴格拉喉音濃重的沙啞嗓子。「臉蛋漂亮，只可惜腦中裝豆腐。」

赫薛嗤了一口氣。「我在上課的時候燒了她的小屋。」

「你最好是。」柔雅說。

「是意外！結果她拒絕再教我，連和我說話都不願意。我有一次在宮中看到她，她就直接走了過去，一個字也沒說，只拿她的枴杖用力敲我膝蓋——腫包都還沒消呢。」他一把掀起褲腳，還真是一點也沒錯，皮膚下清晰可見一塊凸起的骨頭。

「那根本沒什麼。」娜迪亞說，並在我們將注意力轉向她的時候臉頰變酡紅。「有陣子我不知怎麼卡住了，什麼都召喚不出來。她把我關在一個房間，放了一蜂巢的蜜蜂進去。」

「什麼？」我喊出粗啞的聲音，然而嚇到我的不只是蜜蜂。在小行宮，我為了召喚力量努力了好幾個月，巴格拉從沒提過其他格里沙也卡住過。

「那妳怎麼辦？」塔瑪不敢置信。

「我想辦法召喚出一道氣流，把牠們往上吹進煙囪，但被叮了太多下，看起來簡直像得了火痘。」

「我從來沒因為自己不是格里沙那麼高興過。」瑪爾邊說邊搖了一下頭。

柔雅高舉酒瓶。「瞧這位孤獨的被棄者。」

「巴格拉恨我。」大衛靜靜說道。

柔雅打發似地揮揮手。「我們都有過這種感覺。」

「不是，她真的恨我。她教過我，和所有同年紀的造物法師一起，然後就拒絕再見我這個人。有一度，當所有人都在上她課，我就待在工坊裡。」

「為什麼？」赫薛問，搔著昂卡的下巴。

大衛聳肩。「毫無頭緒。」

「我知道原因。」娟雅說。我靜靜等待，不曉得她是不是真的知道。「是動物磁場，」她繼續說，「只要和你在那個小屋多待一分鐘，她就會忍不住撕了你衣服。」

大衛認真思量。「感覺好像不太可能。」

「是根本不可能。」瑪爾和我異口同聲。

「其實也沒有那麼不可能。」大衛說，好像有點受到刺激。

娟雅大笑，往他嘴上紮紮實實賞了個吻。

我拿起樹枝戳一下火，弄得火花紛飛。我其實知道巴格拉為什麼不肯教大衛，因為他讓她清楚想起莫洛佐瓦——對於知識走火入魔，對於自己受苦的孩子、偏心的妻子視若無睹。而且大衛確實只因為「好像很有意思」就製造出了盧米光，基本上等於親手把進入影淵的方法交給闇之手。但是大衛和莫洛佐瓦不一樣。當娟雅需要他時，他待在她身邊；雖非戰士，仍找到為她而戰的方法。

我忍不住環視我們這詭異而千瘡百孔的一小批人。我看著手臂不復存在的阿德理克睜大眼睛凝視柔雅；我望著赫薛和托亞；在瑪爾往地上畫出我們要走的路時，我目不轉睛注視著他。我看到娟雅咧嘴一笑，疤痕拉得繃緊，而大衛一個勁兒做出一堆手勢，試圖對娜迪亞解釋他想到的銅製手臂——娜迪亞理都不理他，只是不斷耙梳著塔瑪海浪般的深色頭髮。

他們沒有一個是好對付或軟弱單純。他們和我一樣，懷抱痛楚、藏起傷口、破碎不堪，儘管形態各異。我們並不完全契合，有各式各樣的銳角，尖刺而參差不齊，有時甚至互相傷害。但是當我側臥蜷身，背後有著火焰傳來的暖意，心中湧上令人喜悅無比的感激之情，連喉嚨都痛了起來。然而相伴而來的也有恐懼。將他們留在身邊是一種奢侈，我必將為此付出代價。如今，我有更多事物可能失去。

第十三章

最後所有人都留了下來，就連柔雅都是，雖然她在前往雙磨坊的路上定時定量釋放一堆抱怨。

我們也同意分為兩組，塔瑪、娜迪亞和阿德理克及大衛、娟雅、米沙同行。他們會投宿山谷東南邊境的村落。娟雅恐怕得全天將臉藏起，但她似乎並不介意。她用長披巾包起面孔，宣布：「請稱呼我為神祕女子。」我則提醒她不要過度吸引人。

瑪爾與我則和柔雅、赫薛、托亞一同前往斯庫左。因為我們非常靠近邊境，深知可能得面對數量備增的軍力，但希望能混在難民中，盡量在初雪降下前通過斯庫左。

如果沒在兩週內從山裡回來，塔瑪會和導師派往卡耶維爾的援手——任何援手都好——會合。我不喜歡單獨派她和娜迪亞出行，但是瑪爾和我已經不能再縮減人數。蜀邯游擊隊最知名的行為就是在邊境射殺拉夫卡旅者，我們希望無論碰到怎樣的麻煩，都能有所準備。塔瑪至少熟悉太陽士兵，而我努力說服自己，畢竟她和娜迪亞都是經驗老道的戰士。

我也不太確定要是真出現士兵，我會如何應對。但是號令已下，我得堅信我們真的得出了結論。也許到時我已擁有火鳥，甚至還對接下來的計畫有點頭緒。我不能想得太多或太遠，因為每次這麼做，就會遭受驚慌感不斷拉扯。好像又回到地底下一樣吸不到空氣，只能枯等全世界塌下來壓在我頭上。

我們這一組在日出動身，留其他人睡在凸出岩石的陰影裡。只有米沙還醒著，一面拿卵石丟鷺鷥號船側，一面用控訴的眼神看著我們。

「過來。」瑪爾說，揮手招呼他來。我以為米沙不會願意動，他卻拖著腳走過來，一臉惱怒，昂著下巴。「阿利娜給你的符飾還在嗎？」

米沙點了一下頭。

「你知道那代表什麼意義，對不對？你是士兵。士兵是不能想去哪裡就去哪裡的，士兵得去需要他們的地方。」

「你只是不想要我跟。」

「不對，我們是需要你留在這裡照顧其他人。你知道大衛實在沒藥救，阿德理克恐怕也很需要幫手，即使他不願意承認——對待他的時候要更小心，如果你要幫他，切記不要讓他發現。能做到嗎？」

米沙聳聳肩。

「我們需要你像照顧巴格拉那樣照料他們。」

「但我沒有照顧她。」

「你有。你看顧著她，讓她過得舒適，在她需要你放手的時候，你放了手。你做了該做的一切，即便會讓自己受到傷害。士兵就是這樣的。」

米沙猛地望向他，好像正在思考這句話。「我應該阻止她的。」他的聲音破了開來。

「如果你那麼做，我們所有人都不會在這裡。你作出這麼艱難的決定，我們十分感激。」

米沙皺眉。「大衛確實有點一團糟。」

「沒錯，」瑪爾同意，「所以，我們可以信任你嗎？」

米沙別開眼神，臉上表情困擾依舊，但他再次聳了聳肩。

「謝謝你，」瑪爾說，「你可以先從煮滾早餐的開水做起。」

米沙點了一下頭，回頭小跑步穿越礫石地，前去打水。

瑪爾起身，將背包揹到肩上，朝我瞥來。「怎樣？」

「沒事。剛剛你真的……很厲害。」

「和阿娜．庫亞讓我不再拜託她晚上留一盞燈同一招。」

「真的假的？」

「真的，」他邊往上爬邊說，「她叫我要為了妳勇敢，如果我怕，妳就會怕。」

「好吧，她對我說我得把防風草吃完，給你做好榜樣，但我還是死都不吃。」

「都這樣了妳還搞不清楚為什麼老被打嗎？」

「我是很有原則。」

「那代表：『我想要難搞就難搞，看你拿我怎樣？』」

「不公平啦。」

「嘿！」柔雅在坑口上方的邊緣大喊，「如果你們在我數到十之前還沒上來，我就回去睡覺，非常歡迎你們把我揹到雙磨坊去。」

「瑪爾，」我嘆氣，「要是我在斯庫左把她宰了，你會追究我的責任嗎？」

「會，」他說，然後補充，「那代表：『我們把命案現場弄得像意外，妳覺得如何？』」

□

雙磨坊完全出乎我意料。不知怎麼，我總覺得這座小山谷會像亂葬崗，陰森恐怖、廢棄荒涼、充滿幽魂。然而這個村落熙熙攘攘，到處點綴著燒燬的廢船和大片燒成灰燼的空地，可是新的家園和商業活動直接從旁萌生發芽。

此外還有酒館和旅店，店面的廣告宣傳著鐘錶修理的服務，還有看起來像是按週租書的商店。一切感覺都很臨時，甚至到詭異的程度。破掉的窗戶就直接用木條擋起，許多房屋以帆布做屋頂，或是牆上有著用羊毛毯或織蓆擋起來的洞。*誰曉得我們會在這裡待多久？那些事物好像正這麼說。就拿手邊東西湊合一下吧。*

這裡一直都是這樣嗎？這地方不斷遭到損毀又重建，受蜀邯或拉夫卡統治，端看每次戰後邊界如何劃分。所以我的父母就是這麼生活的嗎？想像他們這副模樣感覺很怪，但我並不排斥。他們可能是士兵，可能是商人；很可能曾在此快樂生活。也可能其中之一也身懷力量，是莫洛佐瓦小女兒悄悄留下的遺產。在我之前也有過太陽召喚者的傳說。大多人認為那是騙局或空談，只是因影淵造就的悲劇而誕生的奢望——但很可能不只那樣。又或者我只是在作春秋大夢，死也不想放開我根本沒資格繼承的能力。

我們走過一座擠滿人的市集廣場，貨品擺在臨時湊合的桌上展示，錫盤、獵刀、跋涉上山所需的皮毛。我們看見一罐罐鵝油，一綑綑販賣的乾無花果，樣式精緻的馬鞍，還有看起來脆弱易壞的槍枝。一串串剛剮去內臟的鴨子，皮膚粉紅、坑坑點點，高掛在攤上。瑪爾將弓箭和連發步槍綑起來塞進包袱。那些武器做工太精細，一定會引人注意。

小孩在泥巴裡玩，一個穿無袖背心的男人蹲著，正在巨大金屬桶裡燻著某種肉。我看著他將一根杜松樹枝扔進裡面，香氣立刻裊裊上升，藍煙瀰漫。柔雅皺起鼻子，但托亞和赫薛掏出錢幣的速度真是快到連影子都看不見。

這就是瑪爾和我的家人殞命之處。這股純粹又愉快的氛圍不知怎麼甚至令人感到不公，也和我的心情一點也不搭。

瑪爾說話時，我鬆了一口氣。「我還以為這裡會更陰森呢。」

「你有看到墓園多小嗎？」我壓低音量。他點點頭。在拉夫卡大多地方，墓園的面積甚至比城鎮還大。但是，當蜀邯燒燬這些聚落，根本不會剩下什麼人哀悼死者。

雖然我們已從紡車總部的存貨帶走足夠補給品，瑪爾仍想買張當地人做的地圖。我們得知道哪條路徑可能被山崩堵住，或者哪兒的橋早被沖斷。

有個女人坐在一張低矮的彩繪凳上，白色辮子從橘色羊毛帽底下探出頭來，她正自顧自地哼著歌，敲著那種拿來掛牛頸的鈴鐺，吸引路人注意。她連桌子都懶得張羅，而是鋪張小毯，就地展示商品——水壺、鞍囊、地圖，一堆堆金屬祈禱戒。她身後站了隻騾子，抽動長耳朵驅趕蒼蠅。不時，她會向後伸手，拍拍牠的鼻子。

「很快要下雪了，」她說，在我們翻那堆地圖時瞇眼望著天空。「路上要些毯子嗎？」

「我們有準備，」我說，「謝謝妳。」

「有很多人朝著邊界去。」

「但妳沒有？」

「老到走不了啦。蜀邯、斐優達、影淵……」她聳聳肩。「原地坐著不動，麻煩直接經過。」

或者直接擊中，不要多久再來個回馬槍。我陰鬱地想。

瑪爾舉起一張地圖。「我沒看到東方山脈，只有西方的。」

「西邊那兒狀況比較好，」她說，「你想往海岸去嗎？」

「沒錯，」瑪爾面不改色地撒謊，「然後去諾維贊。但是——」

「待在西邊吧，往東的人都沒法兒回來。」

「*Ju weh,*」托亞說，「*Ey ye bat e'yuan.*」

女人聞言回應，兩人一同察看一張地圖，用蜀邯語交談，同時間我們則耐心等待。

終於，托亞交給瑪爾一張完全不一樣的地圖。「東邊。」他說。

女人對著托亞戳戳牛鈴，問我，「妳在山上打算拿什麼餵這傢伙？最好要確定他不會把妳串了烤來吃吶。」

托亞皺眉，但那女人笑得花枝亂顫，差點從凳子上掉下來。

除了地圖，瑪爾又追加了幾枚祈禱戒指，遞出錢幣。

「我有個兄弟去了諾維贊，」女人說，找零給瑪爾的時候還在竊笑。「現在可能發財了吧。那是個展開新人生的好地方。」

柔雅嗤了一聲。「和哪裡比起來？」

「那裡真的不差。」托亞說。

「泥巴，還有更多泥巴。」

「那裡真的有城市好不好。」我們走開時，托亞咕噥抱怨。

「那女人對東方山脈到底有什麼意見？」我問。

「那裡很可怕，」托亞說，「而且顯然鬧鬼。她堅稱瑟拉嗥有鬼魂鎮守。」

一陣顫抖爬上我脊椎。「瑟拉嗥是什麼意思？」

托亞的金色目光一閃。「火瀑。」

□

在我們直接從底下經過前，我甚至沒注意到遺跡，它們就是那麼不引人注意——兩座經歷風吹雨打的細瘦石頭尖塔，挾著離開山谷的東南向道路而立。過去，它們可能是拱門，或橋架，或雙磨坊，就如它們名字隱含的暗示——又或者不過是兩塊頂端尖尖的石頭。我到底在期待什麼？伊利亞．莫洛佐瓦會頭頂金色光圈站在路旁，舉個標示牌，上面寫著「阿利娜，妳猜對了！找火鳥往這邊走」？

但這裡的角度似乎正確。我三不五時就會細細研究遭鍊的聖伊利亞畫像，畫面早就烙印在腦海。紡錘石遠處的斯庫左山脈與記憶中書頁的圖樣相符。這是莫洛佐瓦親手畫的嗎？是因為他的緣故，地圖上的繪圖才沒有完成，又或者他的故事是其他人拼湊起來的？這可能永遠不得而知。

就是這裡，我對自己說，一定就是這裡。

「有覺得很熟悉嗎？」我問瑪爾。

他搖頭，「我猜我是希望……」他聳聳肩，甚至無須多言。我一直將同一個希望藏在心中，覺得只要一踏上這條路、一進入這座山谷，更多過往回憶就會突然變得清晰。但是我仍只有同樣一段破綻百出的記憶：一盤甜菜、一副寬厚的肩膀、我面前搖來晃去的牛尾巴。

我們看到幾名難民——胸前抱著嬰兒、坐在小馬拉的車上的女人，她的丈夫走在旁邊。還有一群和我們年紀差不多的人，我推測可能是第一軍團的逃兵。但是廢墟下方的道路並不擁擠。若想進入蜀邯，大家比較常取道的位置多半在更遠的西方，那兒山脈沒那麼陡峭，前往海岸比較容易。

霎時間，我看見了斯庫左的美麗之處。我唯一認得的山脈是遙遠北方的冰封山巔和佩塔索——參差、灰白，拒人千里之外。但這些山脈十分親人，上下起伏的和緩山坡長滿高聳的野草，其間山谷橫陳一條條悠哉慢流的河水，先閃耀藍色，再被太陽染金。就連天空都那麼宜人，有如無邊無際的藍色大草原，濃密白雲厚厚地堆積在地平線上，南部區域被雪覆蓋的山巔在遠方清晰可見。

我知道這裡是三不管地帶，是標記出拉夫卡盡頭的危險邊界，以及敵方領土的起始點，可是這裡並未給人這種感覺。這裡有豐富的水源、放牧的空間。如果不是因為戰爭，如果能夠畫出不同界線，這裡將會是和平國度。

那晚我們沒有生火，直接在開闊地上紮營，在星空下打開鋪蓋。我聽著吹過草間的微風嘆息，想著尼可萊。他會不會正在某個地方，在我們追蹤火鳥時也追著我們？他會認得我們嗎？又或者已經完全失去自我？會不會有那麼一天，我們在他眼中將只是單純的獵物？我望向天空，期待見到一個長了翅膀的形體遮蔽星星。睡意並不輕易降臨。

第二天，我們離開主要道路，開始勤奮地爬山。瑪爾帶我們向東朝瑟拉嗥去，走上一條在穿越山脈時彷彿忽隱忽現的路徑。暴風雨毫無預警來襲，密集且突如其來的驟雨將我們靴下踩的土壤變成帶有吸力的泥濘。可是雨來得快，去得也快。

托亞擔心會有突發洪水，所以我們完全離開了道路，朝更高處去。下午其餘時間都走在一片岩石山脊背後的狹窄區域，並清楚看見雷雨雲在矮丘和山谷間相互追逐，深暗且鼓起的形體不時亮起閃電光芒。

旅程漫無止境，而我強烈意識到每往蜀邯更深入一步，就等於折返回拉夫卡要多走一步。到時我們該怎麼找路回去？闇之手會不會已經出兵西拉夫卡？要是我們找到火鳥，如果三個增幅物最終聚集，我真的強到能與他正面對峙嗎？大多時候我會想著莫洛佐瓦，思考著如果他也走過同樣道路，凝望同樣山脈。對於完成自己一手開展的任務的渴求，也和驅使著我的絕望一樣嗎？拚命踏出一步、一步又一步，涉過一條條河、爬過一座座山丘？

那天晚上，氣溫下降到非得搭起帳篷不可。柔雅似乎認為我應該自己把帳篷搭起來，即使我們兩個都要睡在裡面。瑪爾發出噓聲叫我安靜，而那時我正在瘋狂詛咒那堆帆布。

我們位於一塊長滿羽毛草的原野，延伸於兩座矮丘之間。我凝視薄暮景色，什麼也看不見，疑惑地舉起雙手。

「那裡有人。」他說。

瑪爾搖了一下頭。「小心為上。」他低聲說。

我點點頭。不希望再陷入上回遭遇民兵的狀況。

瑪爾舉起步槍、做出手勢。托亞抽刀。我們排好陣式，背對著背，靜靜等待，「赫薛。」我低聲說。

我聽見赫薛敲擊打火石的聲音。他走上前，展開雙臂，一團致命火焰嘶吼著現身，形成一圈耀眼的圓，霎時將我們包圍，同時照亮再過去的原野上伏低身子的人的面孔。人數大約五個，也許六個，金色眼眸，羔羊皮衣。我看見拉開的弓，以及映在不只一支槍管上的精光。

「就是現在。」我說。

柔雅和赫薛如同一體、聯合出手，以手臂劃出大弧，火焰恍若有了自己的生命，猛烈燒過草原，乘著兩人結合的力量釋放出去。

那些人放聲喊叫，火焰伸出貪婪的舌頭舔舐，我聽見一發槍響，盜賊轉身逃亡。赫薛和柔雅放火在他們身後追，驅趕他們逃過原野。

「他們可能會回來，」托亞說，「搞不好會帶上更多人。格里沙在寇巴能賣不少錢。」那是距離邊界以南不遠的城市。

這是我第一次意識到托亞和塔瑪的處境。他們永遠回不去自己父親的國家，在拉夫卡是異鄉人，在這裡也一樣。

柔雅顫抖。「在斐優達也好不到哪裡去。那兒的獵巫人不吃動物，不穿皮革做的鞋，也不殺家中的蜘蛛，可是他們會在柴堆上活活燒死格里沙。」

「蜀邯醫士也許不壞，」赫薛說，他仍在玩弄火焰，讓火往上直射、繞出圈圈，或像卷鬚一樣盤桓。「至少他們還知道要清理設備。在迷回島，他們認為格里沙的血是萬靈丹——治陽痿啦、致命瘟疫啦，隨你想像。我兄弟的力量顯現出來時，他們割了他喉嚨，把他像屠宰場的豬那樣倒吊起來放血。」

「諸聖啊，赫薛。」柔雅不禁驚呼。

「我把那座村子和住在那兒的人燒得一乾二淨，上了船，再也沒回頭。」

我想起闇之手曾有過的夢想，夢中我們可以是拉夫卡人，而非只是格里沙。他努力讓我們這個族類得到安身處——也許是世上唯一的安身之處。我懂那種想維持自由之身的渴望。就是因為這樣，赫薛才不斷奮戰嗎？他才選擇留下？他一定也曾認同闇之手的夢想。如今，他將這份想望轉到了我身上嗎？

「我們今晚得站崗，」瑪爾說，「明天要往更東去。」

瑟拉嗥以東，鬼影駐守之處。但我們早已一路與自身的鬼魂同行。

□

第二天早上，不見那些賊的蹤影，只有一片被燒出詭異形狀的原野。

瑪爾帶我們更深入山中。最初，我們在路上還看見有人生火煮飯上升的彎繞煙雲，或者山腰小屋的輪廓。現在前後無人，唯一的同伴是在石頭上曬太陽的蜥蜴——噢，還有一次看到放牧在遠方草地的一群麋鹿。

如果真有火鳥的蹤跡，我也沒看見。但我理解瑪爾的沉默，我懂他深深的急切。和他一起在茲貝亞追捕雄鹿，以及在白骨路的海面上，我都看過這樣的他。

根據托亞所言，瑟拉嗥在每張地圖上的標記都不一樣，這究竟是不是能找到火鳥的地方，我們也不得而知。但是這給了瑪爾一個方向。此刻，他正以專屬於他的那種確定、穩健步伐行動，好像早已熟悉這毫無規律的世界，知曉其中所有祕密。對其他人來說，這成了某種遊戲，大家試圖預測他會帶我們走往哪個方向。

「你看到了什麼？」當瑪爾拒絕我們想走輕鬆路徑的要求，赫薛挫敗地問。

瑪爾聳聳肩。「與其說看到什麼，比較像是沒看到什麼。」他抬手指著排成尖楔形、一路南飛的一群鵝。「是那些鳥移動的樣子，動物藏在矮樹叢中的樣子。」

赫薛搔著昂卡的耳朵後方，大聲說出悄悄話。「到底是誰說我神經病的？」

一天天過去，我感到耐心逐漸耗盡。我們有太多時間除了走路沒事可做，只能胡思亂想，我的思緒也無處安身。過往的一切只有恐懼，未來能給我的淨是令人無法呼吸、徒增無減的恐慌。

我體內的力量有一度像是奇蹟，但每一次和闇之手對上，就更讓我徹底領悟自己的極限到哪裡。根本沒什麼好打的。儘管我見識過死亡，感受過絕望，依舊一點也沒有更瞭解魔邪或知道怎麼使用它。我發現自己想要發火，我想對瑪爾的平靜和他步伐中自帶的確定感發脾氣。

「你覺得牠真的存在嗎？」一天下午，當我們躲在茂密的松樹林等待暴風雨過去，我問。

「難說。目前而言，我可能只是在追一隻大老鷹。除了跟著直覺走，我就沒有別的方法，而這向來讓我心驚膽跳。」

「你看起來沒有心驚膽跳。你看起來輕鬆得要命。」我簡直能聽見自己有多惱怒。

瑪爾望著我。「至少沒人威脅說要把我開膛剖肚，確實有點幫助。」

我什麼也沒說。闇之手的刀幾乎令人感到安慰，因為這種恐懼簡單直接、實際可觸，有辦法處理。

他瞇眼望著外頭的雨。「還有別的，就是闇之手在禮拜堂說的話。他認為他需要我才能找到火鳥。儘管我打死不願意承認，但那就是我覺得自己能做到的原因，因為他如此確定。」

我懂。闇之手對我的信任是有毒物質，我就是想要那種確定感，我想知道一切都處理得來，知道有人在掌控大局。瑟杰之所以投奔闇之手，就是想要那種安心。我只是想再次得到安全感。

「如果時機到了，」瑪爾問，「妳有辦法殺死火鳥嗎？」

有辦法。我已經受夠舉棋不定。現在不僅因為我們用完了選項，或者高度倚仗火鳥。我單純只是變得夠自私無情，能奪走其他生物的生命。但我想念那個曾對雄鹿展現慈悲的女孩，那個強大得能在力量的誘惑面前掉頭離開的女孩——那個曾有更高信念的女孩。這是這場戰爭造成的另一種傷亡。

「我感覺很不真實，」我說，「就算是真實的好了，可能也還不夠。闇之手有一支軍隊，還有盟友。我們只有……」一群邊緣人？身上有刺青的狂熱分子？就算有了增幅物的力量，這根本是場實力懸殊的對決。

「謝了喔。」柔雅挖苦地說。

「她說得有道理。」赫蘚靠在樹上。他讓昂卡棲在肩膀，放出小火焰在空中舞動。「我也實在有點提不起勁兒。」

「我不是那個意思。」我聲明。

「會夠的。」瑪爾說，「我們會找到火鳥，妳會和闇之手對決，我們和他戰鬥，而且會贏。」

「然後呢？」我再一次覺得自己被來自四面八方的驚慌包圍。「就算我們打贏闇之手、我毀滅了影淵，拉夫卡也會變得不堪一擊。」沒有藍索夫王子來領導，沒有闇之手，只有一個來自卡拉錫、弱不禁風的孤兒，以及我從存活下來的格里沙和第一軍團剩下殘兵拼湊起來的軍隊。

「還有導師，」托亞說，「那名祭司可能不值得信任，但妳的追隨者可以。」

「大衛還覺得他能治好尼可萊呢。」柔雅插嘴。

我轉向她，怒氣飆升。「妳以為斐優達會等我們找到解藥嗎？還有蜀邯呢？」

「那妳就結交新的盟友。」瑪爾說。

「然後用更高的價格把我的力量賣出去？」

「妳可以談價，設定自己的條款。」

「協商聯姻的契約，挑個斐優達貴族或蜀邯將軍嫁嗎？然後祈禱新丈夫不會趁我睡著時殺了我？」

「阿利娜──」

「那你又打算去哪裡？」

「只要妳願意，我可以永遠待在妳身邊。」

「好高尚啊，瑪爾，你願意在夜晚時分守在我們的臥室門外嗎？」我知道自己這樣很過分，但在此時此刻，我才不管。

他下巴一收。「我會做我該做的事情，保護妳的安全。」

「低調隱形、盡忠職守。」

「沒錯。」

「一步又一步奔向火鳥，像個優秀士兵一樣大步往前進。」

「沒有錯，阿利娜，我是士兵。」我以為他會受不了爆發，滿足我心中的渴望，如願以償大吵一架。然而他卻站起來，將外套上的水甩掉。「我會大步前進，因為火鳥是我唯一能給妳的。錢我沒辦法，軍隊沒辦法，山頂上的要塞也沒辦法。」他將背包揹到肩上。「我只有一樣東西能給妳，同樣那招老把戲。」他走入雨中，而我不知道自己到底是想追上去道歉，還是把他打倒在泥濘裡。

柔雅優雅地聳起單邊肩膀。「我還寧可要翡翠咧。」

我瞪著他，然後搖搖頭，吐出介於笑和嘆氣之間的聲音。我的怒火不復存在，只是覺得自己氣量狹小、丟臉得要命。瑪爾不值得這種對待，他們都不該被這樣對待。

「對不起。」我咕噥道。

「妳可能是餓了，」柔雅說，「我肚子餓的時候往往會很惡毒。」

「所以妳無時無刻都肚子餓？」赫薛說。

「你還沒見識過我多惡劣。等你見識到的那天，恐怕要用上一條超大手帕。」

他嗤了一聲。「擦眼淚用嗎？」

「幫傷口止血用。」

這次我真心笑出來。不知怎麼，我現在好像正需要這一小劑柔雅牌毒藥。然後，儘管我明知山有虎，還是吐出這個憋了快一年的問題。「妳和瑪爾在奎比爾斯克的時候有沒有——」

「有。」

我就知道，而且我也知道在她之前就有很多，但是仍覺得受傷。柔雅望向我，長長的黑色睫毛因為雨水閃閃發亮。「但之後就再也沒有了。」她心不甘情不願地說，「而且我不是沒嘗試過喔。通常如果有男人拒絕我，他一定不簡單。」

我翻翻白眼。柔雅用細長的手指戳了我手臂。「妳這笨蛋，他從來沒和別人在一起過。妳知道白大教堂那兒的女孩都怎麼叫他嗎？她們叫他班納可。」

得不到的人。

「這真的很有趣，」柔雅沉思著說，「我理解闇之手和尼可萊為什麼想要妳的力量，但瑪爾看著妳的眼神就好像……妳就只是妳罷了。」

「沒有，他沒有，」托亞說，「他注視她的眼神就像赫薛注視著火，好像永遠看不夠，好像拚了命想在她消失前能留住多少就多少。」

柔雅和我目瞪口呆看著他，接著柔雅把臉一沉，「我告訴你，如果你對我展現剛剛那些詩意的萬分之一，我搞不好會給你機會。」

「誰說我要這種機會？」

「那我要！」赫薛高喊。

柔雅對著前額上的濕答答髮髮噴了口氣。「昂卡的機會都比你高好嗎？」

赫薛一把高高舉起虎斑貓。「為什麼！昂卡，」他說，「你這小流氓。」

□

我們越靠近傳說中瑟拉嗥所在的區域，步伐越快。瑪爾甚至變得更安靜，藍色雙眼不斷挪往那些山丘。我欠他一個道歉，卻似乎一直找不到正確時機說出口。

旅程差不多來到一週，我們遇到一片乾涸溪床，推測流經兩片陡峭岩牆中間。大家順著走近十分鐘，瑪爾便跪下來，手撫過野草。

「赫薛，」他說，「你能把這些矮灌木燒掉一點嗎？」

赫薛敲擊打火石，放出一片藍色火焰，貼地燒過溪床，揭露出一道看起來過於規律的石頭痕跡，除了是人為留下，不會有別的可能。「這是一條路。」他驚訝地說。

「這裡？」我問。我們走了好多哩，途中除了荒蕪山脈外沒見到別的事物。

我們保持警戒，尋找能推出先前曾有何種事物到過的證據，希望看見蝕刻符號，或者鑿在岩石中的小祭壇，表示離雙磨坊更近一步。我們渴望能看到一點代表方向正確的證明。但是岩石唯一給出的指示似乎只有城市如何興起衰落，並遭到遺忘。妳只活在當下瞬間，我卻活過數千時刻。我能活得夠久，直到見證歐斯奧塔化為塵土嗎？又或是，在那之前我就會將這股力量反制己身、結束這一切？當我愛的人都已不在，當再也不剩任何未知謎團，這個人生會變得如何？

我們沿那條路一直走到像是盡頭的地方，那裡被上頭蓋了野草和黃色野花的一堆落石埋住。我們爬過去，當爬到頂端，霎時像是有一小片冰竄入我骨頭中。

整片風景彷彿被濾掉顏色，面前的原野淨是灰白野草，黑色山脊沿地平線延伸，被樹林覆蓋，那些樹的樹皮滑順光亮，恍若拋光過的石板。有稜有角的樹枝上一片葉子也沒有，但最教人毛骨聳然的是它們生長的方式，行列完美又端正，而且是等距離，好像每一株都用上了無盡的細心來栽種。

「那看起來超奇怪的。」赫薛說。

「這是士兵樹，」瑪爾說，「它們就是這樣生長的，像在列隊一樣。」

「不只這個原因，」托亞說，「這是梣樹；這裡是通往瑟拉嶂的入口。」

瑪爾拿出地圖。「我沒看到啊。」

「那是一個故事，這裡發生過大屠殺。」

「有戰役？」我問。

「不是，一整營的蜀邯軍隊被敵人帶到這裡。他們是戰犯。」

「敵方是？」赫薛問。

托亞聳聳肩。「拉夫卡人、斐優達人，也可能是其他蜀邯人。那是很久以前的事了。」

「他們發生了什麼事？」

「他們餓得半死，當飢餓感變得太強烈難耐，他們就互相攻擊。據說最後活下來的人為每一個倒下的同僚種了一棵樹，如今，它們會靜待路過旅客不慎離樹枝太近，好再享用這豐盛一餐。」

「好棒喔，」柔雅悶聲抱怨，「提醒我以後不要找你說床邊故事。」

「那只是傳說，」瑪爾說，「我在巴拉基列夫見過這些樹。」

「長得像這樣嗎？」赫薛問。

「不……不太像。」

我注視著林中陰影。這樹林看起來確實像是朝我們進攻而來的軍團。我聽過不少磨坊附近的樹林故事，都說在漫長冬天裡，樹木會抓小女孩去吃。迷信，我對自己說，但我確實不想再往那山坡多靠近一步。

「快看！」赫薛說。

我循著他的眼神——那裡，在林子幽深的陰影，有個白白的東西在動，某個形體，一振一振地上下飄飛，在枝椏間穿梭。

「還有一個！」我倒抽一口氣，指著一道閃爍白旋所在之處，接著它又消失無蹤。

「不可能。」瑪爾說。

另一個形體出現在樹木間，然後又一個。

「我不喜歡這樣，」赫薛說，「我一點也不喜歡這樣。」

「哎，看在諸聖的分上，」柔雅冷笑一聲，「你真是個鄉巴佬。」

她舉起雙手，一股強大巨風襲捲山脈，白色形體似乎撤退，接著柔雅雙臂一勾，它們便化為一團呻吟嗚叫的白雲，衝向我們。

「柔雅——」

「沒事的。」她說。

我雙臂一振，試圖將柔雅召來的不知名恐怖物體擋開。雲炸開來，碎成無害的粉屑飄落在我們周邊地上。

「是灰？」我伸出手，抓了一點沾在手指上，它細緻又白皙，色如粉筆。

「只是一種天氣現象。」柔雅說，再一次將灰往上送，化為慵懶的螺旋狀。我們回頭看向山丘，白色雲朵持續隨氣流和強風移動，然而在知道那東西的正體後，感覺起來就沒那麼凶險不祥。「你們不會真的以為那是鬼魂吧？」

我臉紅了，托亞清清喉嚨，柔雅忍不住翻白眼，大步朝山坡走去。「我身邊真是一堆白痴。」

「剛剛確實恐怖得要命。」瑪爾聳了下肩。

「現在也是啊。」我嘟囔著說。

我們一路往上爬，微弱的詭異怪風吹襲而來，先熱後冷。不管柔雅怎麼說，這片林子著實詭異。我避開林中那圖謀不軌的樹枝，勉力前進，拚命忽視手臂冒出的雞皮疙瘩。每次那團白色怪雲升起靠近，我就會驚跳起來，昂卡則在赫薛肩上嘶嘶叫。

等終於爬到頂，看見樹林一路深入谷中，雖然生長在這個地方，它們的樹枝依舊蓊蓊鬱鬱、滿是紫色樹葉，有如造物法師的長袍衣褶，大片大片鋪滿下方整個地景，但是，讓我們裹足不前的並非這個原因。

我們前方矗立著一座高聳懸崖，與其說是山脈的一部分，不如說更像某座巨人要塞的城牆。漆黑巨大，頂端幾乎削平。岩石深灰，色澤如鐵，有團糾結的枯樹被吹落底部。一道水聲轟隆的瀑布從中切開懸崖，其灌入的那池湖水如此清澈，底部石頭清晰可見。這座湖幾乎占滿整個山谷，被茂盛的士兵樹環繞，然後似乎就這麼突兀地往地底消失。

我們舉步朝山谷下去，或繞過或跨越那些小池和水流，瀑布如雷貫耳的聲音充滿耳中。當來到最大的池子，便停下來裝滿水壺，並用那裡的水將臉洗淨。

「所以就是這個？」柔雅問，「瑟拉嗥？」

赫薛把昂卡挪到一旁，整顆腦袋浸入水中。「一定是，」他說，「然後呢？」

「往上吧，我想。」瑪爾說。

托亞瞄了瞄懸崖壁上大片滑溜溜的表面，因為瀑布的水霧，岩石整個濕答答。「我們恐怕得繞過去了，正面完全沒有能爬的地方。」

「早上走，」瑪爾回答，「這種地勢晚上爬太危險。」

赫薛側頭一偏。「我們可能要在稍微遠一點的地方紮營。」

「為什麼？」柔雅說，「我累斃了。」

「昂卡討厭這裡的環境。」

「我才懶得管，那隻虎斑貓可以去睡湖底啊。」她火大回道。

赫薛只是指了指懸崖底部糾結成團的枯木——它們根本不是樹木，是一大堆白骨。

「諸聖啊，」柔雅邊說邊退後，「那是動物，還是人的？」

赫薛伸出拇指，越過肩膀往後指了指。「我在那兒看見一堆非常不錯的大石頭喔。」

「我們去那裡，」柔雅說，「現在就去。」

我們急忙離開瀑布，小心翼翼穿越士兵樹，爬上山谷絕壁。

「那可能是火山灰。」我語帶期望地說。想像力戰勝了我的理智，我突然非常確定夾在我髮絲間的是早先被燒死的人類殘骸。

「有可能，」赫薛說，「這附近也許有火山活動，也許就是因為這樣，他們才把這裡稱為火瀑。」

「不是，」托亞說，「是因為那個。」

我回過頭，看向底下的山谷。在日頭沉落的餘暉中，瀑布變為熔金色澤，這一定是水霧或角度做出的花招，但此情此景看起來就像那道水流起火燃燒。太陽越是低垂，越使得每個小水池恍若燃燒，整座山谷變成爐鍋。

「太驚人了。」赫薛呻吟了一聲，瑪爾和我交換眼神。他沒有試圖跳下去算我們好運。

柔雅把背包往地上一扔，噗通一聲倒在上頭。「那麼喜歡看風景你就看個過癮，我只想要一張溫暖的床外加一杯酒。」

托亞皺眉。「這裡是聖地。」

「很棒啊，」她用挖苦語氣回嘴，「那你想辦法用祈禱幫我變出一雙乾襪子。」

第十四章

第二天清晨破曉，其他人邊把火弄熄，邊啃著硬麵包時，我穿上外套，稍微往回走一點去看瀑布。山谷大霧瀰漫。從這裡觀看，瀑布底部的骨骸看起來真的和樹沒兩樣。沒有鬼魂，也沒有火。這地方感覺十分安靜，是個適合休息的好所在。

當我們收拾蓋滿了灰的帳篷，便聽見了——一聲喊叫，高亢而撕心裂肺，迴盪過晨光。我們倏地停步，安靜下來，靜待還會不會有第二聲響。

「可能只是老鷹。」托亞出聲警告。

瑪爾什麼也沒說，只是一把將步槍架上肩膀，一頭衝入樹林，我們得拔腿奔跑才跟得上。從瀑布背面往上爬幾乎花去整天時間，不但坡度陡峭，更是千驚萬險。雖然我的雙腳韌性更勝以往，腿也習慣了艱苦的行軍，依舊筋疲力盡。壓在背包下方的肌肉疼痛不堪，儘管空氣寒涼，額上仍結起滴滴汗水。

「等我們抓到這玩意兒，」柔雅喘著大氣，「我絕對要把牠燉來吃。」

我感到興奮之情有如漣漪在眾人中擴散開，就是那種「終於近在眼前了」的感覺。我們互相激勵，拚命爬山。一些地方的坡度幾乎垂直，我們得緊抓著生長得凹凹凸凸的樹根，把自己往上拉，或者將手指嵌進岩石。不知道什麼時候，托亞拿出鐵釘，用鐵鎚直接敲進山壁，讓我們權充臨時梯子。

終於，臨近傍晚時，我們拖著身軀翻過一塊參差不齊的突出石頭，發現自己來到懸崖絕壁平坦的頂端。那是好大一片平滑、長滿苔蘚的石頭表面，因霧氣而濕滑，被激起白沫的河水切開。

向北眺望，驟降的瀑布再過去，可以看見我們剛剛來的地方——遙遠另一邊的山脊、通往梣木林的灰白平原、古老道路下凹的痕跡。再遠，暴風雨行經覆蓋野草的山麓丘陵，它們就只是丘陵罷了。現在一切都再清晰不過。因為如果我們往南看去，就能初次親眼得見山脈景色，那戴著白色雪帽、宏偉壯觀的斯庫左山，亦是灌入瑟拉嗥的融化雪水源頭。

「它就這樣一直延伸下去耶。」赫薛疲憊地說。

我們從急流側邊繞過去，若想涉水恐怕十分棘手，我也不確定有沒有必要這麼做。我們能看見另一邊，那頭的懸崖就那麼戛然而止，什麼也沒有。這片高原空盪到令人失望，一翻兩瞪眼。風吹起來，狂掃我的髮絲，吹來綿密的細霧刺痛我臉頰。我望向南邊的白色山脈。秋天已至，冬天也在來臨的路上。我們已經出發一週。要是在雙磨坊那兒的人出了什麼事，該怎麼辦？

「好啦，」柔雅火大地說，「在哪兒呢？」

瑪爾走到瀑布邊緣，眺望山谷。

「不是說是全拉夫卡最厲害的追蹤師嗎？」她說，「我們現在到底要往哪兒走？」

瑪爾一手抹過頸背。「先下一座山，再上另一座。柔雅，追蹤就是這個樣子。」

「是要搞多久？」她說，「我們不能一直這樣下去。」

「柔雅。」托亞出聲警告。

「我們要怎麼證明這東西真的存在?」

「妳到底是想看到什麼?」托亞問,「鳥巢嗎?」

「不行嗎?鳥巢、羽毛、一大坨熱騰騰的鳥屎——什麼都好,有東西就好。」

雖然說出這話的是柔雅,但我能感覺到其他人心中的疲憊與失望。托亞會一直撐到倒下為止,可是我不確定赫薛和柔雅還撐不撐住。

「這裡太濕,紮不了營。」我指向高原後面的林子。那裡的樹木看起來普通到教人安心,樹葉被照耀成紅色金色。「我們往那個方向前進,直到找到乾燥處,生火,我們會在晚餐後想出辦法。也許該分頭行動了。」

「妳不可以在沒人保護之下深入蜀邯。」托亞表示反對。

赫薛什麼也沒說,只是用鼻子去拱昂卡,沒和我對上眼。

「我們不用現在決定。先去紮營吧。」

我小心翼翼越過大家,到高原邊上加入瑪爾。這個高度令人暈眩,所以我改成看遠方。如果我瞇起眼,好像就能找到為了趕走盜賊燒燬的那塊原野。不過這也可能只是我的想像。

「對不起。」最後,他這麼說。

「別道歉。就目前看來,火鳥並不存在。」

「妳並不是這樣覺得。」

「確實，但說不定我們本就不該找到牠。」

「妳也不是這樣認為。」他嘆氣，「什麼優秀士兵，也不過如此。」

我瑟縮一下。「我不該說那種話。」

「有一次妳還在我鞋裡放鵝大便呢，阿利娜。發發脾氣而已，我可以承受，」他看了我一眼，「我們都清楚妳身上揹了多少重擔，可是妳不用一個人扛。」

我搖搖頭。「你不懂，你沒辦法的。」

「也許吧。但我見過，在我單位的士兵身上。如果一直把所有憤怒和悲傷累積在心中，最終一定會滿出來，或淹死在裡頭。」

起先抵達礦坑時他就不斷這樣對我說，他說其他人也得和我一起哀悼。我確實需要，即使不想承認。我得避免獨處，而他也正確無誤。我確實感到自己恍若陷溺，恐懼有如冰凍海水，不斷迫近。

「沒那麼容易，」我說，「我和他們不一樣；我和任何人都不一樣，」我遲疑了一下才補充，「除了他以外。」

「妳和闇之手才不一樣。」

「一樣，即使你不想承認。」

瑪爾揚起眉毛。「因為他力量強大、危險致命又永生不死？」他悲傷一笑。「告訴我，闇之手有可能原諒娟雅嗎？或是托亞和塔瑪？或柔雅？或我？」

「那對我們來說不一樣，」我說，「要信任又更困難。」

「阿利娜，讓我告訴妳一件事：信任對誰都不容易。」

「你不——」

「我知道、我知道，我不會懂。但我只知道人不可能一輩子沒有任何傷痛，不管人生有多長，或有多短。永遠有人令你失望。會受傷，也會因此出手反擊。但闇之手對娟雅做了什麼？還有巴格拉？他是怎麼拿那副項圈對妳的？那是懦弱，因為他害怕。」他舉目眺望山谷。「也許我永遠無法理解懷著妳的力量活下去是什麼感受，但我知道妳不只如此，他們也都知道。」他回頭對著其他人去紮營的方向點了一下，「就是因為這樣，他們才會在這裡，在妳身旁奮戰；就是因為這樣，柔雅和赫薛即使整晚抱怨，明天仍會留下來。」

「你真這麼覺得？」

他點點頭。「我們會吃飯，然後睡覺，再來看接下來會怎麼樣。」

我嘆氣。「總之繼續前進吧。」

他一手放在我肩上。「妳繼續前進。如果倒下，就站起來；如果站不起來，就讓我們扛著妳走——交給我們。」他放下手。「別在這裡待太晚。」他說，然後轉身大步橫越這片高原。

我不會再讓妳失望。

瑪爾和我初次進入影淵前晚，相互承諾會活下來，我們會平安無事。他對我說，我們一直都是這樣。在那之後一年，我們飽受折磨、遭到恐嚇，破碎又重生。我們可能再也不會知道安然無恙是什麼感覺，但我需要這個謊言，現在就需要。這個謊支撐我們不倒下，讓我們又能多奮戰一天。我們這輩子一直在這麼做。

太陽剛開始沉落，我站在瀑布邊緣，聆聽湍急大水。日頭斜照時，瀑布恍若起火燃燒，我凝視谷中的窪池轉成金色，傾身注視著幽深的下方，望著底下那堆骨骸。不管瑪爾在追什麼，那東西都非常巨大。我凝神看向從瀑布底部岩石升起飛散的大霧，它翻騰移動，看起來簡直像有生命，就好像——

某個物體突然朝我直衝而上，我跟蹌往後一倒，尾椎撞上地面，發出好大的一聲碰。一道鳴叫劃破寧靜。

我立刻搜索天空，只見一副長了翅膀的巨大身影畫出大弧，高高飛過我頭上。

「瑪爾！」我大喊。我的背包擱在高原邊上，步槍和弓箭亦同。我一個箭步衝過去，火鳥直接朝我飛來。

牠身形巨大，潔白一如雄鹿和海鞭，寬大雙翼綴有金色火焰。在空氣中撲騰，強風迫使我不得不退後。當牠張開大大的鳥喙，鳴叫響徹山谷。牠龐大到足以一口吞了我手臂——搞不好腦袋都行。牠的利爪閃閃發光，長且鋒利。

我舉起雙手想使出黑破斬，卻無法站穩腳步。我滑倒，並感到自己朝懸崖邊滾去——先屁股、再腦袋，輪番撞在濕答答的石頭上。那些骨骸，我想，噢，諸聖啊，那些堆在瀑布底部的骨骸。他們就是這樣喪命的。

我撓著滑溜溜的石頭，試圖找到能抓的位置——然後便直線下墜。

接著我因為手臂幾乎要從腋窩被擰下，而差點脫口尖叫——瑪爾扣著我一手手肘抓住我。他趴在地上，從懸崖陡峭的正面垂下身體，在漸漸消逝的陽光中，火鳥在他上方盤旋。

「我抓住妳了！」他大喊道，手卻慢慢從我上臂潮濕的皮膚表面滑開。

我搖來晃去的腳下空無一物，心臟在胸中狂敲。「瑪爾……」我忍不住絕望地說。

他又往外伸出去一點，我們兩個都快掉下去了。

「我抓住妳了。」他又說一次，藍眼炯炯有神，手指緊扣我手腕。

一股震波在同一瞬間傳遍我們身軀，正是那晚，在班雅附近林子裡我感覺到的那股劈啪作響的熾熱力量。他瑟縮一下。這一回，我們除了緊緊抓住彼此之外別無選擇。我與他四目相交，力量在我倆之間湧上，明燦而不容忽視。我冒出一個感覺，好似某扇門開啟，我全心全意只想走進裡面。這完美的感受，這種閃耀發光、激動高亢的感覺，與門另一邊的事物相比根本不算什麼。我忘了自己身在何處，忘了周圍一切，只剩下恨不得跨過門檻的渴求，恨不得拿到那股力量。

可是，這股飢渴伴隨著令人恐懼的領悟，不，我絕望地想，不要。

但是太遲了。我很清楚。

瑪爾咬緊牙關，我感到他的手抓得更緊。我的骨頭相互摩擦，力量帶來的燒灼感幾乎令人無法忍受，腦中充滿陣陣悶聲哀鳴，心臟敲得猛烈，我還以為會超出負荷。我非走過那扇門。

然後像是奇蹟一般，他一點又一點將我拉得更上去。我用另一隻手去耙抓岩石，尋找懸崖頂部，千辛萬苦才終於碰到。瑪爾抓住我的兩隻手臂，我扭動著爬上安全的高原表面。他一放開我的手腕，那股顫動奔流的力量就減緩。我們拖著身軀遠離邊緣，渾身肌肉狂顫，喘著大氣。

迴盪四周的叫聲再次響起，火鳥全速衝來，我們迅速爬起呈跪姿，瑪爾沒時間抽弓，只能一個縱身擋到我面前，在火鳥尖叫俯衝時張開雙臂。那雙利爪直接朝他伸去。

攻擊沒有成功，火鳥突然拔高拉起，爪子距離瑪爾胸膛只剩幾吋距離。牠啪地拍了一下翅膀，然後又一下，搧得我們直往後退，時間彷彿慢了下來，我幾乎能看見我們倒映在牠巨大金眼中的身影。牠的鳥喙銳利如刃，羽毛彷彿被自身強光照得燃燒起來。即使我極度恐懼，也不禁升起敬畏之心。火鳥就是拉夫卡，我們會忍不住雙膝跪下再自然不過。

牠又發出一聲銳利刺耳的鳴叫，接著便轉過身拍動雙翅，遨翔飛入漸深的暮色。

我們頹然倒地，粗重地呼吸。

「牠為什麼突然停手？」我喘著大氣。

過了好久好久，瑪爾才說，「我們不必再追獵了。」

他知道了。就和我一樣。他都知道了。

「我們得離開這裡，」他說，「牠還是有可能回來。」

站起來時，我隱約意識到其他人正踩在滑溜溜的石頭上朝我們跑來。他們一定聽到了我的尖叫。

「就是那個！」柔雅大吼，指向火鳥消失的身影。她舉起雙手，試圖用下降氣流將牠拉回來。

「柔雅，住手，」瑪爾說，「讓牠走。」

「為什麼？發生什麼事了？你們為什麼不殺了牠？」

「牠不是增幅物。」

「你們怎麼知道？」

我們兩人都沒回答。

「發生什麼事了？」她大吼。

「是瑪爾。」最後我說。

「瑪爾怎樣？」赫辞說。

「瑪爾就是第三個增幅物。」這些話語聽起來好刺耳，卻再確實不過，比我原本預期得更沉穩、更堅定。

「妳到底在說什麼鬼？」柔雅緊握雙拳，臉頰因激動而冒出點點緋紅。

「我們應該去找掩護了。」托亞說。

我們一瘸一拐地橫越高原，隔了一小段距離隨其他人爬上下一座山坡，前往他們在一棵高聳白楊附近紮的營。

瑪爾放下步槍，也取下了弓。「我要去獵晚餐食材。」他說完，倏忽之間便融入林中，我甚至來不及想出任何反對的話。

我頹然倒地，赫薛開始生火，我就坐在火前面，與火焰大眼瞪小眼，幾乎感覺不到暖意。托亞遞給我一只酒瓶，然後身子一蜷、蹲了下來。等到我點頭同意後，便狠狠將我脫臼的肩膀弄回去。但就算這股疼痛也阻擋不了洶湧流入我腦中的畫面，以及我不斷想到的連結。

有個女孩在原野上，立於她遭到砍殺的妹妹上方，黑破斬的縷縷黑絲從她體內冒出，父親跪在她身旁。

*他是個強大的療癒者。*然而巴格拉弄錯了，要救莫洛佐瓦的另一個女兒，要求的不僅僅是微物魔法，還要魔邪，起死回生之法。我也弄錯了。巴格拉的妹妹真的不是格里沙，從頭到尾，她都只是普通的被棄者。

「妳一定早就知道了吧。」柔雅在火的另一邊坐下，眼中充滿控訴意味。

我早就知道嗎？那晚在班雅旁的震波……我還以為那是我體內的一些什麼。

話說回來，當我認真回憶，這跡象似乎再清晰不過。我第一次使用力量就是瑪爾在我懷中瀕臨死亡。我們找了雄鹿好幾週，可是在我們第一個吻後，才找到了牠。當海鞭現身，我正站在他的懷抱中，那是打從我們被迫登上闇之手的船後，我第一次與他那麼近。增幅物想要齊聚一堂。

我們的人生難道不是從一開始就綁在一起嗎？因為戰爭，因為遭到遺棄，也許還有更多原因。我們出生在鄰近的村落；我們都從奪去家人生命的戰爭中活下來，最終都到了卡拉錫。這不可能只是巧合。這就是瑪爾追蹤天賦背後的真相嗎？不知怎麼，他與萬物、與組成世界心臟的一分子有所連結？不是格里沙，不是普通增幅物，完完全全是另外一種東西？

我將成爲刀刃。能夠使用的武器。他說的話再正確不過。

我用雙手蓋住了臉。我想抹消這個新知，想從腦中把它挖除。因為我渴望那股位於金色門扉另一邊的力量，我想要得不行，甚至萌生一股純然且令人疼痛的狂熱，幾乎讓我想撕裂自己的皮膚。可是得到力量要付出的代價，是瑪爾的命。

巴格拉是怎麼說的？妳恐怕無法從魔邪要求的代價中存活。

不久後，瑪爾帶著兩隻肥美的兔子回來。我聽見他和托亞清理動物、將肉上串的聲響，沒多久就聞到烤肉的香氣，卻毫無胃口。

我們坐在那兒，聽樹枝在火焰的熱度中劈劈啪啪、嘶嘶作響，直到最後赫薛開口。「如果誰不快點講講話，我就要去放火燒樹林。」

所以我拿起柔雅的酒瓶喝了一口，開口說話了。說出這些話超乎我意料的容易。我告訴他們巴格拉的過往，那些駭人故事，關於一個走火入魔的男子，一個受到忽視的女兒。還有另一個女兒，她幾乎因此喪命。

「不對，」我糾正自己，「那天她真的死了。巴格拉殺了她，可是莫洛佐瓦讓她起死回生。」

「沒有人可以——」

「他就可以。那不是療癒術，是起死回生之法，和他製造其他增幅物的過程一模一樣。這全都在他的手記裡。」將氧氣保留在血中的手段、避免腐敗的方式。將療癒者與造物法師的力量推到最極限——然後突破極限，前進到不該跨越的禁地。

「魔邪，」托亞低聲呢喃，「超越死與生的力量。」

我點點頭。魔法、邪惡生物、造物之力。就是因為這樣，手記才沒有完整。到最後，莫洛佐瓦已沒有理由再去追捕要做成第三個增幅物的生物，循環早已完成，他賦予女兒原本要給火鳥的力量，這個迴圈就此關閉。

莫洛佐瓦實現了宏大的設計，雖然與預期不同。沾染魔邪……怎麼說呢，得到的結果絕對不會如你心意。當闇之手玷污組成世界心臟的一分子，這份傲慢換來的懲罰便是影淵，一個使他無用武之地的地方。莫洛佐瓦打造了三個增幅物，可是只有讓他女兒獻出生命，讓他的後代付出血與肉，才可能相聚。

「但是雄鹿和海鞭……牠們都那麼古老。」柔雅說。

「莫洛佐瓦是刻意選擇牠們的。牠們是神聖生物，稀有又凶猛。他的孩子只是個普通的被棄者女孩。」就是因為這樣，闇之手和巴格拉才毫不猶豫地將她排除嗎？他們先入為主預設她那天死了，但是起死回生之法一定讓她變得更強——她孱弱易折的普通人生，受世界法則綁住的人生，被置換成其他事物。但是在莫洛佐瓦給予女兒第二人生——一個並不真的屬於她的人生——的那瞬間，會否在乎讓這一切變得可能的，其實是邪惡力量？

「她墜河後活了下來，」我說，「莫洛佐瓦帶著她南行，前去村落，在拱門的庇蔭下生活，然後死去——那就是在未來將成為雙磨坊命名來源的拱門。」

我看著瑪爾。「她一定是將力量傳給了後代，深埋在他們骨血中。」我不禁苦笑出聲。「我還以為是我，」我說，「我如此絕望，甚至相信這一切背後都有宏大目的，相信我不只是……一個巧合。我以為自己是莫洛佐瓦的另一支血脈。但那其實是你，瑪爾，一直以來都是你。」

瑪爾的視線穿越火焰。整段對話中他一個字都沒說，晚餐期間只有托亞和昂卡吃得下去。他什麼話也沒講，而是站起來走向我。瑪爾伸出一手，我遲疑了萬分之一秒，有些害怕碰到他，然後才將掌心扣進他手中，讓他拉著我站起來。瑪爾安安靜靜領我走進其中一個帳篷。我聽到柔雅在身後抱怨。「噢諸聖啊，現在我得整晚聽托亞打呼了嗎？」

「妳也打呼啊，」赫薛說，「而且是超級不淑女那種。」

「我才不會……」

我們俯身進入帳篷昏暗的空間，隨後就聽不見他們的聲音了。火光從帆布四壁透進來，使得影子搖曳晃動。我們一個字也沒說，直接躺進毛皮裡。瑪爾從背後環抱著我，胸口貼著我的背，手臂形成一個緊密的圈圈，吐息柔柔地吹在我頸子彎弧處。我們總是這樣睡。特里夫卡池塘四面昆蟲鳴叫的岸邊、前往諾維贊的船腹裡、寇夫頓破爛不堪寄宿屋狹窄的帆布床上。

他一手從我上臂滑下，輕輕捏住我手腕肌膚赤裸之處，用手指觸摸著、測試著。當它們相碰，倏地一震的力量流竄過我們兩人。在這股震動下，就連極短暫的力量都令人幾乎無法忍受。

我喉嚨一緊——因為痛苦、因為困惑、因為羞愧卻又無法否認的渴望。我想從他身上得到力量的慾望太強烈又太無情。這不公平。什麼蠢話，真是幼稚到不行，無知又愚笨。

「我們會找到其他方法的。」我低喃著。

瑪爾張開手指，但在將我拉得更近時仍鬆鬆地握著我手腕。我就和每次縮進他懷中的感覺一樣，覺得完整，覺得回到了家。但是現在，我就連這感覺都得質疑。這真的是真的？還是莫洛佐瓦數百年前就設定好開始轉動的命運產物？

瑪爾將頭髮從我頸上拂開，快速朝項圈上方的位置貼上一吻。

「不，阿利娜，」他輕輕說道，「我們找不到的。」

□

回去雙磨坊的路途似乎縮短了。我們保持走在高處，行於山丘細窄的脊部，隨著我們的每一步，空間和時間漸次消逝。我們步調加快了些，因為地貌比較熟悉，瑪爾也不必再到處尋找火鳥的蹤跡，可是我也同時感到時間彷彿縮了水。我恐懼著回到山谷將等在面前的現實，以及要做出的決定，還有得給出的解釋。

我們幾乎在一片寂靜中前進，赫薛有時會哼歌，或低聲對昂卡說話，其餘人則逕自關進思緒裡。那個晚上之後，瑪爾緘口不言，我也沒靠近他。我甚至不確定自己要說什麼。他的狀態變了——鎮定的氣場仍在，但現在我感到毛骨聳然，他好像正將世上景色飲入喉中，努力記在腦海。他會仰起頭面向太陽，閉上眼睛，或者折一桿開花的鬼針草，湊到鼻子前方。他每晚替我們打獵，分量足夠每餐溫飽。他會特別指出雲雀的巢和野生天竺葵的位置，還幫昂卡抓了隻田鼠，因為她似乎被寵壞，連自己打獵都懶。

「就一個必死無疑的人來說，」柔雅說，「你還真是很有精神。」

「他並沒有必死無疑。」我立刻反駁。

瑪爾搭箭上弓，往後一拉，接著放開。箭咚地一聲射入恍若無雲也無物的天空，可是數秒後，我們聽見遠處發出嘎嘎叫，一個形體直線墜地，落在距離我們大約一哩前方。他一把將弓揹到肩上。「人皆有一死，」他邁步小跑，去拿剛剛射到的獵物，「卻不是人人死得其所。」

「我們現在是要討論哲學嗎？」赫薛說，「還是那是一首歌的歌詞？」

當赫薛開始哼歌，我著跟上瑪爾。

「別說那種話，」我跑到與他並肩的位置，「不要那樣子講話。」

「噢好。」

「也不要那樣子想。」

他竟然咧嘴一笑。

「瑪爾，拜託你。」我絕望地說，甚至不確定我到底想要什麼。我抓住他的手，他則轉向我，而我根本沒停下來思考，直接踮起腳尖吻他，他一瞬做出回應，將弓放下，回吻了我。雙臂纏繞住我，結實而平坦的身軀與我相貼。

「阿利娜——」他開口。

我抓住他外套翻領，眼淚從眼眶滾滾而下。「不准對我說這一切都有合理原因。」我強勢說道，「或者說什麼一切都會沒事。不准對我說你準備好赴死。」

我們站在高聳野草中，風聲吟吟，吹過蘆葦。他對上我的眼睛，藍色目光堅定不移。「不會沒事，」他將我的頭髮從頰上往後撥，用粗糙雙手捧起我的臉。「這一切都沒有合理原因。」他的嘴唇輕掠過我唇上。「願諸聖助我，阿利娜，我真想好好活下去。」

他又吻了我，這一次沒有中途喊停，直到我臉頰緋紅、心臟狂跳，直到我幾乎不記得自己叫什麼名字，遑論其他人；直到我們聽見赫薛唱的歌、托亞的咕噥抱怨，還有柔雅開心表示一定要殺了我們所有人。

□

那晚我睡在瑪爾懷中，裹在毛皮裡，躺在星空下。我們在黑暗中低聲說話，偷偷親吻，清楚意識到其他人就躺在不過幾呎外。部分的我希望蜀邯游擊隊來襲，用一顆子彈打穿我們兩人的心臟，讓我們永遠留在這個地方，化為兩具屍體，變成塵土、被人遺忘。我也想過就這樣揚長而去，就像先前的打算，拋下其他人、拋棄拉夫卡，硬著頭皮闖過山區，往海岸邊一路前進。

這些我都想過，但我仍在翌日早晨起身，之後的早晨也一樣。我吃下乾巴巴的餅乾，喝下苦澀的茶。沒有多久，已不見山影，開始進入雙磨坊的最後一段下山路。我們會比預期時間更早回來，能及時取回鷺鷥號，尚有餘裕和導師派來卡耶維爾的援軍會面。當我看見遺跡的那兩根紡錘狀石頭，一心只想把它們夷平，用黑破斬實踐歲月和風雨沒能做到的事，把它們化為瓦礫。

我們花了點時間才找到塔瑪和其他人落腳的寄宿屋。那是棟兩層樓高的建築，漆成宜人藍色，門廊上掛著祈禱鈴，鈴鐺尖尖的頂部刻滿蜀邯文字，並因金色顏料閃閃發光。

我們在其中一個公共空間找到塔瑪和娜迪亞，她們坐在一張矮桌邊，阿德理克在旁，空無一物的外套袖子俐落別好，膝蓋上不自然地擺了本書。看到我們的時候，他們立刻嗖地站起來。

托亞一把將塔瑪緊抱在懷中，柔雅則以厭世姿態抱了娜迪亞和阿德理克一下。塔瑪緊緊擁著我，昂卡則從赫薛肩膀跳下，開始翻他們吃剩的食物殘渣。

「發生什麼事了？」她注意到我的一臉憂慮。

「晚點說。」

米沙飛奔下樓梯，一頭撲向瑪爾。「你回來了！」他大喊。

「我們當然回來了。」瑪爾一把抱住了他。「你有善盡職責嗎？」

米沙嚴肅地點點頭。

「很好，等會兒給我完整報告。」

「快說，」阿德理克迫不及待，「你們找到了嗎？大衛和娟雅在樓上，要我去叫他們嗎？」

「阿德理克，」娜迪亞輕聲斥責，「他們累壞了——可能也餓壞了。」

「有茶嗎？」托亞問。

阿德理克點點頭，跑去點菜。

「我們有新消息，」塔瑪說，「而且不是什麼好消息。」

我覺得恐怕不會比我們的更糟，所以揮手示意她說下去。「說吧。」

「闇之手攻擊了西拉夫卡。」

我一屁股坐下。「什麼時候的事？」

「差不多就在妳前腳剛離開。」

我點點頭。得知我其實無能為力至少還是令人寬心。「狀況多糟？」

「他利用影淵拿下南方很大一塊領地，但就我們聽說，大多數人已經疏散了。」

「尼可萊的人有任何消息嗎？」

「傳言說，突然冒出幾個打著藍索夫旗幟抗爭的軍事單位，但是沒有尼可萊帶領。我不確定他們能撐多久。」

「好吧。」至少現在我知道要對付什麼角色了。

「還不只這樣。」

我疑惑地看向塔瑪，她的表情讓我皮膚爬起一陣寒意。

「闇之手向卡拉錫出兵了。」

第十五章

我的胃一陣扭絞。「什麼？」

「謠言……謠言說，他放火燒了那個地方。」

「阿利娜——」瑪爾開口。

「那些學生，」我渾身湧上一股驚慌，「那些學生怎麼樣了？」

「我們不知道。」塔瑪說。

我用力以雙手壓住眼睛，拚命思考。「妳的鑰匙。」我說，呼吸突然一陣紊亂。

「其實沒有證據證明——」

「鑰匙。」我重複，聽見自己嗓音中的哆嗦。

塔瑪將鑰匙遞給我。「右邊第三間。」她柔聲說。

我一次兩階跑上樓，快到頂端時滑了一跤，膝蓋狠狠撞在梯級上，卻幾乎沒有知覺。我在走廊上踉蹌，數算著門，雙手抖個不停，試了兩次才將鑰匙插進鎖中、轉動打開。

房間漆成紅、藍色，賞心悅目，一如他處。我看見塔瑪的外套扔在錫水盆旁的椅子上，兩張窄床推併在一塊兒，上頭的羊毛毯縐巴巴，微微涼風吹起窗簾。

我一把將門在身後甩上，走到窗邊，手緊扣窗沿，隱約辨認出村落邊界那搖搖欲墜的房屋、遠處的紡錘岩石、再過去的山脈。我感到肩上的傷口拉扯，體內黑暗騷動。我縱身投向我們之間的繫繩，尋找他的身影，腦中唯一的想法只剩：你幹了什麼好事？

下一次呼吸，我已站在他面前，身周房間一片模糊。

「終於。」闇之手說。他轉向我，俊美臉龐逐漸聚焦。他正靠在一塊燒焦的壁爐架上，那個物體的輪廓眼熟得令人膽戰心驚。

他的灰色雙眼空無且鬼魅。是因為巴格拉的死才讓他變成這樣，還是因為他在這裡犯下了滔天大罪？

「來，」闇之手輕柔地說，「我要妳看見。」

我顫抖著，但仍任憑他握住我的手，收入他臂彎。他這麼做時，原本模糊的視野清晰起來，我的周圍瞬間甦醒。

我們在卡拉錫，在原本是等候室的地方，破爛的沙發被煙灰沾得漆黑。阿娜．庫亞珍視的大茶壺側倒在地，變成髒兮兮的一大塊垃圾。牆壁一點也不剩，成了破爛不堪的燒黑殘骸，門只剩下個樣子。曾是通往音樂室的彎狀鐵樓梯，現在因高熱變形，階梯都熔在了一起。天花板也不見了，我可以直接從二樓的斷垣殘壁看穿過去，閣樓本來在的位置現在只有灰敗的天空。

好奇怪，我傻傻地想，太陽正高掛在雙磨坊的空中。

「我到這裡好幾天了，」他邊說邊帶著我走過廢墟，越過堆堆破瓦殘礫，走過曾經是門廳的地方，「在等妳來。」

通往前門的石頭階梯雖被煙灰弄得髒兮兮，但是毫髮無傷。我看見又長又直的礫石車道、鬧門的白色柱子、通往城鎮的道路。距離上回看到這個景色已是快兩年前，但仍是我記憶中的模樣。

闇之手雙手往我肩膀一放，輕輕將我轉過來。

我腿一軟，跪下來，雙手用力遮住嘴，不禁發出一個聲音，然而太過破碎，無法稱為尖叫。

我以前打賭時爬上的橡樹仍矗立在那兒，沒受到燒燬卡拉錫的火焰摧殘。然而它的樹枝上掛滿屍體。三名格里沙導師吊在同一根粗樹枝上，柯夫塔在風中輕輕飄揚——紫色、紅色和藍色。他們身旁的波特金面目幾乎全黑，正下方的繩索整個勒進他脖子的肉裡。他渾身傷痕，可見他們把他吊起來前他拚死奮戰過。他旁邊，穿著黑色衣裳的阿娜．庫亞搖搖晃晃，沉甸甸的鑰匙圈掛在腰上，鈕釦靴的靴尖幾乎刮到地面。

「她呢，我想，應該是對妳而言最接近母親的人了。」闇之手呢喃道。

慟哭帶來的震撼像是揮下的鞭子，我每哭出一聲就顫抖一下。我彎腰俯身，整個人頹然倒地。闇之手在我身旁跪下，握住我兩手手腕，將我的手從臉前拉開，似乎想目睹我流淚。

「阿利娜。」他說。我死死盯著階梯，眼淚模糊視線。我絕對不要看他。「阿利娜。」他重複。

「為什麼？」這幾個字化為號啕，變為孩童般的哭泣。「你為什麼要這麼做？你怎麼可以這麼做？你難道一點感覺都沒有嗎？」

「我這輩子活了很長，已經有太多太多的悲傷了。我的眼淚早就流光。如果我還和妳一樣保有感情，仍感到痛，絕不可能承擔得起這個永恆。」

「我真心希望波特金殺死你二十個格里沙，」我對他啐了一口唾沫，「或一百個。」

「他是個了不起的人。」

「那些學生在哪裡？」我逼自己問出口，雖然不確定能否承受答案。「你做了什麼？」

「妳在哪裡呢，阿利娜？當我出兵西拉夫卡，本來很確定妳會來找我。我以為妳基於良心一定會來。所以我只好期望這麼做能引妳出洞。」

「他們在哪裡？」我尖叫出聲。

「他們很安全——就現在而言。等我再次進入影淵，他們會在我的沙艇上。」

「當人質。」我呆滯地說。

他點點頭。「為了防止妳冒出任何不乖乖投降卻想進攻的念頭——五天內，我會回到異海，妳要來找我——妳，以及那個追蹤師——否則我就一頭衝進影淵，直達西拉夫卡岸邊。我要一個接一個逼那些小孩投入有翼鷹人的懷抱。」

「這個地方……這些人，他們都是無辜的。」

「我等了好幾百年，就為了等這個瞬間、等妳的力量，還有這個機會，而且我是失去了很多，做出許多掙扎才得到的。我一定要拿到手，阿利娜，無論付出任何代價。」

我想伸手去抓他，對他說我看見他被他的怪物撕成碎片。我想對他說我定會齊聚莫洛佐瓦所有增幅物的力量，全施加到他身上。我要打造一支光的軍隊，從魔邪誕生，搭配我的復仇再完美不過。搞不好我真能成功——如果瑪爾獻上他的生命。

「這樣就什麼也不剩了。」我低喃著說。

「不對，」他將我抱入懷中，溫柔呢喃，並在我髮頂貼上一吻。「我將剝奪妳所知的一切，所愛的一切，直到妳除了投向我的懷抱外無處可去。」

在悲痛、恐懼之中，我切斷了連結。

□

我仍呈跪姿，雙手緊扣窗沿，額頭貼著寄宿屋牆壁的木板條。我聽見外頭祈禱鈴傳來的微弱叮噹響，裡面則悄無聲息，只剩我急促的呼吸和粗嘎的啜泣，悲痛的鞭子不斷不斷地落下，我俯身痛哭。他們找到我時我就是這副模樣。

我沒聽到門打開或他們靠近時的腳步聲，只感到溫柔的雙手將我抱住。柔雅讓我在床邊坐下，塔瑪則坐來我旁邊。娜迪亞拿了把梳子幫我梳頭髮，小心翼翼將打結解開。娟雅拿來在水盆中沾濕的冷毛巾，先替我洗臉，再清理雙手。毛巾散發著微微薄荷味。

我們坐在那裡，什麼也沒說，所有人聚集在我身邊。

「他抓了學生，」我沒有抑揚頓挫地說，「二十三個孩子。他殺了老師，還有波特金。」和阿娜．庫亞，一個他們從不認識的女人，撫養我長大的女人。「瑪爾——」

「他告訴我們了。」娜迪亞輕輕說道。

我想，部分的我覺得會遭到追究、會被指責。然而，娟雅只是把頭靠在我肩膀，塔瑪捏捏我的手。

這不只是普通安慰，我恍然大悟，他們倚靠我——就像我倚靠他們——從中得到力量。

我這輩子活了很長，已經有太多太多的悲傷了。

闇之手有過這樣的朋友嗎？他愛的人、為他奮戰的人、關心他的人——讓他歡笑的人？像是，雖然為了比他們走得更遠的夢想而犧牲生命，卻對他意義非凡的人？

「我們有多久時間？」塔瑪問。

「五天。」

敲門聲傳來。是瑪爾。塔瑪騰出空間，讓他到我旁邊。

「很糟嗎？」他問。

我點點頭。我還沒辦法告訴他我目睹了什麼景象。「我有五天可考慮投降，不然他會再次利用影淵。」

「他無論如何都會這麼做，」瑪爾說，「妳自己也說過，他永遠能找到理由。」

「也許我可以幫大家爭取一些時間——」

「用什麼代價？妳都願意犧牲自己的生命，」他平靜地說，「為什麼不願意也讓我這麼做？」

「因為我無法承受。」

他換上嚴肅表情，抓住我的手腕，我又感受到那股震動。光從腦海深處奔流而下，彷彿這副身軀已準備好被它劃開。這言語難以形容的力量就在那扇門後，瑪爾的死會成為打開它的關鍵。

「妳一定要承受，」他說，「否則犧牲的每一條命、我們放棄的一切，都會是一場空。」

娟雅清清喉嚨。「呃，其實呢，你們說不定不必搞成這樣。大衛有個點子。」

□

「事實上這是娟雅的點子。」大衛說。

我們聚集在遮雨篷下的一張桌子，位於我們寄宿屋再過去一條街的距離。村中這一塊其實沒有真正的餐館，但有某種湊合起來的酒館，建在一塊燒得光禿的空地上。搖晃不穩的桌子上方掛了幾盞燈，一只裝了發酵甜牛奶的小木桶，還有我們來市集第一天看到的那種在圓鐵桶裡烤的肉。空氣中瀰漫杜松的煙燻氣味。

有兩個人在牛奶桶附近一張桌子擲骰子，同時間，另一個人拿了把破爛吉他，逕自撥彈著不成調的曲子。我聽不出是什麼歌，但米沙似乎很滿足。他開始跳起一支精心設計的舞，動作中顯然需要一堆鼓掌和大量專注。

「我們會確保娟雅的名字掛在匾額上，」柔雅說，「別賣關子了，快點說。」

「還記得妳是怎麼掩護鷺鷥號的嗎？」大衛問。「就是妳把船附近的光線弄彎，不讓它們反射？」

「我是在想，」娟雅說，「要是妳也用在我們身上呢？」

我皺起眉頭。「妳的意思是——」

「法則完全是一樣的，」大衛說，「雖然會是更大的挑戰，因為會遇到的變數不只那片藍天，但是彎折士兵周遭的光線和物件沒有什麼不同。」

「等一下，」赫薛說，「你的意思是我們可以隱形嗎？」

「沒錯。」娟雅說。

阿德理克往前靠。「闇之手會在奎比爾斯克的旱地碼頭登陸，我們可以溜進他的營地，用這個方式把學生帶出來。」他捏起單手的拳頭，目光熊熊燃燒。他比我們更熟悉這些孩子，有些人很可能是他朋友。

托亞皺眉。「我們絕對不可能在無人發現之下闖進營地救出人質。有的孩子甚至比米沙還小。」

「奎比爾斯克的狀況會太複雜，」大衛說，「太多人了，會干擾視線，如果阿利娜有更多練習時間——」

「我們就只有五天。」我重複。

「那我們就在影淵動手，」娟雅說，「阿利娜的光能讓有翼鷹人不來靠近——」

我搖搖頭。「但我們還是得和闇之手的虛獸戰鬥。」

「如果看不到就不用。」娟雅說。

娜迪亞咧嘴一笑。「我們可以正大光明地躲起來。」

「他也會帶著闇衛和格里沙，」托亞說，「他們不像我們一樣彈藥不足。就算看不見目標，只要隨意開火，走運打到幾個是幾個。」

「那我們就待在射程外，」塔瑪將她的盤子移到桌子中央，「把這當成玻璃沙艇，」她說，「我們在方圓幾呎設置狙擊手，利用他們削弱闇之手的士兵。接著靠近到足以溜上沙艇的距離，一旦把孩子救到安全處——」

「就把它炸成碎片。」赫薛說。光是想到爆炸場景，他口水都要流出來了。

「連帶闇之手一起。」娟雅收尾。

我轉了一下塔瑪的盤子，思忖其他人的提議。沒有第三個增幅物，我的力量根本無法在正面對峙時與闇之手匹敵，他已非常明確地證實此事。但是，如果我在他看不見的狀況下偷襲呢？利用光當掩護，就和其他人利用黑暗一樣？這麼做十分狡詐，甚至可說卑怯，但闇之手和我在許久以前就放下所謂榮譽心。他偷偷溜進我腦中，對我的感情下戰帖。如果真有可能救瑪爾一命，我對公平競爭才不感興趣。

瑪爾彷彿讀到我的心聲，開口說，「我不喜歡，太多地方可能出錯。」

「不只你有立場作選擇，」娜迪亞說，「你已經和我們並肩同行、浴血奮戰好幾個月，我們應該也有資格試著救你一命。」

「即使你是個沒屁用的被棄者。」柔雅補充。

「說話小心點，」赫薛說，「妳正在和闇之手的……等一下，你是什麼？他的表弟？姪子？」

瑪爾抖了一下。「我完全不知道。」

「你現在要開始穿黑色了嗎？」

瑪爾給了個非常堅定的「不可能」。

「你是我們的一分子，」娟雅說，「不管你喜不喜歡都一樣。此外，如果阿利娜非殺你不可，結果最後徹底發瘋，而她有三個增幅物，這樣就只剩下米沙能阻止她了——用他那驚世駭俗的舞技。」

「她非常陰晴不定，」赫薛拍了拍自己的太陽穴，「而且不完全是這兒出問題，如果你懂我的意思。」

他們雖在開玩笑，但也可能說得沒錯。妳註定是我互補的另一半。我對瑪爾的感情沒有合理解釋，偏執非常，而且最終可能只會得到心碎結局——但這也是非常人性的一面。

娜迪亞伸手推推瑪爾的手。「至少考慮一下這計畫嘛，要是真的出問題——」

「阿利娜就有新手鍊了。」柔雅把話接完。

我臉一沉。「不如我們改成把妳剖開，看看妳的骨頭適不適合，妳說怎麼樣？」

柔雅甩甩頭髮。「我敢說它們會和我全身上下一樣超級完美。」

我又將塔瑪的盤子轉了一圈，試圖想像這可能會要求怎樣的技巧。真希望我有尼可萊的聰明才智。但是至少我可以確定一件事——「要殺闇之手，一場爆炸恐怕不夠。就連影淵和禮拜堂的爆炸，他都能逃過一劫了。」

「那要怎麼辦？」赫薛問。

「一定要我出馬，」我說，「如果我們能讓他和影子士兵分開，我就能使出黑破斬。」闇之手是很強大沒錯，但我懷疑，就算是他也不可能在被劈成兩半後又恢復原狀。雖然我沒繼承到莫洛佐瓦的血脈，依舊是太陽召喚者。我雖盼著一個崇高的命運，但只要能俐落了結他，我還是心滿意足。

柔雅吐出輕率而短促的一笑。「搞不好真能成功咧。」

「值得一試，」我對瑪爾說，「闇之手一定預料到會被攻擊，但是他不可能猜到這個。」

瑪爾安靜了好一會兒。「好吧，」他說，「但要是真的出狀況……我們都同意該怎麼做，對吧？」

他環視桌邊，他們一個接著一個點頭。托亞表情肅穆，娟雅垂下目光。最後，只有我還沒動。

「我要妳一句話，阿利娜。」

我吞下堵住喉嚨的感受。「我會動手。」這幾個字在舌頭上嘗起來與鐵無異。

「很好，」他抓住我的一手，「現在，讓米沙瞧瞧真正的爛舞技到底是什麼模樣。」

「又要殺你又要和你跳舞——你還有什麼要求嗎？」

「目前沒有，」他一把將我拉近，「但我一定會想出些什麼的。」

我用腦袋去蹭瑪爾的肩膀，吸進他的氣味。我知道不該死心眼地相信這些可能性。我們沒有軍團，沒有國王的資源，只有一支雜牌軍。我將剝奪妳所知的一切，所愛的一切。如果可以，他一定會利用他們來對付我。但他絕對想不到，這群人也許不僅是累贅負擔，也許他完全低估了他們，搞不好也低估了我。

這樣很蠢，也很危險，但是阿娜．庫亞曾告訴我，「希望」是一種狡詐如流水的東西。不知怎麼，它總是能找到縫隙鑽進去。

□

那天我們熬夜到很晚，徹底討論計畫的所有後勤運作。影淵的現實條件讓一切變得更複雜——我們該從哪裡進去？又該怎麼進去？我有沒有可能讓自己隱形？更別提其他人？我們該如何孤立闇之手，還讓學生全身而退？我們沒有爆炸粉，所以得自己製作。此外。我也想確保如果我本人出事。其他人也有方法從影淵逃脫。

次日一大清早我們動身離開，回頭橫越雙磨坊，去礦場取回鷺鷥號。看見它仍在之前留下的地方，像屋簷下的鴿子安安全全藏在那裡，感覺好詭異。

「諸聖啊，」我們爬進船裡時，阿德理克問，「那是我的血嗎？」那塊污漬幾乎和他一樣大。從紡車總部那場逃亡大長征後，我們千瘡百孔、累得半死，根本沒人想過要處理。

「這你搞出來的，」柔雅說，「你自己清。」

「要刷乾淨要有兩隻手。」阿德理克回嘴，轉而去船帆附近找位子坐。

比起娜迪亞三不五時大驚小怪，阿德理克似乎對柔雅的嘲弄更津津有味。知道他仍能召喚，我鬆了一口氣。我本以為他還要花上點時間才能單手控制強大氣流。巴格拉就能教他。那個念頭就這麼浮出，然後我才想起這再也不可能了。我幾乎能在腦中聽見她的聲音：是要我砍了你另一隻手臂嗎？這樣就可以給你理由唉唉叫？再做一次，表現好一點。如果是她，會怎麼解釋這一切？會怎麼解釋瑪爾的事？我拋開這個想法。我們永遠不會知道了，此時此刻也沒時間哀悼。

我們一飛上天空，風術士就放緩步調，我則好整以暇練習彎折光線，從下方將船偽裝起來。

這趟旅程只花了幾小時，就降落在西卡耶維爾沼澤潮濕的牧草地。這裡是每年夏天販賣馬匹的場所，除了馬的賽道和養馬的馬廄，沒有其他著名事物。而就算沒發生戰爭，在今年接近盡頭的時候，它絕對處於渺無人煙的狀態。

傳給導師的書信中提議我們在賽馬場碰面，塔瑪和赫薛會徒步到賽道偵察，確保我們不會走進陷阱。如果感到任何不對勁，他們會繞回來和我們碰面，再當場決定下一步怎麼做。我不認為導師會把我們出賣給闇之手，但他也可能和蜀邯或斐優達做了什麼新買賣。

我們早了一天到，牧草地是練習屏蔽移動目標的完美場所。米沙堅持要當第一個。

「我個子比較小，」他說，「這樣會比較容易。」

他跑到草地正中央。

我舉起雙手，手腕一個扭轉，米沙就消失了。赫薛吹出讚歎的口哨。

「你們看得見我嗎？」米沙喊道。他一開始揮手，他周遭的光就泛起漣漪，那雙細瘦的上臂冒出來，彷彿飄在半空中。

專心。手臂又消失。

「米沙，」瑪爾指示他，「跑過來。」

他的身影現出，然後在我調整光線時又再度消失。

「我可以從側面看到他。」托亞從牧草地另一邊喊。

我吐出一口大氣。我得更面面俱到。偽裝船之所以簡單，是因為我只要從下方調動光的反射，現在每個角度都得考慮。

「好一點。」托亞說。

柔雅唉了一聲。「那小混蛋踢我。」

「聰明的小鬼。」瑪爾說。

我揚起一邊眉毛。「是比某些人聰明。」

他只能心甘情願紅了臉。

我花了整個下午在草地上讓一個人消失，接著兩個，然後五個格里沙。這麼做費的工夫截然不同，但巴格拉給我上的課仍能派上用場。如果我太用力投射力量，就會被各種變數弄得應接不暇。可是，如果我把光想成無所不在，不要亂試一通，讓它自由彎曲，就容易許多。

我想起曾見闇之手在戰場上使用力量，讓士兵變成睜眼瞎子，並在同一瞬間對付多個敵人。這對他自是易如反掌。對於那些妳恐怕連猜也猜不到的力量我再熟悉不過。

我那晚練習，然後次日早上塔瑪和赫薛啟程後再次繼續，但我的專注力不斷潰散。狙擊手越多，攻擊闇之手沙艇的成功率越高。在賽馬場會有什麼等著我們？祭司本人？或一個人都沒有？我想像會有一支農奴軍團，受三個增幅物保護，舉著火鳥的旗幟出兵。那再也不是我們掀起的戰爭了。

「我可以看到他喔！」柔雅聲音毫無起伏地對我說。一點也沒錯，當托亞小跑到我右邊，巨大的體型忽現忽隱。

我雙手一垂。「我們休息一下吧。」我提議。

娜迪亞和阿德理克展開其中一張船帆，這樣她就能教他怎麼操縱上升氣流，柔雅懶洋洋四肢大張躺在甲板上，提供根本沒有屁用的批評指教。

同時，大衛和娟雅都伏在他其中一本筆記本上，努力思考到底能從哪兒提煉成分，製作出批量的盧米光。最後我們發現娟雅不只有用毒的天分，她的才能好像不斷在驅使系和質化系之間徘徊，但是我忍不住想，如果不是因為闇之手，她本來會變成怎樣，可能選擇哪條道路。瑪爾和米沙則去了草地最遠處，手中抱滿松果，沿著柵欄擺放，當成讓米沙練習射擊的標靶。

於是乎就留下我和托亞沒事可做，只能邊擔憂邊等待。在其中一邊的船身上，他坐在我旁邊，伸出雙腳懸著。

「妳還想多練習一下嗎？」他問。

「可能應該。」

過了好一會兒，他說，「妳做得到嗎？時機來臨時？」

很詭異，我莫名想起瑪爾曾問我是否有辦法殺死火鳥。「你覺得這計畫不會成功。」

「我覺得沒有差。」

「你不——」

「如果妳打敗闇之手，影淵依然會在。」

我用腳跟踢著船身。「影淵我能應付，」我說，「有我的力量，跨越影淵就不是問題，我們可以消滅有翼鷹人。」我不喜歡去想這件事。儘管有翼鷹人確實是怪物，但牠們一度是人類。我往後靠，研究著托亞的表情。「你沒被說服。」

「妳曾經問我為什麼不讓妳死在禮拜堂，為什麼放瑪爾去救妳。也許你們兩人都活下來是有原因的，也許就是因為這樣。」

「開始這一切的是個被大家誤解的聖人，托亞。」

「那麼也會由聖人做出了結。」

他從船上溜下地面，抬頭看我。「我知道妳不像塔瑪和我那麼深信不疑，」他說，「但是不管這件事如何結束，我都很高興信仰帶我們找到妳。」

他邁開步伐走過草地，加入瑪爾和米沙。

不管讓托亞和塔瑪成為我朋友是巧合或天命，我都對他們充滿感激。如果誠實以對，我得說我羨慕他們的信仰。如果能相信自己受到某種神聖目的庇佑，可能會讓艱難的決定容易一些。

我不知道我們的計畫能否成功，就算成功，仍有太多未知數。如果我們打贏闇之手，他的影子士兵會怎樣？尼可萊又要怎麼辦？要是殺死闇之手會害死他，那怎麼辦？還是我們應該改成活捉闇之手？如果活下來，瑪爾就得隱姓埋名。如果被人發現真實身分，他將喪失自己的人生。

我聽見馬蹄聲，娜迪亞和我爬上船長的平台，好看得更清楚，當那批人映入眼簾，我心一沉。

「也許還有更多，在賽馬場那裡。」娜迪亞說。

「也許吧。」但我並不認為。

我快速數了一下。十二個士兵。他們靠更近時，我看見他們都很年輕，大多臉上都有著日輪刺青。露比也在，漂亮的綠色眼睛和金色髮辮，我也在隊列中看到伏拉汀，他帶著兩個我印象在祭司護衛中看過的蓄鬍男人。

我從平台一躍而下，上前歡迎。當那批人看到我，立刻下馬，單膝跪地，垂下了頭。

「嗯，」柔雅說，「又來了。」

我警告地瞥她一眼，雖然我的想法也是這樣。我差點忘了自己多畏懼封聖後這個隨之而來的負擔。但是我責無旁貸、賣力演出。

「起身。」我說，當他們站起，我示意伏拉汀上前。「全部就只有這樣？」

他點點頭。

「導師捎來什麼藉口？」

他吞了一口口水。「沒有。朝聖者每天都為妳的安全和影淵的毀滅祈禱。他宣稱，妳給他最後的命令是照看妳的信眾。」

「那我要求他給的援軍呢？」

露比搖搖頭。「我們會知道妳和尼可萊．藍索夫尋求幫助的唯一原因，是有個對妳忠心的僧侶從聖盧金教堂拿回了訊息。」

「那你們是怎麼來到這裡的？」

伏拉汀微笑，看起來有些突兀的酒窩再次出現在他臉頰。他和露比交換了個眼神。

「我們是逃出來的。」她說。

我早就知道導師不能信任，然而一部分的我其實希望他能給我的不只禱告。但是我確實告訴過他要照顧我的追隨者，不讓他們受到傷害，他們待在白大教堂也確實比踏入影淵安全得多。導師會做他做得最好的事——等待。當塵埃落定，不管我能否打敗闇之手，或我將迎向殉難。不管怎樣，人們依舊會以我之名起義奮戰，導師的信仰帝國將會崛起。

我將雙手放在伏拉汀和露比肩上。「我很感謝你們的忠誠，也衷心希望你們不會後悔。」

他們垂下頭低喃道，「聖阿利娜。」

「走吧，」我說，「你們這一群人數不少，可能會引人注意，那些刺青恐怕也沒什麼幫助。」

「我們要去哪裡？」露比問，拉起圍巾想藏起刺青。

「影淵。」

我看見那些新面孔的士兵不安地動了動。「戰鬥嗎？」她問。

「出征。」瑪爾回答。

沒有軍隊，沒有盟友。在和闇之手正面對峙前，我們只剩三天。我們會利用一切機會，如果失敗，也不會有其他退路。我得殺死這輩子唯一愛過、也唯一愛我的人，並且戴著他的骨骸，投身戰場。

第十六章

從影淵這一側前往奎比爾斯克並不安全，所以我們決定由西拉夫卡展開攻擊，那就表示得備好跨越所需的後勤裝備。因為追加太多乘員，娜迪亞和柔雅無法讓鷺鷥號浮在天上，我們協議由托亞護送太陽士兵前往影淵東岸等待我們。他們得騎馬一整天，這也讓我們其餘人有時間進入西拉夫卡，找到適合的基地營。然後我們會繞回去帶其他人，用我的力量保護並跨越影淵。

我們登上鷺鷥號，不出幾小時已朝影淵詭譎的黑色大霧加速前進。這一次，進入黑暗時，我已對於那股將我攫住、相似而熟悉的感受有心理準備。此時此刻，在我涉獵了魔邪，也就是創造出這地方的力量後，這感覺甚至更強烈。我現在也比較理解驅使闇之手重現莫洛佐瓦實驗的渴望，他認為這正是留給他的遺產。

有翼鷹人朝我們撲來，我在驚鴻一瞥中隱約見到牠們翅膀的形狀，聽見牠們撕扯我召喚出的光圈時的叫喊。如果闇之手真能如願，牠們很快就能飽餐一頓。因此，在我們衝進西拉夫卡上空時我滿心感激。

影淵以西已經完全疏散。我們飛過那些棄置的村落和房屋，連個人影都沒見著。到最後，我們決定在新奎比爾斯克殘骸西南方不遠處一座蘋果園落腳，距離影淵的暗黑領域不到一哩。這裡叫作特米亞那，這個名稱打橫寫在罐頭廠和擺滿蘋果榨汁機的穀倉側面。果園結實纍纍，從沒有人來採收。

主人的房屋長得像極盡奢華的完美小蛋糕，維護得盡善盡美，上頭還蓋著白色圓屋頂。當赫薛打破窗戶爬進裡面開門鎖，我簡直產生罪惡感。

「新的錢。」我們穿梭在過度裝飾的各個房間時，柔雅吸吸鼻子，每個書架和壁爐都以小小的瓷器雕像和古董珍品鑲邊。

娟雅拿起一隻陶器小豬。「好醜。」

「我喜歡這裡，」阿德理克反駁，「很舒服。」

柔雅發出乾嘔的聲音。「也許隨著年紀增長品味會變好吧。」

「我只比妳小三歲。」

「那可能你只是非常不幸，所以才俗不可耐。」

家具都用布蓋起來。米沙扯開一張，像斗篷一樣拖在身後，從一個房間跑過一個房間。櫥櫃大多是空的，但是赫薛找到一個沙丁魚罐頭，打開和昂卡分享。我們得派人去鄰近的農場找食物。一確定這裡沒有其他非法住客，我們就留大衛、娟雅和米沙著手取得製造盧米光和爆炸粉的材料，其他人則重新登上鷺鷥號，回到拉夫卡。

我們計畫和太陽士兵在聖安娜塔西亞紀念碑會合，紀念碑矗立在一座矮丘上，能俯瞰過去的修姆拿。若非聖安娜塔西亞，修姆拿恐怕無法從奪走周遭村落半數人口的可怕瘟疫中存活。但是修姆拿沒撐過影淵。當黑異教徒那場大災難的實驗初次造出異海，這裡當下就被吞沒。

紀念碑看起來令人毛骨聳然，一座巨大的女性石像拔地而起，雙臂大大展開，定睛以仁慈目光眺望空無的影淵。傳說安娜塔西亞拯救了無數城鎮免於疾病。然而她究竟是行使了奇蹟，抑或只是天賦異稟的療癒者？而這兩者又何差別？

我們比太陽士兵更早抵達，所以先行降落，為過夜紮營。氣候仍暖和，因此不必用上帳篷，直接將鋪蓋鋪在雕像腳下，附近有一塊散滿紅色大圓石、坑坑巴巴的田地。瑪爾帶上赫薛，想要找到能當晚餐的獵物。這底下荒蕪貧瘠，彷彿動物就和我們一樣對異海充滿警戒。

我用披巾包住肩膀，走下山丘，來到黑色海岸的邊緣。兩天，當我望著那翻騰湧動的黑霧，我想著。我知道最好不要假設自己知曉將面對什麼，因為每次我試圖預測命運，人生就會天翻地覆。

我聽見身後傳來輕輕刮擦聲，一轉頭卻凍結原地。尼可萊就棲在高聳的岩石頂上。他比之前看起來乾淨，卻仍穿著那件破爛褲子。長了尖爪的腳緊扣岩石隆起處，影子般的黑翼輕拍空氣，黑色雙眼不可解讀。

我一直希望他或許會再次現身，現在卻手足無措。他一直注視著我們嗎？他看到了什麼？又能瞭解多少？

我小心翼翼將手伸進口袋，害怕任何突如其來的動作會把他嚇跑。

我伸出一手，藍索夫的翡翠就在我掌心。他皺眉，眉毛之間擠出一條線，然後收合翅膀，無聲無息從岩石一躍而下。不要被嚇退真的非常困難，我不想要害怕，但是他移動的姿勢不像人類。尼可萊以緩慢而鬼祟的步伐走向我，雙眼專注在戒指上。當他距離我不到一呎，頭便歪往一側。

儘管那雙黑眼，還有一路蔓延到頸子上的墨黑血管，他的臉龐依舊優雅——他母親姣好的顴骨，加上來自他那位使節父親線條分明的下頜線。他眉頭皺得更深，伸出手，用爪子將翡翠一把揀起。

「那是——」這話未說出口就打住，尼可萊將我手掌一翻，把戒指套進我手指。

我呼吸一嗆，卡在笑出來和哭出來之間。他認得我。我按捺不住湧上眼眶的淚水。

他指向我的手，揮了揮，我花了一會兒才懂他的意思。他是在模仿我召喚時的動作。

「你要我召喚光？」

他仍面無表情。我讓光聚積於掌中。「這樣？」

光芒似乎刺激到他。他抓住我的手，用力拍在自己胸膛上。我試圖抽回，但他把我的手按在那兒。他的力道像鉗子一樣，並因為闇之手放入他體內的不知名怪物元素，變得更強大。

我搖頭。「不行。」

他又一次幾乎狂亂地將我的手壓在他胸口。

「我不知道這力量會對你造成什麼影響。」我表示反對。

他揚起嘴角，隱約令人憶起尼可萊挖苦的笑容，我簡直能聽到他說，親愛的，我說眞的，還能更糟嗎？他的心臟在我手下蹦跳——很穩定，很像人。

我吐出長長的一口氣。「好吧，」我說，「我試試看。」

我喚出非常微弱的一點光，流竄過我掌心。他瑟縮一下，但堅定地將我的手固定在那兒。我又施加一點力道，試著將光導向他，想像著其中空隙，讓光滲入他的皮膚。

他身軀的黑色裂紋開始消褪，我有點不太敢相信自己看見了什麼。真的這麼簡單嗎？

「有用了。」我驚呼。

他皺了皺臉，揮手示意我繼續，要求更進一步。

我召喚光進入他身體，看著那些黑色血管退散、縮回。

現在他開始喘氣，閉上眼睛，喉中升起一股痛苦的低頻哀鳴；他抓住我手腕的手宛若鐐銬。

「尼可萊——」

然後我感到某個物體的阻力，彷彿他體內的黑暗正頑強抵抗。它正對抗著光。同一瞬間，裂紋向外爆開，就如先前那樣漆黑，像是樹根更深更徹底地飲進有毒的水。

尼可萊顫抖著從我身前退開，挫敗怒吼。他低頭看著胸膛，臉上五官刻畫著深深痛苦。

實在不妙。只有黑破斬對虛獸有用，也才能完全毀滅尼可萊體內的東西，但同時也會殺死他。

他垮下肩膀，動著雙翅，翻湧的模樣一如影淵。

「我們會想出解決方法的，大衛會想出答案，不然我們找療癒者……」

他一屁股坐下，手肘擱在膝蓋，臉埋進手中。尼可萊似乎無所不能，自信地認為所有問題都有解答，而且找到答案的一定是他。我無法忍受看他這樣，第一次這麼沮喪無助又無計可施。

我小心翼翼靠近，蹲下來。他不肯與我對望。我試探地伸出手，碰碰他的手臂，但也做好心理準備，要是他受驚或突然攻擊，就立刻收回。他的皮膚暖暖的，儘管底下潛伏黑影，感覺起來卻一如過往。我悄悄伸出雙臂抱住他，小心不要弄到在他背後沙沙響的翅膀。

「對不起。」我低聲說。

他低下前額，抵著我的肩膀。

「真的很對不起，尼可萊。」

他顫抖著吐出一小口嘆息。

然後他大吸一口氣，渾身緊繃。尼可萊轉動腦袋，我脖子感覺到他的氣息，其中一顆牙齒擦過我下頜底下。

「尼可萊？」

他用雙臂緊扣住我，爪子插進我背後。那聲嘷叫無庸置疑出自他的胸口。

我一把推開他，飛也似地站起來。

「住手！」我嚴厲說道。

他伸著雙手，嘴唇往後掀，露出黑如瑪瑙的利牙。我知道自己在他身上看見了什麼，那是飢渴。

「別這樣，」我懇求道，「這不是你，你可以控制的。」

他朝我上前一步，又發出一聲與動物無異的嘷叫，隆隆振動過他的全身。

我舉起雙手。「尼可萊，」我出言警告，「我會動手的。」

有那麼一瞬間，我看見他恢復理智。因為意識到自己剛剛想做什麼（而且現在仍無法抗拒），恐懼得皺起了臉。他的身體因為進食的渴望顫抖不已。

他的黑色眼睛外圍有一圈閃爍的影子。那是眼淚嗎？他緊捏拳頭，頭往後仰，頸子的肌腱凸起，吐出迴盪繚繞、充滿無助與憤怒的尖叫。我從前也聽過，當闇之手召喚虛獸，做出撕裂世界結構的行為，那是不該存在於世的事物之吶喊。

他振翅飛入天空，一頭衝進影淵。

「尼可萊！」我尖叫。但他已不見身影，被翻騰的黑暗吞噬，消失在有翼鷹人的領域中。

我聽見腳步聲，一轉頭就看見瑪爾、赫薛和柔雅朝我跑來，昂卡夾在他們腳步之間狂叫飛奔。赫薛拿出了打火石，瑪爾也從肩上取下步槍。

柔雅眼睛睜得老大。「那是虛獸嗎？」

我搖頭。「那是尼可萊。」

他們倏地收住腳步。「他找到我們了？」瑪爾說。

「從我們離開紡車總部，他就一直跟著我們。」

「但是闇之手——」

「如果他是闇之手的嘍囉，我們早就死定了。」

「妳知道他跟著我們多久了？」柔雅憤怒地問。

「在礦坑的時候我看過他一次，但我們什麼也做不了。」

「我們可以讓瑪爾一箭射死他。」赫薛說。

我伸手指向他。「我不會把你丟下，也絕不會把尼可萊丟下。」

「放輕鬆點，」瑪爾走上前，「他離開了，再為此爭吵不會有任何意義。赫薛，去生火；柔雅，我們得清理抓到的松雞。」

她瞪著他，毫不退讓。他翻翻白眼。

「好好好，我們得找個人清理抓到的松雞。請妳去找個人指使。」

「遵命。」

赫薛把打火石收進袖子。「昂卡，這些傢伙都瘋了。」他對那隻虎斑貓說，「看不見的軍團、變成怪物的王子，我們去燒點什麼吧。」

他們離開時我一手抹著眼。「你也要吼我嗎？」

「沒有，我有非常多次恨不得一槍殺了尼可萊，但現在感覺起來有些小心眼了。雖然我是有點好奇那枚戒指。」

我都忘了手上這顆巨大珠寶。我拔下來、塞進口袋。「尼可萊在紡車總部給我的。我本來以為他會記得。」

「那他記得嗎？」

「好像記得，在他想吃掉我之前。」

「諸聖啊。」

「他飛進了影淵。」

「妳覺得他是不是打算——」

「自殺嗎？我不知道。也許那裡對他來說已經是某種度假聖地了吧。我甚至不曉得有翼鷹人會不會當他是獵物。」我靠著尼可萊不久前棲身的大圓石。「他想讓我治好他。沒用。」

「不把增幅物聚集在一起，妳很難知道自己能耐到哪。」

「你是說我殺了你之後嗎？」

「阿利娜——」

「我們不要討論這件事。」

「妳不能就這樣把頭埋起來當鴕鳥，假裝什麼都沒發生。」

「我可以，而且我也要。」

「妳這樣很無賴。」

「那你就高尚又願意自我犧牲，這樣讓我超想掐死你。」

「這是好的開始。」

「一點也不好笑。」

「我到底該怎麼處理這件事？」他問，「我不覺得自己高尚或願意自我犧牲，我只是……」

「只是怎樣？」

他舉起雙手。「有點餓。」

「你有點餓？」

「對，」他迅速回答，「我又餓又累，而且非常確定托亞會把所有松雞都吃光。」

我實在忍不住爆笑出聲。「柔雅警告過我這件事，她只要肚子餓也會鬧脾氣。」

「我沒鬧脾氣。」

「那生悶氣。」我親切地修正。

「我也沒生悶氣。」

「你說得沒錯，」我說，努力壓下笑出聲的衝動。「應該是嘟嘴巴，不是生悶氣。」

他迅速抓住我的手，拉我過去親了一下——他還咬了我耳朵，咬很用力。

「噭！」

「我對妳說過我餓了。」

「你已經是今天第二個試圖咬我的人了。」

「噢，情況還會更糟。等我們回去營地，我會要求聽克里基的第三個傳說故事。」

「我要告訴赫薛你是狗派。」

「我要告訴柔雅妳不喜歡她的頭髮。」

我們一路這樣回到鷺鷥號，推來推去、相互鬥嘴，感到過去一週來的緊繃稍微鬆懈。但太陽一沉，我回頭望進影淵，就不禁思考，在岸的另一邊還有沒有人類——或類似生物，他們能否聽見我們的笑聲。

□

當天深夜太陽士兵抵達，在次日出發前只有幾小時睡眠時間。我們進入影淵的時候，士兵疲憊不堪，但我本以為他們狀態會更糟，可能會緊抓著聖像、喃喃唸著禱詞。而當我們邁開踏入影淵的第一步，我放出萬丈光芒、湧動著將眾人包圍，我便霎時理解，他們不用懇求諸聖，他們有我。

鷺鷥號高高飛在我們上方，悠然飄在我製造出的光亮泡泡頂部位置，但我選擇走在沙上，這樣才能練習在影淵的範圍內彎折光線。對太陽士兵而言，這個全新的力量展示又是奇蹟，為我在世聖人的身分更增一條證據。我還記得導師宣稱：再也沒有比信仰更強大的力量，也沒有哪支軍隊會比受信仰驅使的軍隊更強大。我只能祈禱他的話不假，我不只是另一個對他們的忠誠予取予求，卻報以沒啥屁用的光榮捐軀的領導者。

我們那天幾乎從早到晚都在影淵中趕路，護送所有太陽士兵到西方邊岸。等回到特米亞那，大衛和娟雅已經完全占領該處。廚房有如颱風過境。爐上滿是咕嘟冒泡的鍋子，還有一只巨大茶壺，從蘋果榨汁機那兒被拿來當成冷卻缸。大衛窩在一張大木桌旁的凳子上，很可能不到幾週前才有僕人在那桌上揉過麵糰，而今上面散落玻璃和金屬，有一些很像瀝青的污漬，還有無數聞起來超臭、裝了黃色爛泥物質的小瓶子。

「這安全嗎？」我問他。

「沒有什麼東西真的安全。」

「還真是令人安心呢。」

他微笑。「萬幸。」

餐廳那兒，娟雅布置了她自己的工作空間，可以幫忙打造盛裝盧米光的罐子，以及便於攜帶的揹帶。其他人如果夠勇猛，開打的時候打算多晚啟動都沒問題。假使我在影淵出了什麼事，他們仍可能有足夠的光逃出去。農場主人所有玻璃器皿都被徵收——高腳杯、品酒杯、各式飲酒用器具，一組細緻精美的花瓶收藏，還有魚形的保溫餐鍋。

茶具組裝滿螺絲釘和墊圈，米沙交叉著腿坐在一張絲綢坐墊的椅子上，開開心心拆解馬鞍，並有條不紊地把皮帶和皮革碎塊整理成一疊疊。

赫薛被派去偷附近莊園能搜到的所有食物，這差事他簡直擅長得令人坐立不安。

我幾乎一整天都坐在娟雅和米沙旁邊勞動。外面花園，風術士正在練習製造聲音遮罩。那是柔雅在洞穴塌陷後展現的技巧的衍伸應用，我們希望這能讓我們順利進入影淵，並在不要吸引有翼鷹人注意之下，在黑暗中找到定位。這充其量只是暫時的解決辦法，但我們只需要它撐到成功展開伏擊即可。我的耳朵會規律地發出嗶剝響，所有聲音會悶沉下來，然後我會聽到娜迪亞的聲音，清晰得像是和我一起在這屋裡，又或者阿德理克的聲音會轟隆隆響徹耳中。

砰砰槍聲從果園傳到我們這裡，瑪爾和雙胞胎從太陽士兵中選出最好的狙擊手。關於彈藥，我們得謹慎使用，所以他們十分節儉。過了一會兒，我聽見他們走進起居室，整理起武器和補給。

我們用蘋果、硬起司，以及赫薛在某些廢棄的食物儲藏室中找到不太新鮮的黑麥麵包拼湊出晚餐。餐廳和廚房一片狼藉，所以我們在壯觀的接待室壁爐生了好大的火，湊合出一個臨時野餐會，懶洋洋地癱在地上和波浪紋絲綢的沙發，把小塊麵包串在蘋果樹多瘤的樹枝上烤。

「如果我活過這次，」我邊在火旁扭動著腳趾邊說，「我一定會找到方法，補償那些窮困之人的損失。」

柔雅嗤之以鼻。「他們會不得不重新裝潢，我們是在幫他們。」

「而且要是我們沒活過這次，」大衛表示，「這整個地方就會陷入黑暗。」

托亞把繡花抱枕推到一邊。「搞不好這樣最好。」

赫薛拿塔瑪從榨汁機那兒取來的酒瓶大喝一口蘋果酒。「如果我活下來，要做的第一件事就是回來這裡，在裝滿這玩意兒的缸裡游泳。」

「喝慢點啊赫薛，」塔瑪說，「明天我們需要你神智清醒。」

他呻吟。「為什麼打仗一定要這麼早？」他心不甘情不願地放棄瓶子，讓給另一個太陽士兵。

我們又把計畫走過一遍，直到所有人徹底知道彼此什麼時候該在什麼地方。我們將於破曉進入影淵，風術士會領頭進去，鋪開聲音遮罩，不讓有翼鷹人聽到我們動靜。我聽見娜迪亞和塔瑪咬耳朵，說不希望阿德理克和他們一起去，但是塔瑪奮力支持，主張讓他一起。「他是戰士，」她說，「如果妳現在讓他覺得他能力不足，他永遠不會知道自己的潛力到哪裡。」我會和風術士同行，以防出任何差錯。狙擊手和其他格里沙會跟在後方。

我們打算在影淵中央進行伏擊，幾乎就在奎比爾斯克和新奎比爾斯克正中間。只要一看見闇之手的沙艇，我就會照亮異海，彎折光線，讓我們隱形。如果這都沒辦法逼他停下，我們的狙擊手也可以。他們會削弱他的兵力，接著就端看赫薛和風術士能否製造足夠混亂，讓雙胞胎和我登上沙艇、找出學生，將他們帶到安全處。一旦援救行動結束，闇之手就由我處理。我衷心希望他不會預料到我的出手。

娟雅、大衛會和米沙待在特米亞那。我知道米沙死也會堅持和我們一起，所以娟雅在他晚餐裡偷摻睡眠藥，他已經打起呵欠，在壁爐旁邊蜷起身體，我希望我們早晨出發時他會就這樣睡過去。

夜色漸深，我們知道自己需要睡眠，但是大家都不怎麼願意。一些人決定睡在接待室的火旁，同時，其他人陸續雙雙對對離開進屋去。今晚沒人想落單。娟雅和大衛在廚房還有事要忙，塔瑪和娜迪亞早早不見人影。我想柔雅可能會在太陽士兵中隨便選個人，但當我溜出門外，她卻仍盯著火看，昂卡在她大腿上呼嚕叫。

我取道黑漆漆的廳堂，朝起居室走去，瑪爾正在對武器和工具進行最後確認。那是一幅詭異的光景，看到一堆堆的槍枝和彈藥疊放在大理石桌面，旁邊則是這家女主人裱框的小肖像，還有一組漂亮的鼻菸盒收藏。

「我們來過這裡。」他說。

「有嗎？」

「我們第一次從影淵出來，在果園暫停，就在距離這屋子不遠的地方。不久前我們在外面打靶的時候，我認出來了。」

我想起來了，這感覺彷彿是上輩子。樹上的水果太小又太酸，沒辦法吃。

「太陽士兵今天狀況如何？」

「不錯，只有幾個人射程夠遠，但要是我們走運，那樣的距離也就夠了。有很多人在第一軍團有實戰經驗，所以至少是有機會冷靜面對的。」

笑聲從接待室飄來。有人——我猜是赫薛——開始唱歌。但起居室則靜得要命，我聽到開始下雨的聲音。

「瑪爾，」我說，「你認為……是因為增幅物嗎？」

他皺起眉，確認一把步槍的準星。「妳的意思是？」

「在我們之間的是這個嗎？我和你的力量？就是因為這樣，我們才會是朋友，才會……」我的句尾消失不見。

他拿起另一把槍，打量槍管。「或許是那個把我們牽在一起，但不是因為那樣才造就今日的我們。不是因為那樣，才讓妳在我一無所有時還逗我笑；也絕不是因為那樣，我才變成把一切看得理所當然的白痴。不管我們之間的是什麼，都是我們打造的，只屬於我倆的事物。」然後他放下步槍，在一塊破布上抹抹雙手。

「跟我走。」他牽起我的手，拉著我跟在他身後。

我們在黑暗的房中穿梭，我聽見廳堂那裡有人唱著一些粗鄙歌曲，聽到某人從一個房間跑到另一個的腳步聲。我以為瑪爾會帶我上樓去臥室——我猜自己希望他這麼做——他卻帶我穿越房子西翼，經過悄然無聲的縫紉間、圖書館，一路來到一條沒有窗戶的連通廊，兩旁列放抹刀、鏟子，以及割下來曬乾的草。

「呃……好漂亮？」

「在這邊等。」他打開一扇我根本沒看見的門。門內嵌在牆中。

在昏暗光線中，我看見那扇門通往某種又長又窄的溫室。雨在穹窿屋頂和塗層的玻璃牆壁打出穩定的旋律。瑪爾更深入室內，點燃設置在一座細長的倒影池邊的燈盞。兩邊牆壁種了蘋果樹，樹枝上濃密長滿一簇簇白花，花瓣墜地，猶如散落的雪花，躺在紅色磁磚地上，也漂在水面。

我隨瑪爾沿著池子走，空氣芳香宜人，因蘋果花而甜美清新，還飄著濃濃泥土香氣。外面的風吹起，暴風嚎吼，但裡面就像季節停擺，裹足不前。我湧上極度詭異的感覺，彷彿我們能身在任何地方。這房子的其他空間就這麼消散不見，我們完全獨處。

在溫室遠端，一張桌子塞在角落。有條披巾掛在一張漩渦裝飾的椅背上。蘋果花紋樣的布上擱了一籃縫紉用具。女主人一定會來這裡做針線活，喝著早晨的茶。白天的時候，她必定會透過大大的拱形窗眺望果園完美的景色。桌上打開著一本書，我看了看書頁。

「是日記，」瑪爾說，「春天收成的統計數字，雜交樹種的成長進度。」

「她的眼鏡，」我拿起那副金絲框眼鏡，「不曉得她會不會想念這一切。」

瑪爾靠在石頭池子的邊上。「妳有沒有想過，如果格里沙檢驗師在卡拉錫就測出了妳的力量，現在會是怎樣？」

「有時候會。」

「拉夫卡會截然不同。」

「也許不會。在找到雄鹿前，我的力量無用武之地。沒有你，我們恐怕連一個莫洛佐瓦增幅物都找不到。」

「妳會截然不同。」他說。

我將那副精緻眼鏡放到一旁，翻閱那一列列數字和整齊的字跡。我可能會變成怎樣的人呢？我還會和娟雅成為朋友嗎？或者只把她當下人看？我會有柔雅那樣的自信嗎？還有她信手拈來的傲慢？對我來說闇之手又會是什麼角色？

「我可以告訴你會發生什麼事。」我說。

「妳說。」

我闔起日記，轉回身面對瑪爾，靠著桌子邊緣。「我會去小行宮，被寵壞、被照顧得無微不至。我會用金盤子吃飯，永遠不會掙扎於要不要使用力量。使用力量會像呼吸一樣自然，因為本來就該那樣。不要多久，我就會忘了卡拉錫。」

「還有我。」

「我不可能忘了你。」

他揚起一邊眉毛。

「我可能會忘了你吧。」我承認，他笑出來。「闇之手會去找莫洛佐瓦的增幅物，然而未果，也不見希望。直到某一天，有個追蹤師——一個無名小卒，一個被棄者孤兒，行入冰天雪地的茲貝亞。」

「妳是建立在我沒死於影淵的假設上。」

「在我的版本，你絕對不會被送進影淵。你自己說這個故事的時候可以死得很悲劇。」

「既然如此，妳繼續。」

「這個無名小卒，這個無足輕重又可悲的孤兒——」

「好啦我知道了。」

「他會是數世紀的搜尋以來第一個看見雄鹿身影的人。自然而然，闇之手和我會乘著他巨大的黑色馬車前往茲貝亞。」

「但是下著雪？」

「他巨大的黑色雪橇，」我改口，「當我們抵達切納斯特，你的單位會加入我們崇高的行列——」

「我們可以正常走路嗎？還是得按照身分，像條低賤的蟲子一樣趴在地上爬？」

「你可以用走的，但充滿敬意。我會坐在高聳的台上，頭髮綴著珠寶，身穿金色柯夫塔。」

「不是黑色？」

我暫停一下。「可能是黑色吧。」

「那都沒差，」瑪爾說，「我恐怕也無法不把目光放在妳身上。」

我笑出來。「不，你會和柔雅眉來眼去。」

「柔雅也在？」

「她不是老陰魂不散嗎？」

他微笑。「我一定會注意著妳。」

「你當然會。我可是太陽召喚者。」

「你知道我意思。」

我低下頭，將花瓣從桌上拍掉。「在卡拉錫你有注意過我嗎？」

他安靜了好久好久。當我望著他，他抬起頭看玻璃天頂，臉紅得有如甜菜。

「瑪爾？」

他清清喉嚨，交叉雙臂。「實際上，我有。我對妳有一些……非常令人分心的想法。」

「你有嗎？」我差點結巴。

「而我對每個想法都很有罪惡感。妳是我最好的朋友，不該是……」他聳聳肩，臉更紅了。

「笨蛋。」

「此事真確無誤，絕無虛構造假。」

「好啊，」我說，又揮了一把花瓣，「你有沒有注意到我都沒差，因為我一定會注意到你。」

「區區低等被棄者？」

「沒錯。」我平靜地說，已經不想再逗弄他。

「那妳會看見什麼？」

「一個士兵——驕傲自信、滿身傷疤，優秀不凡。那會成為我們的開始。」

他站起身，拉近我們之間的距離。「也會是我們的結束。」他說得沒錯。即便在夢中，我們也沒有未來。如果明天真能活了下來，我得去找盟友、找王位繼承人；瑪爾則得想個方法把真實血統隱藏起來。

他溫柔地捧起我的臉。「沒有了妳，我也會變得截然不同。我會更不堪一擊、更魯莽。」他輕輕笑道，「會怕黑，」他將眼淚從我臉頰拂去。我不曉得自己什麼時候開始流淚。「但不管我會是誰，會做什麼，永遠都屬於妳。」

於是我親吻他——帶著悲傷、迫切和長年來的渴求，帶著不顧一切的希望，妄想能將他留在懷中；還有天殺的領悟，深深明白這是不可能的。我倚靠著他，感受他貼近的胸膛、寬闊的雙肩。

「我一定會很想念的，」他一邊親吻我的雙頰、下頷和眼皮，一邊說，「想念妳嘗起來的味道。」他的嘴唇停泊在我耳下空隙，「妳聞起來的味道，」他的雙手從我背後往上爬，「妳碰觸起來的感覺。」當他與我胯部相貼，我呼吸一緊。

然後他抽回身體，在我的雙眼中梭巡。「我想給妳更多，」他說，「我想往妳髮上蓋上白紗，我想要我們都能實現的誓言。」

「還要正式的婚禮之夜？拜託告訴我，你不是在向我道別，我只要這個誓言就行了。」

「阿利娜，我愛妳。」

他再次吻我，沒有回答，但我不在乎。因為他正與我雙唇相貼。在這一瞬間，我可以假裝自己不是救世主，也不是聖人，我可以不顧一切選擇他，去過自己的生活，放手去愛。我們不會只有一晚，而會擁有上千夜。我拉著他和我一起躺倒，輕輕讓他壓在我身上，感受背後涼涼的地面。他有士兵的雙手，粗糙生繭，讓我皮膚溫度高升，全身爆開飢渴的火花，抬起下身，試圖將他拉得更近。

我將衣服從他頭上脫下，任憑手指順著那滿是肌肉又拱起的光滑背部撫摸，感受刻畫在他身上那些微微隆起的字跡線條。但當他分別從兩袖解開我的上衣，我卻僵了一下，突然痛苦萬分地意識到我身上所有差強人意之處：凸出的骨頭、過小的乳房、蒼白乾燥得像洋蔥的皮膚。他捧起我的臉頰，拇指順著嘴唇描繪。

「我唯一想要的就是妳，」他說，「妳就是我生命的一切。」

我打量了一下自己——我這樣無趣、愚蠢又難搞，在他眼中卻那麼討人喜歡。我拉他靠近，他顫了一下。當我們身體相依，皮膚相貼，我感覺著他嘴唇、舌頭的熱度及雙手的動作，直到我們之間的渴望逐漸焦躁得難以忍受，恍若拉滿待放的弓弦。

他一手緊扣我手腕，我心中立刻漲滿光芒，眼中只能看見瑪爾的面孔，感覺到他的身體——在我上方、將我包圍。起先，我們的節奏有些不自然，然後慢慢緩緩地，就如雨的韻律。這就是我們唯一所需，一直以來從未改變。

第十七章

第二天早上，我醒來發現瑪爾早就起床。他留給我一壺擺在托盤上的熱茶，周圍還放滿蘋果花。雨已經停了，但溫室四壁覆蓋霧氣。我用袖子抹了抹一塊玻璃窗板，望著外頭清晨的深藍色。一頭鹿在林間走動，低下頭去吃甜美的野草。

我緩慢地穿上衣服，喝了茶，在燈盞早就熄滅的倒影池那兒徘徊逗留。再過幾個小時，這個地方可能就要陷入黑暗了。我想記下一切細節——突然間，我湧上一個念頭，拿起一支筆，翻到日記最後一頁，寫下我們的名字。

阿利娜・史塔科夫

瑪爾延・奧列捷夫

我也不曉得自己為何要這麼做，我只是很想大聲宣告我們曾經來過。

我發現其他人都在主要大廳打包。娟雅拿著我的外套在門口攔截我，那件橄欖色的羊毛衣甚至剛熨燙過。

「妳殺闇之手時，一定要看起來很有氣勢。」

「謝了，」我微笑著說，「我會努力不要把血流得一身。」

她親吻我的雙頰。「祝好運。我們會等妳回來。」

我握住她的手，將尼可萊的戒指放進她掌心。「如果發生什麼不測，如果我們沒能成功——帶大衛和米沙去歐斯科佛，這東西應該能讓你們得到必要的幫助。」

她吞了口口水，再一次緊緊抱住我。

外面的太陽士兵排出嚴密陣形靜靜等待，步槍揹在身後，裝入未活化盧米光的罐子掛在肩上。在黎明光線中，他們臉上的刺青殺氣騰騰，格里沙身穿粗布衣，看起來則像隨處可見的士兵。

赫薛留昂卡蜷在米沙身旁，然而此時，她正坐在起居室的窗邊，懶洋洋地打理自己，注視我們集合。托亞和塔瑪將金色日輪別在胸口，瑪爾的那副仍在米沙身上。他看見我，立刻露出微笑，然後拍了拍原本該別上符飾的位置，也就是他的心臟上方。

小鹿逃開了，因此我們走過果園時裡面空無一物，靴子在軟土留下深深的腳印。半小時後，我們將來到影淵邊岸。

我加入其他的元素系格里沙：柔雅、娜迪亞、阿德理克與赫薛。不知怎麼，我就是覺得我們應該第一批進去，而且要全員同行。風術士舉起雙臂召喚氣流，降低氣壓，就和柔雅在洞穴時做的一樣。當他們層層疊加出聲音遮罩，我耳中炸出嗶剝聲音。如果這招撐不住，赫薛和我也做好召喚光和火逼退有翼鷹人的準備。我們排成一列、散開陣形，踩著慎重步伐進入影淵的黑暗中。

異海總給人一切終結的感受，而那不只是因為黑暗，而是一種全然孤獨的駭人氛圍，就像全世界都消失，徒留你一人；你氣息的呼呼聲，心臟怦怦的跳動。

當我們踏上毫無生氣的灰色沙地，身周的黑暗逐漸轉濃，我得用盡渾身力量才不至於舉起雙手，把大家籠罩在安全的保護光罩中。我豎耳傾聽，預期聽到翅膀拍動，或某個不屬於人類的恐怖尖叫——但我什麼也沒聽到，就連在沙上的腳步都幾不可聞。不管風術士使出什麼招數，都順利奏效。這股靜謐之深沉，不容穿透。

「嘿？」我悄悄地說。

「我們聽得到。」我一個轉身，雖深知柔雅在行列更遠處，但聽起來簡直像直接在耳邊說話。

我們以規律步調移動。我聽見喀的一聲，接著大約十分鐘後，傳來喀喀兩聲。我們走了一哩。在某一瞬間，我聽見高據上方的翅膀拍動，然後感到恐懼猶如有生命的物體般，在整個隊伍擴散開來。有翼鷹人可能聽不到我們，卻能嗅到數哩之外的獵物。會不會，牠們此時就在我們上方盤旋，感到有哪裡不太對勁？有誰就在附近？我覺得柔雅的花招恐怕無法保我們平安太久。我在瞬間領悟這行為有多麼瘋狂，我們挑戰了前無古人、後無來者的舉動——在沒有任何光線的情況下進入影淵。

眾人持續前進，過一會兒，又是喀喀兩聲，我們停下，站好定位，靜靜等待。只要一見到闇之手的沙艇，我們就要快速行動。

我的心念朝他一轉，小心翼翼測試羈絆我們兩人間的繫繩。那股飢渴挾帶著幾乎清晰可觸的力量，一顫一抖將我貫穿。他的渴望強烈，已準備要釋放影淵之力、放手一搏。而我也感覺到了。我感到它有如繞梁餘音與他共鳴，那股企盼與索求滂沱洶湧：我要來找妳。

瑪爾和托亞——又也許是所有人——都相信增幅物非聚在一起不可，但他們從沒感受過使用魔邪的那股戰慄。那是沒有任何格里沙能懂的感受，然而無庸置疑，正是那種感受使闇之手和我密不可分。不是我們的能力，不是這力量的不可思議，不是因為我們都背離正道——沒說是邪惡力量還算客氣了。是我們對於禁忌事物的瞭解，以及想要更多的渴求。

時間分秒經過，我的神經開始警鈴大作。風術士也只能維持聲音遮罩到這樣了，要是闇之手等晚上才發動攻擊怎麼辦？你在哪裡？

回應立刻出現。一簇微弱紫光由東方朝我們進犯。

喀喀兩聲。我們按照練習陣形散開。

喀喀喀三聲。那是給我的信號。我舉起雙手，將影淵照耀得猶如起火燃燒。我也在同一瞬間彎折光線，讓光如流水般將我們的士兵團團包圍。

闇之手看到了什麼呢？毫無生氣的沙地，灰色天空無波無紋的平靜光澤，漸漸化為塵土的破損沙艇。沒錯，我們隱身，我們就如空氣。

沙艇放慢速度，當它漸漸靠近，我看見它的黑色船帆標記了蝕缺的太陽，還有詭異的煙燻玻璃質地。盧米光的紫色火焰在船身兩側發著微光，和我灼熱憤怒的火焰相比，顯得隱隱約約、閃閃爍爍。

風術士身穿藍色柯夫塔站在桅杆，幾名火術士列於欄杆旁，兩旁有一身火紅的破心者與全副武裝的灰衣闇衛相夾。人手真是綽綽有餘。學生一定在下層甲板。闇之手立於船首，身邊圍繞大批的暗影嘍囉。一如以往，看見他的第一眼總像打在身上的一記重拳。這很像是在幻影中前去見他，只是這個人變得比較真實，比他身邊一切更加鮮活靈動。

一切發生得很快，我幾乎沒有時間意識到。第一擊打中了闇之手一名闇衛，他從沙艇欄杆翻落，接著降下緊湊的槍林彈雨、接續來襲，像是暴風開始前敲在屋頂的雨滴。格里沙和闇衛一個接一個連連倒下，困惑的氛圍在玻璃沙艇上爆開，我看到更多倒下的軀體。

有人高喊：「回擊！」周遭立刻爆開如雷貫耳的槍響，但我們位於射程外，安然無恙。虛獸拍動翅膀，畫出大大的弧度，不斷轉身尋找目標。打火石擦得刷刷響，仍堅守沙艇的火術士放出一團火焰，怒嚎著燒過空中。赫薛在隱身狀態下以火攻火。我聽見了尖叫。

接著是一片寂靜，只有玻璃沙艇不時傳來的呻吟和喊出的命令。我們的神槍手克盡職責，附近區域和欄杆到處散落屍體。然而闇之手毫髮無傷，正在對一名破心者下指示，並發出某些號令。我聽不清他說什麼，但我知道，他定會在此時把學生搬出來用。

我環顧四周，找尋射擊手和格里沙的身影，在光線中感覺著他們的位置。

喀的一聲。風術士吹起沙浪攻擊。當闇之手的風術士試圖回應，更多喊叫從甲板上響起。那是我們的登場信號，雙胞胎和我衝向沙艇，由船尾迫近。我們的時間不多。

「他們在哪？」登船時，托亞壓低音量。聽得見他的聲音卻看不見人，感覺超怪。

「可能在底下。」我回答。沙艇很淺，但仍有足夠空間。

我們小心穿越甲板、尋找艙門，盡可能不要碰到闇之手的任何格里沙和護衛。

剩下的闇衛都將槍管對準沙艇外一片空盪的沙地。我們非常接近，我甚至能看見他們眉頭上的汗水、睜大的雙眼。那些人一陣一陣發抖，無論是真的有聲音，或只是想像力作祟，都讓他們心驚膽跳。「*Maleni.*」他們低聲說。鬼魂。只有闇之手似乎不為所動。他表情平靜，檢視著我造成的嚴重破壞。我那麼近，彷彿能直接出手攻擊，但他仍被影子士兵保護得無微不至。我心中湧上不安。他好像在等著些什麼。

突然間，闇衛大喊，「趴下！」

我們周遭的人全往甲板上一伏，空氣中爆開砲火。

另外兩艘玻璃沙艇衝破黑影出現，上面載滿闇衛。他們一進入光中，沙艇立刻熊熊燃燒起盧米光的紫色火焰。

「妳以為我會毫無準備就來見妳嗎，阿利娜？」在一片混亂中，闇之手放聲喊道，「妳以為我為了達成目的，會捨不得犧牲一整艦隊的沙艇嗎？」

不管他派出多少船，只有兩艘成功抵達。但要逆轉局勢，兩艘也很夠了。我聽見尖叫、吶喊，我們的士兵開槍反擊，沙上出現一道紅色血痕，而我猛地一個心驚，意識到流血的是我們的人。那可能是伏拉汀，或柔雅，或瑪爾。我得把他們救出來。學生到底在哪？我努力不要分心，絕對不能讓光潰散。我們的人馬擁有裝盧米光的罐子，可以撤退到影淵裡面——但我知道他們不會。至少他們會等到我離開闇之手的沙艇。

我悄悄繞過桅杆，尋找活板門或艙門的位置。

然後我肩上劃過一道灼熱的刺痛，我往後倒、高喊出聲。我中槍了。

我以大字形倒在甲板上，感到苦苦維繫的光正在消散，托亞在我旁邊閃閃爍爍、現出身形，我拚了命想重新掌控，他消失不見，但我能透過欄杆看見士兵和格里沙出現在沙地上。闇衛從其他沙艇一躍而下，衝進去展開攻擊，虛獸也奔上了戰場。

在我手足無措、拚命專注的同時，驚慌感好似在我渾身上下不斷喧嚷。我感覺不到右手臂，只能叫自己深呼吸，別再像頭野熊一樣喘個沒完。如果阿德理克能用單手召喚，我也可以。

塔瑪在靠近船頭位置現身又消失，倏忽又冒出來。一頭虛獸衝撞她，當牠將利爪深深刺入她的背，塔瑪放聲尖叫。

不可以，我聚集殘破不堪的專注力，找到使出黑破斬的力量，雖說我只剩一隻完好的手臂能出招。我不確定能否在不傷及塔瑪的情況下打中影子士兵，可是絕不能眼睜睜看她死。

接著另一道身影從上方俯衝而來、加入混戰。我花了好久才理解自己看到了什麼，是尼可萊。他齜出尖牙、展開翅膀。

尼可萊用爪子一把攫住抓了塔瑪的虛獸，將牠的腦袋往後一擰，逼牠不得不放開她。虛獸腳沒著地、痛苦扭曲。尼可萊往上飛，再一個發狠將牠扔進深深的黑暗裡。我從遙遠某處聽見瘋狂的尖叫——是有翼鷹人。那名影子士兵沒再現身。

尼可萊俯衝重返，高速撞上闇之手的另一隻虛獸。我幾乎能想像到他的笑聲。如果我非得當個怪物，怪物之王這位置應該挺適合我的。

當我沒受傷的手臂啪地被摜在甲板，我倒抽一口氣。闇之手居高臨下，在我上方，靴子惡狠狠踩痛我的手腕。

「原來在這裡。」他用那清晰冷冽的聲調說。「妳好啊，阿利娜。」

光芒潰不成軍，黑暗聚攏迫近，只有詭異閃爍的紫色火焰還照亮周圍。闇之手的靴子狠狠碾壓我手臂的骨頭，我發出疼痛的呻吟。

「學生在哪裡？」我咬牙切齒地說。

「不在這兒。」

「你對他們做了什麼？」

「他們安然無恙地待在奎比爾斯克，很可能正在吃午餐。」他的虛獸繞著我們飛旋，形成鬼祟又蠕動不停，由翅膀和利爪、手臂組成的完美保護罩。「我知道單是嘴上威脅就夠了。妳真以為我會在失去這麼多同胞的時候還危害格里沙小孩的生命嗎？」

「我以為……」我以為他什麼事都做得出來。是他要我這樣想的。我突然領悟。當他讓我目睹波特金和阿娜．庫亞的屍體，就是要我相信他能冷酷無情。

然後我想起好久以前他說過的話：就把我當成壞人吧。

「我知道妳在想什麼，我知道妳都是怎麼看待我。那樣想輕鬆多了，對不對？用妳自己的正義來自我膨脹。」

「你犯的罪不是我瞎掰出來的。」事情還沒結束。我只要把手伸進袖裡拿打火石，只需要一點星火。也許那殺不了我們兩人，可是至少會痛到要人命，說不定就能為其他人爭取時間。

「那男孩呢？召喚者我有了，追蹤師我也要拿到手。」

瑪爾對他來說仍只是個追蹤師——感謝諸聖。我將沒受傷的手縮進袖子，拂過打火石的邊邊。「我不會讓他被利用的，」我說，「也不會讓他變成籌碼，無論怎樣都不行。」

「背後那些虔誠信徒不斷在妳身旁倒下，妳還是這麼目中無人。」

他一把拉著我站起來，兩頭虛獸一個箭步上前、將我扣住，打火石也從我手中掉下。闇之手將我的外套推開到一邊，雙手滑下我身體搜查，當他握住第一包爆炸粉，我的心臟一沉。他將那東西從我口袋拿出來，又迅速找到第二包，然後嘆了口氣。

「阿利娜，妳感覺得到我的打算，我也感覺得到妳的。妳那孤注一擲的決心，妳對殉難的堅定不移。我現在終於懂了。」

繫繩。我突然冒出一個想法。雖然機會微乎其微，但我願意放手一試。

闇之手將那幾包爆炸粉扔出去，丟給一頭隨群體拐圈飛入黑暗的虛獸。等待時，他用冷酷的灰色眼睛看著我，戰鬥的聲響被周圍那些颼颼響的影子士兵掩蓋。過了一會兒，震耳欲聾的轟一聲在遠方某處炸開。

闇之手搖搖頭。「要攻破妳可能得再花我一輩子的時間，阿利娜，但我會努力達成這個任務。」

他一轉過身，我立刻行動。由於遭到虛獸箝制，無法使出黑破斬，可是我也不是完全沒有力量。我手腕一轉，盧米光的那片紫色隨之彎折、將我包圍，同一時間，我朝我與他之間的繫繩摸索而去。

闇之手猛一抬頭。有那麼一瞬間，雖然我仍以隱形狀態立於虛獸的箝制中，卻同時也在桅杆旁注視著他。他面前的女孩幻象完美無瑕，且毫髮無傷，正舉起雙臂欲施展黑破斬。闇之手甚至沒有停下來思考——而是立刻回擊。時間幾乎不到一秒，本能和領悟之間最狹小的縫隙——但那已足夠。他的影子士兵放開了我，躍身往前，打算保護他。我立刻衝向欄杆，一頭從沙艇翻下去。

落地時，我用了受傷那手，疼痛感立即爆開、傳遍全身。闇之手的憤怒咆哮在我身後響起。我知道自己已控制不了光，那就表示我會被看見。我逼自己持續移動，拖著身軀在沙上跑，遠離紫色的盧米光。我看見太陽士兵和格里沙在被照亮的沙艇旁奮戰，赫薛倒下，露比在流血。

我逼自己撐住。我頭暈目眩，緊抓著受傷的手臂，踉蹌躲進黑暗。我什麼也看不見，也失去了方向感。我闖入黑暗，越衝越裡面，努力逼腦子動起來，想出某種計策。我知道有翼鷹人任一時刻都可能來抓我，可是我不能冒險召喚光。快想，我斥責自己。我已經無計可施，爆炸粉也沒了，施展不出黑破斬，袖子被血浸濕，腳步也變慢。我得找人治療手臂，也得重新布署。我不能又像第一次在影淵那樣從闇之手身邊逃走。那之後，我就展開永無止境的逃亡。

「阿利娜。」

我轉過身，瑪爾的聲音從黑暗中傳來。拜託，希望這只是聲音的花招。我想。但我知道風術士的遮罩老早失效。他找到我了嗎？啊，真是個蠢問題，瑪爾永遠都能找到我。

當他抓住我受傷的手臂，我倒抽一口氣。儘管會痛、也有風險，我仍喚出微弱的一道光，看見他美好的面容上有著斑斑髒污和血跡，還有他手中的刀。我認得那把刀，是塔瑪的，由格里沙手工藝打造。她是為了這一刻才給他的嗎？或是他找到了她，再向她要來？

「瑪爾，不要，一切還沒有結束——」

「結束了，阿利娜。」

我試圖抽身，但他緊扣著我的手腕，手指收合，那股不容忽視的力量震動著竄過我們兩人之間，呼喚著我，要求我穿越那扇門。他用另外一隻手逼我抓牢刀柄，光芒縹緲搖盪。

「不要！」

「別讓這一切白費，阿利娜。」

「拜託你——」

戰場上不斷傳來的吶喊中突然冒出一聲痛苦尖叫，聽起來很像柔雅。

「救他們，阿利娜，不要讓我明知道可以阻止一切，卻苟且偷生。」

「瑪爾——」

「救他們。這一次，讓我來替妳承擔。」他毫不動搖地注視著我。「結束這一切。」他說。

他加重力道。我們的故事永遠不會結束。

我永遠不會知道令我下手的究竟是貪婪，還是無私。我任瑪爾引導著我的手，將刀子往上挪、刺入他胸口。

那股作用力讓我猛地往前，腳步踉蹌。我抽身回來，刀從我們兩人手中掉落，鮮血從傷口淌流而出，但是他仍握著我的手腕。

「瑪爾。」我啜泣道。

他咳了一聲，血從嘴唇汩汩湧出。他晃了晃身子，往前倒。當我將他緊抱懷中，整個人差點翻過去，他抓住我手腕的力道超大，我還以為我的骨頭要斷了。他喘著大氣，發出濕潤的咕嚕咕嚕聲，他一整個人的重量都壓在我身上，拖著我一齊倒下，手指仍緊抓著，好像在幫我把脈一樣壓在我皮膚上。

我很清楚他什麼時候離去。

有一瞬間，萬籟俱寂，呼吸也屏住了，接著萬事萬物爆炸成白色火焰。一聲怒吼填滿我耳中，這天崩地裂的巨響搖撼沙地，使整個世界為之震動。

當力量流竄全身，我恍若起火燃燒；當我從自體遭到吞噬，不禁放聲狂吼。我是有生命的星子，我是爆炸的花火。我是降誕於世的新生太陽，來此粉碎一切、吞噬大地。

我便是毀滅。

世界顫抖、分解，自我崩毀。

接著那股力量消失。

我立刻睜開眼，身周被黑暗包圍，我的耳朵嗡嗡狂響。

我跪在地上，摸索到瑪爾的身體，他被血浸透的衣服濕綯成一團。

我舉起雙手召喚光——什麼也沒有。我又試一次，汲取力量，卻只抓到一片空虛。我聽見上方傳來尖叫，有翼鷹人在盤旋。我看到火術士炸開的火焰，士兵在沙艇發出的紫光中戰鬥，身形若隱若現。某處，托亞和塔瑪正在呼喊我的名字。

「瑪爾……」我的喉嚨熱辣辣地痛；我辨識不出自己的聲音。

我追尋著光，就如在白大教堂深深的地底下那樣，拚命尋找微乎其微的一絲光芒，但感覺起來很不同。我能感到體內的缺口，那是原先完整而且自然存在的事物留下的空隙。我不是毀壞了，而是被掏空。

我緊緊握拳，揪著瑪爾的衣服。

「幫幫我。」我喘著氣說。

何謂無限？宇宙，與人心之貪婪。

這算哪門子教誨？什麼爛笑話？當闇之手玩弄造物之心臟的力量，影淵成為他得到的回報，一個令他力量無用武之地的地方，讓他和他的國家陷入百年束縛的邪惡事物。所以這就是我的懲罰？莫洛佐瓦到底是真的發了瘋，還是只不過是個失敗者？

「誰來幫幫忙！」我大喊。

托亞和塔瑪朝我飛奔而來，柔雅跟在後頭，他們的身形被裝在玻璃罐中的盧米光照亮。托亞跛著腳，柔雅一邊臉上有燒傷，塔瑪基本上渾身都是遭虛獸所傷流下的血。當他們看見瑪爾，霎時停住了腳步。

「把他救回來。」我哭著說。

托亞和塔瑪跪在他身旁，但我看見他們交換了眼神。

「阿利娜——」塔瑪說。

「拜託，」我啜泣道，「幫我把他救回來。」

塔瑪打開瑪爾的嘴，試圖把氣息吹進他肺中；托亞一手放在瑪爾胸口，對傷口施壓，並嘗試復甦他的心跳。

「我們需要多一點光。」他說。

我吐出彷彿哽住的笑聲，舉起雙手，哀求光大發慈悲降臨，我對世上所有諸聖苦苦哀求，然而懇求落空。我伸出的手感覺好假，像在演啞劇般。這裡什麼也沒有。

「我不懂。」我用濕濡的臉頰貼著瑪爾的臉，忍不住哭出聲。他的皮膚感覺都冷了。

巴格拉警告過我，妳恐怕無法從魔邪要求的代價中存活。但這個代價又有什麼意義？我們之所以留下一條小命，只是為了當作人心貪婪的活教材嗎？這就是莫洛佐瓦瘋狂的真相嗎？有如某種殘酷的等式，奪走我們所有愛與失去，最後加總完畢，卻只得到一片荒蕪？

這超出了我的承受範圍。憎恨與痛苦、悲傷，全數排山倒海壓來。如果我能取回力量，就算只那麼一秒鐘，也必將世界燃燒成灰燼。

然後我就看見了——遠處一點光芒劈開黑暗，有如燦爛耀眼的刀刃。

我還沒能意會，另一道光又出現，一個耀眼的光點變成兩道寬廣的光束，高高在我頭頂上放肆掃蕩。

一道狂野光浪從距離我不過幾呎的黑暗中爆出，我一邊調整適應，一邊看見伏拉汀。當光從他掌中傾瀉而出，他瞠目結舌、困惑不已。

我轉過頭，看見他們一面發出光芒一面現身，一個接著一個跑過影淵，有如出現在黎明天空的星星，太陽士兵和闇衛紛紛忘了武器，一臉困惑、充滿敬畏又恐懼不已，個個沐浴在光中。

闇之手航行在白骨路冰冷水面上說的話再次出現在我腦中。莫洛佐瓦是個怪人，和妳有點像，他迷戀平凡和弱者。

他有個被棄者的妻子。

他差點失去一個被棄者小孩。

他認為自己孤立無援，只有一身力量。

現在我理解了。我意識到他做了什麼。這是三個增幅物帶來的禮物，即能夠複製千次的力量——但不是單給一人。這股力量製造出多少新生太陽召喚者？莫洛佐瓦的力量究竟到什麼境界？光弧和光瀑在我身周綻開，在這不自然的黑夜中灼灼發光，有如一座燦亮花園。光束相遇，而當它們交會，旋即燒灼黑暗，使之退散。

當影淵開始分崩離析，有翼鷹人爆發尖叫。這簡直是奇蹟。

然而我不在乎。諸聖儘管留著那些奇蹟吧，格里沙想要長壽和那些教誨領悟，就給他們。可是瑪爾不會活過來了。

「怎麼會？」

我抬起頭，闇之手站在我們身後，震驚不已，注視著影淵在周遭崩解，望著這不可思議的景象。「這不可能，沒有火鳥是做不到的。第三個——」當他的眼神落在死去的瑪爾和我手中的鮮血，突然收住了句子。「這不可能。」他重複道。

即便現在，在我們所知的世界被爆炸和道道金光重塑的當下，他仍無法理解瑪爾的真實身分。他不願接受。

「這到底是什麼力量？」闇之手追問，大步朝我們走來，掌中聚積黑影。他那些怪物在周圍打轉。

雙胞胎抽出武器，我不作多想，立即舉起雙手找尋光——什麼也沒發生。

闇之手瞪大眼睛，放下雙臂。那股黑暗消逝。

「不，」他難以理解地搖著頭，「不，這實在不——妳做了什麼？」

「繼續試。」我命令雙胞胎。

「阿利娜——」

「把他救回來。」我重複。我根本不講道理，我很清楚。他們沒有莫洛佐瓦的力量，可是既然瑪爾都能從石頭堆中找到兔子，光用想像就能找到真北。那他一定有辦法再回我身邊。

我踉蹌站起，闇之手大步朝我邁進。

他的雙手朝我喉嚨伸來。「不。」他低喃。

我這時才發現項圈裂開。我低下頭，它變成碎片，躺在瑪爾身旁，我的手腕上也空無一物。

手銬也斷了。

「這樣不對。」他說，我從他嗓音中聽見絕望，那是前所未見又陌生的痛苦情緒。他的手指掠過我頸部，捧起我的臉。我沒感到從前那股確定，體內也無光芒翻騰，意欲回應他的呼喚。他的灰色雙眼在我的眼中四處尋找，困惑——幾乎到了驚恐的程度。「妳應該要和我一樣，妳本來應該……現在妳什麼也不是了。」

他垂下雙手，我隨即見到他眼中當頭棒喝的了然。他真的是獨自一人了，而且將永永遠遠獨自一人。

我看見他的眼神逐漸變得空無，感到他體內索求無度的黑洞延伸更廣，成為不見盡頭的荒原。他再也無法鎮定，無情而確實的姿態消逝無蹤。他怒不可抑地咆哮出聲。

闇之手展開雙臂，呼喊著黑暗。虛獸彷彿樹籬上受驚一哄而散的鳥群，突然發難，對太陽士兵和闇衛等人展開攻擊，破開陣勢，用鼻子猛嗅從他們身上放出的炫目光芒。我知道闇之手的痛楚深不見底，而且將墜落再墜落。

慈悲，我到底有沒有真正理解過這兩個字？我真以為自己知道受折磨是什麼感覺嗎？寬恕又是什麼？*慈悲，我想著，對雄鹿慈悲，對闇之手，對我們所有人。*

如果我們仍受那條繫繩羈絆，他很可能感覺得到我現在打算怎麼做。我的手指在外套袖子中微微抽動，以一小片黑影纏繞刀刃、包裹起來。那是我從沙地撿起、被瑪爾的血濡濕的刀，是我身上唯一剩下的力量，雖說自始至終它都不屬於我。那是殘響，是玩笑，是狂歡節的花招。*是妳*

從他身上奪走的事物。

「我不必是格里沙，」我低聲說，「也能使用格里沙鋼鐵。」

我用迅雷不及掩耳的速度，將那把裹上黑影的刀刃深深刺入闇之手心臟。

他發出一個微弱的聲音，甚至比呼吸聲還縹緲。闇之手低頭看著從胸口凸出的刀柄，又看回我的方向，皺了個眉，走了一步，微微踉蹌。他又調正姿態。

闇之手唇上逸出一個笑，噴出一抹細小血跡、淌到下巴。「就像這樣？」

他雙腿一軟，試圖努力撐住，但是手臂失去力氣，於是頹倒在地，翻成仰躺。就這麼簡單，同類相喚。屬於闇之手的力量，屬於莫洛佐瓦的血脈。

「這藍天，」他說，我轉頭去看，在遙遠地方看到一抹淺淺微光，幾乎要被影淵的黑霧模糊掉。有翼鷹人正拚命遠離，尋找躲藏處。「阿利娜。」他用氣音說道。

我跪在他旁邊，虛獸已停止攻擊，在我們上方繞圈喧譁，不知所措。我想我好像瞥見尼可萊混在牠們之間，畫了個大弧朝那塊藍色飛去。

「阿利娜。」闇之手又說，尋找著我的手。我竟淚水盈眶，心中不禁訝異。

他伸出手，指節拂過我濕答答的臉頰。他染血的唇上出現微乎其微的一抹笑意。「有人願意為我哀悼，」他垂下手，彷彿只不過這點重量都無法承受。「沒有墳墓。」他喘著氣，緊抓著我的手，「就不會遭到褻瀆。」

「好。」我說，淚水更加洶湧。什麼也不剩。

他顫抖一下，眼皮低垂。

「再一次，」他說，「再喊一次我的名字。」

他實際上老邁不堪，我非常清楚，但在這一刻，他只是個小男孩——得天獨厚、天賦異稟過了頭，被永生壓得喘不過氣。

「亞歷山德。」

他顫抖著閉上眼睛。「不要留我一個人。」他低喃著，就此死去。

一陣聲波橫掃而來，彷彿巨大嘆息，掀起了我的髮絲。

虛獸潰散，有如風中塵灰般奔逃，留下嚇壞的士兵和格里沙瞠目結舌看著牠們之前所在的位置。我聽見撕心裂肺的吶喊，並及時抬頭看見尼可萊的翅膀崩解，一頭栽下灰色沙地。與此同時，黑暗化為縷縷煙絲，從他體內逸出。柔雅朝他奔去，試圖用上升氣流減緩墜落的勢頭。

我知道自己得有動作，該做點什麼，但是我好像無法逼腿移動，我頹坐在瑪爾和闇之手之間，莫洛佐瓦最後的兩個血脈。我剛剛受的槍傷還在流血。我碰了碰脖子上空盪盪的位置，感覺好赤裸。

我隱約意識到闇之手的格里沙正在撤退，一些闇衛也離開了，光仍一陣一陣從他們身上流洩出來，無法控制得當。我不知道他們要去哪，也許回奎比爾斯克警告同胞主人已經倒下，又或者他們單純只想逃亡。反正我不在乎。

我聽到托亞和塔瑪低聲交頭接耳，我聽不清他們說什麼，但語調中束手無策的氛圍倒是不用解釋。

「什麼都不剩。」我輕輕說，感受著體內的空盪，那無處不在的空盪。

太陽士兵歡呼起來，一面劃出燦爛灼熱的光弧，一面燒退影淵。有些人爬上了闇之手的玻璃沙艇，其他人則排成一列，將光束集合在一起，釋放出強勁的光瀑，加速削弱殘存的小片黑暗，拆解影淵，徒留蕩漾的餘波。

他們又喊又笑，因為勝利而喜不自勝，大聲到我差點沒聽見——那輕輕緩緩的呼吸，脆弱微渺、不可思議。我努力叫自己別妄想，可是希望對我使出重擊，這股渴望太過迫切，我知道自己一定會被結果擊潰。

塔瑪哭出聲，托亞罵出髒話，而那聲音再次出現——瑪爾氣若游絲、奇蹟般吸入的那口氣。

第十八章

他們用闇之手的沙艇將我們從影淵帶出來，柔雅輕鬆一聲令下就搶到一艘千瘡百孔的玻璃沙艇，托亞和塔瑪將我們藏在層層外套與摺好的柯夫塔底下、搬上甲板，她則負責轉移太陽士兵好奇的目光。闇之手的屍體用火術士藍袍包著，衣服屬於他倒下的士兵。我和他作了約定，也決意遵守。

風術士——柔雅、娜迪亞和阿德理克——都活了下來，一如戰役開始前那樣完好。他們朝黑色船帆灌滿強風，用力所能及最快的速度，帶我們飛越了無生氣的沙地。

我躺在瑪爾身旁。他仍痛苦難耐，時而昏迷、時而清醒。托亞持續為他醫治，不時確認他的脈搏與呼吸。

沙艇某處，我聽見尼可萊的說話聲。他的嗓子沙啞，因為身上施加的不知名暗黑物質有所損傷。我想去找他，看看他的臉，確認他一切都好。摔下來時他一定斷了幾根骨頭。但我失血過多，而且發現自己幾乎要失去意識，我疲憊不堪的心靈恨不得將一切忘得一乾二淨。在我快閉起眼睛的時候，我抓住托亞的手。

「我死在這裡，你聽懂了嗎？」他皺眉，似乎以為我精神錯亂，但我一定要確定他聽進去。「這就是我的殉難，托亞，就在今天、就在這裡——我在此喪命。」

「聖阿利娜。」他溫柔地說，往我指節貼上一吻，彬彬有禮，有如邀舞的紳士。我只能向每一個真正的聖人祈禱他聽懂了我的意思。

□

最後，我的朋友在處理我的死亡這件事上表現優異，而處理尼可萊的死而復生更是超乎期待。他們將我們帶回特米亞那，藏進穀倉，躲在蘋果榨汁機後頭，以防太陽士兵折返。他們把尼可萊打理乾淨，剪好頭髮，狂餵他一堆甜茶和放太久的麵包。娟雅甚至替他找到了一件第一軍團的制服。不到幾小時，他就前進奎比爾斯克，雙胞胎陪在兩旁，身後跟著穿著從死者身上偷來的藍色柯夫塔的娜迪亞和柔雅。

他們捏造的說法再簡單不過，他淪為闇之手的階下囚，本選定在影淵進行處決，但他成功逃亡，並在太陽召喚者的幫助下成功擊敗闇之手。沒多少人知道真正發生了什麼事，那場戰爭根本是一團混亂，而且差不多是在伸手不見五指下展開，我認為闇之手的格里沙和闇衛恐怕比較忙著逃亡，或懇求王室特赦，才沒空來質疑這個全新版本。這動聽的故事有個悲劇結尾：太陽召喚者犧牲生命，拯救了拉夫卡與其新王。於特米亞那度過的時光——蘋果的氣味、屋簷下鴿子窸窣、瑪爾在我身旁起落的呼吸聲——在我記憶中一片模糊。不時，娟雅會來照看我們，而我覺得自己必定在夢中。她臉上的疤仍在原位，但那些隆起的黑色都消失無蹤。

「妳的肩膀也是，」她微笑著說，「有疤，但已經沒那麼嚇人了。」

「妳的眼睛呢？」我問。

「拿掉了。但我開始有點喜歡我的眼罩，覺得這給了我某種狂放不羈的氣場。」

我一定是不小心昏睡過去，因為等恢復意識，米沙正站在我面前，手上有麵粉。

「你在烤什麼？」我問，吐出的話語咬字含糊不清。

「薑汁蛋糕。」

「不是蘋果？」

「我受夠蘋果了。想來攪糖霜嗎？」

我記得自己點了點頭，又一頭睡了回去。

□

那天深夜，柔雅和塔瑪來看我們，並帶來奎比爾斯克的新消息。看起來，增幅物的力量一路遠達旱地碼頭。那場爆炸將格里沙和碼頭工人掃倒在地，光從範圍內每個被棄者身上流洩而出，並因此爆發動亂。

影淵碎裂瓦解，他們大著膽子越過邊岸，加入那場大毀滅。一部分人拿起了槍，開始狩獵有翼鷹人，在所剩無幾的影淵碎片裡圍剿牠們，見一個殺一個。據說有些怪物成功逃脫，鼓起勇氣面對陽光，飛往他處尋找黝深陰影。此時此刻，在碼頭工人、太陽士兵和尚未逃跑的闇衛之間，殘存的異海碎片只剩幾縷暗色煙霧飄散在空中，抑或像掉隊的迷途生物那樣拖曳在地。

當闇之手死亡的傳言來到奎比爾斯克，軍營立刻陷入混亂——而且尼可萊．藍索夫更大舉進占。他進駐王家營房，召集第一軍團的隊長和格里沙司令官，直接粗暴地開始發號施令。他動員軍中剩下的所有單位守住邊界，發訊到海岸，集合史鐸霍恩的艦隊，並顯然是在不眠不休外加斷掉兩根肋骨的狀態下辦完一切。沒人有他這種能力，更別說他的膽識——一個王家次子，又是傳說中的私生子，怎麼可能做到？但尼可萊這輩子接受的訓練就為此時，我也一清二楚，他就是有能力讓不可能成為可能。

「他狀況怎麼樣？」我問塔瑪。

她停了一會兒，說，「惡夢連連。他變得不一樣了，雖然我不曉得會不會有人注意到。」

「也許還是會，」柔雅反對，「但我這輩子沒見過這種事。假如他再迷人一點，搞不好無論男女都會一個接一個躺在街道上，爭奪被新拉夫卡國王踩過去的特權。妳怎麼有辦法抵擋他？」

「好問題。」瑪爾在我旁邊咕噥。

「我好像對翡翠沒感覺呢。」我說。

柔雅翻翻白眼。「或對王室血脈沒感覺，或光芒萬丈的迷人魅力，或萬貫家財的——」

「好了，妳可以住嘴了。」瑪爾說。

我腦袋靠著他肩膀。「聽起來都很棒，可是我的真愛是得不到的那一種。」或說獨一無二、如假包換的班納可。我曾失手弄丟，現在又再次追回。

「我身邊真是白痴一堆。」柔雅說，但臉上在微笑。

塔瑪和柔雅回主屋前，塔瑪先確認我們的傷勢。瑪爾很虛弱，不過基於他經歷的一切，這是意料中事。塔瑪治好了我肩上的槍傷，儘管我仍有些驚魂未定又疼痛不已，感覺卻煥然一新——至少這是我告訴他們的說法。我能感受到失去力量的痛，一如幻肢。

我在他們拖進穀倉的床墊上恍惚睡去。當我醒來，瑪爾正側躺著看我。他很蒼白，藍色眼睛似乎太過明亮。我伸出手，順著他下巴的疤痕描繪。那是他第一次前去斐優達獵雄鹿時受的傷。

「你看到了什麼？」我問，「就是在你——」

「死掉的時候？」

我輕輕推他，他瑟縮一下。

「我看見伊利亞·莫洛佐瓦騎在獨角獸背上彈巴拉萊卡琴。」

「哈哈哈。」

他悠然躺回去，小心地將一手枕在頭後。「我什麼都沒看到，只記得很痛。刀子好像著了火，彷彿要把心臟從我胸口剖出來——然後就什麼都沒了，只剩一片黑暗。」

「你死了，」我顫抖著說，「然後我的力量——」我的聲音中斷。他伸出手臂，我把頭靠上他肩膀，小心不去弄到胸口的繃帶。「對不起，」他說，「有些時候……有些時候我希望妳的力量乾脆消失算了，但我從來不是真的那樣想。」

「能活下來我就很感激了，」我說，「影淵消失，你安然無恙。只是……代價太大。」我覺得自己小鼻子小眼睛。赫薛死了，大半太陽士兵也是，包含露比。此外還有其他人，瑟杰、瑪麗、琶雅、費德、波特金。還有巴格拉。這場戰爭害死了那麼多人，名單之長，不見盡頭。

「失去就是失去，」瑪爾說，「妳有權哀悼。」

我抬頭望著穀倉的木橫梁。就連我召來的黑暗碎片都遺棄了我。那股力量屬於闇之手，也和他一同離開了這世界。

「我覺得好空虛。」

瑪爾安靜了好一會兒，然後說，「我也有這個感覺。」我撐著手肘起身，他的目光遙遠。「在重新進行追蹤之前，我恐怕都不會曉得，但我覺得不太一樣。曾經，我就是自然而然什麼都知道，就連只是躺在這裡，我都該感覺得到原野上的鹿，棲在枝椏上的鳥，也許還有躲在牆壁裡的老鼠。我從沒多想。可是現在那感覺幾乎……只剩一片死寂。」

失去。我思考過托亞和塔瑪究竟怎麼將瑪爾救回來。若在過往，我會寧可把這件事看作奇蹟，現在我想我明白了。那是因為瑪爾身上有兩條生命，但是只有一條理所當然屬於他，另一條則是偷來的，是經魔邪加工製出、流傳下來的事物，從組成世界心臟的一分子強取豪奪。就是這股力量，在莫洛佐瓦女兒的人類生命消逝時，令她起死回生，就是這股力量在瑪爾體內深處迴盪。他的血液裡充滿這分力量，而那竊取而來、微乎其微的創造物，正是讓他成為強大追蹤師的原因。那分力量將他和所有生物綁在一起。同類相喚。

而今力量已逝。被莫洛佐瓦偷去、給予他女兒的生命已到盡頭。和瑪爾一同誕生的生命——那脆弱、有限又短暫的生命，現在只屬於他。失去。那便是世界為保平衡所要求的代價。但莫洛佐瓦不可能會知道——他不會知道解開增幅物祕密的人不是什麼活了千年、厭煩自己力量的古老格里沙，也不會知道這一切落到兩個來自卡拉錫的孤兒身上。

瑪爾握住我的手，與我十指交纏，貼上他胸口。「和能力耗盡的追蹤師在一起，」他問，「妳還會覺得開心嗎？」

我聽了不禁微笑。驕傲的瑪爾啊，充滿魅力，勇敢又致命的瑪爾。他聲音裡的是自我質疑嗎？我親了他一下，蜻蜓點水。「如果和把刀子插進你胸口的人在一起也能開心，我也能。」

「我也有幫忙，而且我告訴過妳我受得住妳撒野。」

我不知道接下來會怎麼樣，也不曉得該用什麼身分活下去。我一無所有，就連身上借來的衣服都不屬於我。然而，躺在這個地方，我卻深知自己沒有任何畏懼。經歷這一切之後，我心中再也沒有害怕——也許有悲傷、感激，甚至帶著希望。恐懼已被痛楚和挑戰蠶食殆盡。聖人已經不在，召喚者亦然。我又變回普通女孩，但這個女孩誰也不欠，不必為天命、機緣巧合或偉大的命格獻出自己的力量。力量是我與生俱來，然而其他是靠自己爭取。

「瑪爾，你得小心。增幅物的消息仍可能走漏，人們會以為你還有力量。」

他搖搖頭。「瑪爾延．奧列捷夫和妳一起死了，」他的話與我心中想法高度重疊，我甚至手臂寒毛直豎。「那個人的人生已經結束，也許在另一段人生裡，我會放聰明點。」

我嗤了一聲。「那就走著瞧囉。是說，這樣我們就得想新名字了。」

「米沙已經做了張清單。」

「唉我的諸聖啊。」

「妳哪有什麼好抱怨，很顯然我要叫迪米特．湯金。」

「很適合你啊。」

「我先警告妳喔，妳罵我的每句話我都有詳細記錄，這樣等我好了才能一一回敬。」

「迪米特，可不要亂威脅人，搞不好我會把你奇蹟復活的神蹟告訴導師，然後他就會把你也變成聖人。」

「他可以試試看啊，」瑪爾說，「我可沒打算浪費時間踏上什麼神聖追尋。」

「不要嗎？」

「不要，」他邊說邊拉我靠近，「這輩子剩下的時間，我都要用來努力報答一個白色頭髮的女孩。那個女孩非常愛生氣，有時會在我鞋子裡丟鵝大便，或試圖把我幹掉。」

「聽起來好累喔。」當他與我雙唇相貼，我勉強說出口。

「但她值得。搞不好有一天她會被我拐進禮拜堂。」

我顫抖一下。「我不喜歡禮拜堂。」

「我是真的對阿娜．庫亞說過要和妳結婚。」

我大笑。「你還記得喔？」

「阿利娜，」他親吻我掌中的傷疤，「我什麼都記得。」

□

該將特米亞那拋在腦後了。我們只有一晚能稍微喘息，影淵毀滅的消息迅速傳開，那些農場主人恐怕不要多久就會回來。即便我已不是太陽召喚者，在將聖阿利娜永遠埋起前，仍有些事要做。

娟雅帶來乾淨衣服，瑪爾跛著腳到蘋果榨汁機後面換，而她親手幫我換上簡樸的上衣，以及套在外面的傳統連身裙。這是農家打扮，沒有一絲一毫軍人氣息。

曾經，她在小行宮往我髮中交織編入金線，如今我們要有更極端、更徹底的改變。她用了一罐赤鐵礦和一把亮閃閃的公雞羽毛，暫時抹去我過於顯眼的白髮，再往我頭上綁條方巾做裝飾。

瑪爾回來，換好短上衣、長褲，以及一件簡單的外套，還戴了頂短帽沿的黑色羊毛帽。娟雅皺皺鼻子。「你看起來活脫脫是個農夫。」

「我還有更糟糕過。」他注視著我。「妳變成紅髮了嗎？」

「暫時的。」

「她差點要把頭髮給扯了。」娟雅補充，便悠然走出穀倉。這個效果不用她出手就會在幾天內褪去。

娟雅和大衛會與我們分頭進行，去找聚集在奎比爾斯克軍營的格里沙。他們表示可以帶上米沙，但他選擇與我和瑪爾同行，說我們需要人照顧，我們則確保他的金色日輪收得穩穩當當，口袋裡也塞滿要給昂卡的起司。然後，我們便前往昔日影淵所在的灰色沙地。

混進往來於拉夫卡的大批人馬再容易不過。有家人、一群群的士兵、貴族和農民。小孩在沙艇殘骸爬上爬下，人們自然而然成群結隊。他們親吻擁抱，輪流遞著科瓦斯酒瓶和塞滿葡萄乾的炸麵包。見面便相互吶喊「雍須霍斯特！（*Yunejhost!*）」作為招呼，這是「一體的」意思。

歡慶中也有些許悲傷。寂靜氛圍支配了過往新奎比爾斯克的斷垣殘壁。建築物大多倒塌，化為塵土，徒留某些空盪處，隱約暗示曾有街道所在，其餘一切洗練成接近無色的灰白。曾矗立城鎮中央的圓形石頭噴泉如同新月，遭影淵的無名黑暗力量碰觸，於是侵蝕殆盡。老人戳戳那些形貌詭異的遺跡，相互交換耳語。在陷落城鎮邊緣再過去，哀悼者在失事的沙艇上放置鮮花，並在船中建起小小的祭壇。

無論哪裡，我都看見人們佩戴雙鷹標誌，高舉旗幟，揮舞拉夫卡國旗。女孩在頭髮別上淺藍和金色緞帶，我也聽見輕聲細語，談論著年輕勇敢的王子遭闇之手囚禁時承受的折磨。

我也聽見了我的名字。朝聖者早就像潮水那般湧入影淵，想一睹發生何等奇蹟，並對聖阿利娜獻上禱告。小販再一次架起攤車，上頭放了一大堆聲稱是我指骨的東西，我的面孔也從畫在木頭聖像上的圖案與我面面相覷。雖然那和我不怎麼像。那個女孩更漂亮，有圓圓臉頰、平靜的棕色眼睛。莫洛佐瓦的鹿角項圈擱在她纖瘦的頸子上。影淵的阿利娜。

無人多看我們一眼。我們不是貴族，也非屬第二軍團，更不是新出現的這批詭異的召喚者士兵。我們是無名小卒，是觀光客。

在奎比爾斯克，盛宴正進行到最高潮。旱地碼頭被各色燈盞照得恍如起火燃燒。人們登上沙艇，又是唱歌又是喝酒，他們擠在兵營的階梯，打劫伙食帳篷找食物。我瞥到文書帳篷的黃旗，雖然心中有一部分恨不得回到那裡，再聞一次熟悉的墨水和紙張氣味，也知道不可以冒著會被某個製圖師認出來的風險回去。

鎮上的妓院和酒館生意興隆，中央廣場上，大家毫無預告突然跳起了舞；雖然不過相隔一條街，另一群人聚集在老教堂，要誦念寫在牆上的姓名，並為逝者點上蠟燭。我停下來為赫薛點了一根，然後再一根、又一根。他一定會愛死這些火的。

塔瑪在一間比較體面的旅店為我們找到房間。我留下瑪爾和米沙，承諾晚上一定回來。從歐斯奧塔傳出的消息依舊一團混亂，我們也還沒聽到米沙母親的任何音訊。我知道他一定懷抱希望，但對此隻字未提，只是一派認真地發誓，會在我離開時照料瑪爾。

「讀宗教寓言給他聽，」我小聲對米沙說，「他超喜歡。」

瑪爾從房間另一邊把枕頭扔過來，我差點沒能閃過去。

□

我沒有直接去王家軍營，但是取道會經過曾矗立闇之手絲綢大帳篷的路。我本以為他會重建，但那地方空空盪盪。而當我抵達藍索夫的住所，立刻理解了原因。闇之手之前移居到這裡，他從窗戶垂下黑色旗幟，門上方的雙鷹雕刻也被換成蝕日符號。現在，工人正將那些黑色絲綢取下，換成拉夫卡的藍色和金色。那兒設置了一頂棚子，好在士兵拿巨錘將門上的石頭標誌敲成碎片、打成泥灰時把那些碎塊接住。人群傳出歡呼，我卻無法共享他們的興奮。儘管闇之手犯下那些罪行，他卻是真心深愛拉夫卡，並渴望也獲得愛作為回饋。

我在入口附近找到一名守衛，說要找塔瑪．克．拜特，他居高臨下用鼻孔看我，眼中只見到一個乾巴巴的農家女孩。有一瞬間，我彷彿聽見闇之手的聲音：現在妳什麼也不是了。如果是過往那個我，確實有可能相信。但現在的我才懶得理。

「你到底是在等什麼？」我強硬質問，士兵眨了眨眼，猛回過神。幾分鐘後，塔瑪和托亞小跑步下樓梯朝我而來。

托亞一把將我攬進他巨大的懷抱。

「是我們的妹妹。」他這麼對好奇的守衛解釋。

「妹妹？」進王家軍營時，塔瑪用氣音說，「她長得和我們一點都不像。真是的，提醒我以後絕對不可以讓你幹情報工作。」

「與其竊竊私語交換情報，我寧可做點別的，」他一派不屑地說，「此外，她就是我們的妹妹沒錯。」

我吞下那個哽住喉嚨的感覺。「我來的時機不對嗎？」

塔瑪搖搖頭。「尼可萊提早結束會議，好讓大家能去參加……」她講一講就沒了聲音。

我點點頭。

他們帶我走進一個廳堂，裡面飾以戰時武器和影淵地圖。只是那些地圖現在都得修改了。我不禁好奇在那些荒蕪沙地上長不長得出東西。

「妳會留在他身邊嗎？」我問塔瑪。尼可萊一定恨不得有值得信賴的人留在身旁。

「一陣子吧，娜迪亞想留下，而且也還有些二十二軍團的成員生還。」

「納夫斯基？」

她搖搖頭。

「史提格有逃出紡車總部嗎？」

她再次搖頭。我還想問其他人，也恨不得想看傷亡名單，但那恐怕得等了。

「我可能會留任，」托亞說，「取決於——」

「托亞。」塔瑪突然出聲。

托亞臉一紅，聳聳肩。「一些特定條件。」

我們來到一扇沉重的雙開門，門把做成鳴叫雙鷹的腦袋。

塔瑪敲門。房間很暗，只有壁爐裡的火焰作為照明。我花了好一會兒才在這片昏暗中看出尼可萊的身影。他坐在火前面，擦得光亮的靴子蹺在一張有軟墊的凳子，旁邊放了一盤食物和一瓶科瓦斯酒，雖然我知道他更喜歡白蘭地。

「我們在外面等。」塔瑪說。

門關上的聲音一響起，尼可萊就開口。他一躍而起、低頭鞠躬。「原諒我，」他說，「我太專注在想事情，」然後他咧嘴一笑，追加補充，「這是我很陌生的領域。」

我往後靠著門——釋放魅力以掩飾破綻？但那依舊是破綻。「你不用那樣做。」

「但我想。」他悄悄露出微笑，手朝火旁的椅子比畫。「一起？」

我走過房間。長桌上散亂著文件，以及一綑綑印有王家緘印的信件。椅子上打開著一本書，他把書移到一旁，我們坐下。

「你在讀什麼？」

他看了書名一眼。「卡門斯基的一本軍事史。但說老實話我只是想讀一些字。」他用手指拂過封面，那手上毫無完膚，傷痕累累。雖然我的疤痕已經消褪，闇之手卻用別的方式在尼可萊身上留下印記。曾有爪子硬是突破皮膚、蠻橫長出的手指仍蔓布隱約可見的黑色血管，而他得讓人相信，那是他在成為闇之手階下囚時遭受折磨留下的痕跡——就某方面來說此言不虛。至少其他的痕跡似乎都沒了。「我沒辦法讀字，」他繼續說，「在我……那樣的時候，我會看著商店窗戶上的標示、木箱上的字跡，可是一點都看不懂，但我又仍依稀記得，深深知道那不僅僅是牆壁上的刮痕而已。」

我往椅子裡挪。「你還記得些什麼？」

他榛果色的眼神變得遙遠。「太多了。我……我還能感覺到身體裡的黑暗。我不斷地想，這會消失的，但是——」

「我懂，」我說，「現在雖然好一點，但它還在。」一如位於我心臟旁邊的陰影。我不知道那對闇之手的力量是否具有任何意義，也不願去細想。「也許會隨著時間逐漸消逝。」

他伸出兩根指頭捏了捏鼻梁。「人民想要的不是這種國王，他們對我的期待不是這樣。」

「你得給自己機會慢慢恢復。」

「所有人都在看，他們需要保證。沒多久斐優達或蜀邯就會想方設法對抗我。」

「那你會怎麼做？」

「我的艦隊毫髮無傷——感謝諸聖和派耶特。」他提起在他放棄史鐸霍恩名號時一併轉移指揮權的那位大副。「他們應該能消耗斐優達一段時間。此外，運來武器的補給船也已經等在港口。我已將訊息傳給所有運作中的軍事前哨，我們會用盡全力保衛邊界。我明日就會前往歐斯奧塔，也有特使已經上路，努力把民兵收編回國王麾下。」他輕笑一聲，「也就是我的麾下。」

我露出微笑。「你就想想未來會有多少人對你鞠躬哈腰。」

「海盜國王萬歲萬萬歲。」

「是私掠船船長啦。」

「何必拐彎抹角呢？『雜種國王』更適合我。」

「事實上，」我說，「他們已經用卡洛雷茲尼稱呼你了。」我在奎比爾斯克大街小巷的輕聲細語中聽見這名號，傷痕之王。

他猛一個抬頭。「你覺得他們知道了嗎？」

「我很懷疑。但是你早習慣了謠言啊，尼可萊，而且這可能是件好事。」

他揚起一眉。

「我知道你喜歡受人愛戴，」我說，「但增添一點恐懼元素也不會少一塊肉。」

「闇之手教妳的嗎？」

「你也教過我。我好像還記得一個故事，講一個斐優達船長的手指頭和什麼肚子餓的獵犬。」

「下次妳專心聽話的時候記得提醒我，我就會講少一點。」

「現在換你講了。」

他唇上扯動一抹虛弱的笑容，然後皺起眉頭。「我應該先警告妳一聲，導師今晚會在。」

我坐挺了些。「你赦免了那個祭司？」

「我不得不。我需要他的支持。」

「你會在朝中給他一個位置嗎？」

「協調中。」他苦澀地說。

我可以把我對導師的所有情報雙手奉上，但恐怕最能幫上忙的只有白大教堂的位置。不幸的是，唯一能帶我們回到那裡的只有瑪爾一人，而且我不確定他還能不能做到。

尼可萊懶洋洋地轉了一下那瓶科瓦斯酒。

「還不算太遲，」他說，「妳可以留下，和我一起回大宮殿。」

「那我要做什麼呢？」

「開課。幫我重建第二軍團，在湖邊住下？」

這就是托亞拐彎抹角想講的。他希望我回歐斯奧塔。光想到這件事就讓我傷心。

我搖搖頭。「我不是格里沙，當然也不是貴族。我不屬於宮中。」

「妳可以和我在一起，」他平靜地說，又轉了一下酒瓶。「我還是要有王后。」

我從椅子站起，把他穿了靴子的腳推到一旁，坐上那張小凳子，抬頭仰望他。

「尼可萊，我已經不是太陽召喚者了——甚至也不是阿利娜．史塔科夫。我一點也不想回到宮中。」

「但妳很瞭解……這個。」他點了點自己胸口。

是沒錯。魔邪。黑暗。你可以憎恨它，同時又渴望它。不衝突。

「我只會變成累贅。聯姻才是力量。」我提醒他。

「我真的很喜歡妳引用我說的話。」他嘆了口氣。「該死，我腦袋要是沒那麼聰明就好了。」

我將手伸進口袋，把藍索夫翡翠放在尼可萊膝上。我們離開特米亞那時，娟雅還給了我。

他拿起來，翻過去。那顆石頭在火光中閃耀綠色。「那麼蜀邯公主怎麼樣？斐優達美嬌娘？克爾斥商業巨擘之女？」他遞出戒指。「留著吧。」

我盯著他。「你到底喝了多少科瓦斯酒？」

「一點都沒喝。留著，拜託。」

「尼可萊，我不能收。」

「我欠妳的，阿利娜。拉夫卡欠妳。不只這個，還有更多更多。拿去做好事，或投資歌劇院，或者，在妳想到那個曾經可以收編的帥氣王子時，拿出來滿心渴望地凝視著它——我先聲明我更喜歡後面那個選項，要是再搭配淚如雨下和吟誦一首大爛詩，那就更棒了。」

我不禁大笑。

他牽過我的手，將戒指壓入我手中。「收著，拿去打造一些新事物。」

我將戒指在掌中翻過來。「我會考慮一下。」

他翻個白眼。「妳對於回答『好』到底有什麼障礙啦？」

我感到淚水湧上，得用力才能眨去。「謝謝你。」

他往後靠。「我們以前不是朋友嗎？我們不只是盟友的啊。」

「尼可萊，不要耍嘴皮子。我們現在也是朋友。」我用力拍了他膝蓋一下。「現在，你和我要把第二軍團的一些事情處理好，然後去看我火化。」

□

前往旱地碼頭的路上，我偷溜去找娟雅。她和大衛獨自窩在營地東側一間造物法師帳篷裡。當我將上面飾有拉夫卡雙鷹的封緘信封遞給她，她停頓了一下，戒慎恐懼地拿好，彷彿只是摸一下那厚重的紙張都危險萬分。

她用拇指拂過蠟封，手指輕輕顫抖。「這難道是……」

「特赦。」

她將信撕開，然後緊緊抱著。

大衛開口時甚至沒從工作桌抬起頭。「我們要去坐牢了嗎？」

「還早呢。」她抹掉一滴眼淚。「謝謝妳。」然後在我遞給她第二封信時皺起眉頭。「這是什麼？」

「工作機會。」我花了點力氣遊說，最終尼可萊還是明事理，聽了我的建議。我清清喉嚨。「拉夫卡還是需要格里沙，在這世上，格里沙也需要安全避風港。我希望妳帶領第二軍團，和大衛——以及柔雅一起。」

「柔雅？妳是在懲罰我吧？」

「她很強大，而且我認為她擁有優秀領導人的天分——或者讓人活在惡夢中的天分——可能以上皆是。」

「為什麼是我們？闇之手——」

「闇之手已經不在了，太陽召喚者亦然。如今格里沙可以由自己人帶領，我希望每個系別都有代表在內，元素系、質化系，還有妳——驅使系。」

「我不太算是驅使系啊，阿利娜。」

「當妳有機會，妳選了紅色，而我希望，如果格里沙由自己人領導，那些什麼派系分別都可以不再重要。你們每一個人都很強大，每一個人都懂得受到力量、階級地位或知識誘惑是什麼感覺。此外，你們也都是英雄。」

「他們會跟隨柔雅，搞不好也會跟隨大衛——」

「嗯？」他心不在焉地問。

「沒事，你只是得參加更多會議。」

「我討厭會議。」他悶哼一聲。

「阿利娜，」她說，「我實在不確定他們會不會跟隨我。」

「妳會讓他們跟隨妳的，」我碰碰她的肩膀，「勇敢而且百折不撓。」

她臉上慢慢綻開微笑，然後眨了個眼。「還美麗非凡喲。」

我咧嘴一笑。「所以妳接受了？」

「我接受了。」

我緊緊抱住她，她笑開，扯了扯從我頭巾跑出來的一綹頭髮。

「已經在褪色了，」她說，「要再來改頭換面一番嗎？」

「明天。」

「就明天。」她同意。

我又抱了她一次，便溜到外頭最後幾絲陽光之中。

□

我轉身離開營地，跟隨人群經過旱地碼頭，進入曾是異海的沙地。太陽幾乎完全落下，暮色籠罩，但即便如此，也不可能會錯過火葬柴堆。那一墩巨大樺木樹枝相互糾結，猶如交纏的四肢。

當我看見躺在上頭的女孩，渾身竄起一陣顫抖。她的髮像是白色光環般在頭旁邊鋪散開來，女孩穿著藍色和金色的柯夫塔，莫洛佐瓦的項圈圍在她喉嚨上，雄鹿的鹿角在她皮膚上閃著銀灰光澤。不管將那些碎片拼在一起的是何種線材或出自造物法師的巧手，都藏了起來，肉眼不可見。我的目光在她臉上逗留——那是我的臉。娟雅展現出神入化的手藝，輪廓五官好似翻模印出，鼻子的偏斜、下頜的角度。她臉上的刺青消失，屬於露比的痕跡幾乎一點也不剩——那個如果沒在影淵失去生命，可能會成為召喚者的太陽士兵。她以普通女孩的身分喪命。

原先我對於利用她的遺體有所猶疑，擔憂她的家人會因此沒有東西可埋葬。說服我的是托亞。「她深信不疑，阿利娜，即使妳自己不相信。讓她最後一次為信仰獻出自己吧。」

露比旁邊躺著穿了黑色柯夫塔的闇之手。是由誰處理他的呢？我忍不住想，感到喉中升起一股疼痛。是誰將他的深色頭髮從額頭整齊往後梳？誰將他優雅的雙手交疊在胸口？

人群中有部分人頗有怨言，認為闇之手沒資格和聖人一起放在火堆上。但我就覺得該這麼做，人們也需要看到這件事的結局。

剩下的太陽士兵聚集在火堆周圍，赤裸的背後和胸膛刺青清晰可見。伏拉汀也在，他低垂著頭，火光照出他寬闊體態上起伏的肌肉。他們周遭眾人嗚嗚啜泣，尼可萊站在外圍，一身第一軍團的制服，潔淨無瑕；導師在他身旁。我拉起披巾。

尼可萊在圈圈另一頭短暫與我眼神交會。他給出信號，導師舉起雙手，火術士敲響打火石，火焰劃出明亮弧線、噴湧而出，有如飛衝的鳥兒在樺木間打轉、俯衝，舔舐火種，直到起火悶燒，變為熊熊烈焰。

火勢漸大，閃閃爍爍，像一株金色巨樹巍顫顫的葉子。四面八方，人群的嗚咽啜泣越來越大。

聖人，他們哭喊，*聖阿利娜*。

我的雙眼被煙燻得好熱，那氣味太甜膩。

聖阿利娜。

無人知道他姓什名誰，於是無以咒罵或出言讚揚，所以我輕輕地、和呼吸藏在一起說出口。

「亞歷山德。」我低喃著。這是某個男孩的名字，遭到放棄，幾乎被遺忘的名字。

之後

西拉夫卡岸邊，歐斯科佛以南，真理之海沿岸，矗立著一座禮拜堂。那是個安靜的地方，海浪幾乎要打到它的門前。塗白的牆壁貼滿貝殼，高高蓋在祭壇上方的穹頂看起來不怎麼像天堂，更像是海洋的深藍水井。

沒有華麗的訂婚儀式，沒有契約，也沒有虛假聘金。女孩和男孩沒有其他家人來煩擾，逼著他們列隊行過附近城鎮，或藉此名義設宴請客。新娘沒戴傳統頭飾，沒有金色正裝。他們唯一的見證人是一隻在教堂長椅間鬼祟來去的橘貓，外加一個孩子。孩子已經沒有母親，身上佩支木劍，他得站上椅子，才能在說祝詞的時候，將兩頂漂浮木做的頭冠舉在他們頭上。儘管許下的誓言確實為真，但他們提供的是假名。

□

世上仍有戰爭，也還有孤兒。但是，在過往曾叫卡拉錫的廢墟中高高建起的房屋，和以往截然不同。那不是公爵的住處，沒有裝滿一堆碰不得的東西。這是給孩子的天地。音樂室裡的鋼琴沒遮沒蓋，食物儲藏室的門從來不鎖，宿舍裡永遠留有一盞燈驅散黑暗。

員工對此不置可否。

學生太活潑好動了。而且加在茶裡的糖、冬天用的煤炭、淨講童話故事的書籍，都花太多錢了。還有，為什麼每個小孩都要有一雙新溜冰鞋？

年輕、富有——可能還有點瘋。大家都這麼竊竊私語談論負責孤兒院的夫妻。但他們給的薪資優渥，男孩也極有魅力，要生他的氣著實不容易，即便有壞孩子弄得門廳泥跡斑斑，他也不肯拿鞭子處罰他們。

傳言他是公爵遠親，雖然餐桌禮儀端得上檯面，但依舊散發軍人習性。他教學生打獵設陷阱，還有拉夫卡國王偏愛的全新種植法。公爵本人住在位於歐斯奧塔的冬屋。這連年的戰爭對他來說頗為辛苦。

女孩則很不一樣。她嬌小而個性奇異，一頭白髮總像未婚女子那樣披散在背後，似乎對老師與其餘員工的注目和不認同的咂嘴聲渾然無覺。她會告訴學生各種詭譎的故事，例如飛在天空的船隻，以及埋在地下的城堡；吃泥土的怪物，揮動火焰翅膀飛翔的鳥。她時常在廳堂赤著雙足，新塗油漆的氣味從未消散，因為她總是不斷進行這個那個一堆新計畫，在某間教室牆上畫地圖，或是在女生宿舍天花板畫滿鳶尾花。

「就畫家而言不怎麼樣。」一名老師嗤之以鼻。

「雖說確實是很有想像力。」其他人回應，存疑地注視著那條蜷繞樓梯扶手的白龍。

學生學習數學和地理、科學與藝術。商人從當地小鎮和村落被帶來此處，提供學徒機會。新國王希望在幾年內廢除徵兵，如果他能成功，每個拉夫卡人就將需要新的職業。當小孩接受格里沙力量的測驗，可以自由選擇去不去小行宮，而且卡拉錫永遠歡迎他們回來。晚上，他們則要為年輕國王祈禱，傷痕之王會讓拉夫卡變得強大。

□

即使男孩和女孩算不上貴族，也可以確定他們一定有位居高位的友人。禮物不時上門，有時會印著王家緘印。例如給圖書館用的地圖集、耐用的羊毛毯、新雪橇，還有拉車的兩匹毛色相配的白馬。有一次，有人帶來一整艦隊的玩具小船，孩子立刻下溪，展開一場迷你划船比賽。老師注意到那陌生人年輕又帥氣，有著金色頭髮和榛果色眼睛，但其餘部分怪到不行，他待很晚，一直待到晚餐時間，但沒有一次脫下手套。

每到冬天，在聖尼可萊盛宴期間，會出現一輛三頭馬車，從積雪道路駛來，載著三個身穿毛皮和厚羊毛柯夫塔的格里沙——紅色、紫色和藍色。他們的雪橇沉甸甸，載滿禮物，浸在蜜裡的無花果和杏桃、一堆堆的核桃糖果、貂皮內襯的手套、軟得像奶油的皮革靴。他們會待到很晚，晚到過了孩子上床睡覺的時刻。他們會聊天、大笑、說故事，吃醃漬梅子，在火上烤羊肉香腸。

第一個冬天，在她的朋友該離開的時候，女孩大膽跑進雪中道別。那個黑髮如墨、美貌驚人的風術士遞給她另一個禮物。

「藍色的柯夫塔，」數學老師邊說邊搖頭，「她能拿那東西做什麼呢？」

「也許她認識某個過世的格里沙。」廚子回答，發現女孩眼中蓄滿淚水。他們沒看見字條上寫了什麼，妳永遠是我們的一員。

男孩和女孩都十分懂得失去的滋味，悲傷也從未放他們一馬。有時他會發現她站在窗邊，手指在從玻璃流洩進來的一道道陽光中摸索、玩弄，或者坐在孤兒院的前門階梯，注視車道旁被砍斷的橡樹殘幹。然後他會走過去將她抱緊，再帶著她去特里夫卡池塘旁。那裡能聽見蟲鳴，草也長得又高又漂亮，這麼一來，古老的傷口也許就能遺忘。

她也在男孩身上看見悲傷。雖然森林仍展臂歡迎他，如今卻有了隔閡。他與生俱來、深入骨髓的羈絆，在他將生命獻給她的瞬間就已燃燒殆盡。

但是這樣的時間會過去。老師會發現他們在昏暗的走道嘻嘻笑鬧，或在樓梯旁親密接吻。此外，大多時候其實忙得無暇哀悼。還有該上的課、該準備的餐食、該寫的信。當傍晚降臨，男孩會給女孩帶一杯茶、一片檸檬蛋糕，藍色杯子裡漂著一朵蘋果花。他會親吻她的頸子，低聲在她耳邊呢喃新的稱呼：最美麗的，最親愛的，最珍貴的，妳就是我的心臟。

他們過著平凡生活，擁有平凡事物——如果你能如此稱呼愛的話。

《太陽召喚3　毀滅新生》全書完

《太陽召喚》三部曲　完

致謝

幾年前，我與一個還沒有名字的女孩開始了這趟進入黑暗的旅程。路上的每一步都有了不起的人支撐著、鼓勵著我，我十分幸運。

科學（！）小隊

阿利娜彎曲光線的花招有趣之處在於，那是這幾本書中最可靠的科學橋段。在現實世界，這叫作「隱形斗篷科技」（我因此從各方面都高興得要命）。去Google吧，你的世界將被顛覆——這是Peter Bibring給我的建議，此外，特米亞那這名字取自他的女兒Iris Tommiko。Harper Seiko，我保證下一本書會把你的名字放進去。同時我也要謝謝Peter的老婆Michelle Chihara。（她是我的好友，也是個厲害的作家。）當格里沙三部曲賣給Henry Holt時，我在她的廚房裡跳舞——我不是婉轉的比喻喔。大感謝John Williams給我靈感，讓我想出聲音遮罩這招。

文字小隊

Noa Wheeler和我在書名上爭論不休，因為書產生了羈絆，再因為餃子成為同盟。謝謝你讓辛苦的工作變得這樣有趣。感謝Jon Yaged、Jean Feiwel、Laura Godwin、Angus Killick、Elizabeth

Fithian、Lucy del Priore、April Ward、Rich Deas、Allison Verost、耐心無限的Molly Brouillette，以及最棒的Ksenia Winnicki和Caitlin Sweeny，為了在網路上宣傳這三部曲，他們付出好多。我也想特別對Veronica Roth、John Picacio、Michael Scott、Lauren DeStefano和Rick Riordan說聲謝謝，他們對我和這三本書好到不行。

New Leaf小隊

謝謝Joanna Volpe，妳是個出色的經紀人、超級好朋友，而且在貝爾法斯特的旅館房間把我嚇到魂飛魄散。謝謝Kathleen Ortiz將格里沙系列帶向國際，以及忍受我對合約和旅行計畫的荒誕要求。謝謝Pouya Shabazian聽了我的白痴笑話那麼捧場，還讓我在瘋狂混亂的好萊塢找到方向。Danielle Barthel和Jaida Temperly，感謝你們以優雅與幽默設下各種保護牆。

神力女子小隊

Morgan Fahey，妳是超棒的讀者，總是眉開眼笑在三更半夜以聊天和電子郵件陪伴我，無數次讓我不去胡思亂想一些壞念頭。Sarah Mesle，在我千辛萬苦度過許多棘手情節時，妳幫助了我。我也不會忘記我們新年前夕的戰地對談——SkyMall!·Kayte Ghaffar，又名超潮女王、造物法師之神、聰明心機鬼。如果沒有妳出謀劃策、當我的知己，我真不知道該怎麼辦才好。超感謝Cindy Pon、Marie Rutkoski、Robin Wasserman、Amie Kaufman、Jennifer Rush、Sarah Rees

Brennan、Cassandra Clare和Marie Lu的鼓勵、八卦和靈感。以及Emmy Laybourne、Jessica Brody與Anna Banks——我總覺得我們好像一起參加過夏令營或上過戰場，而我每一分鐘都很愛。特別感謝Holly Black，就在那麼一段短短計程車路上，她就將我擊潰又重組。各位，她可是有魔法的——我就說說。

洛杉磯小隊

我要對Ray Tejada、Austin Wilkin和Ocular Curiosity（又名the League of Unplumbable Fun!）的Rachel Tejad獻上愛與感謝。David和Erin Peterson是我最喜歡的超強拍檔——謝謝你們慷慨與我分享兩位的天賦與時間。Rachael Martin的椰棗球實在有夠讚。只要說到公正，Robyn Bacon值得百分百信任。Jimmy Freeman滿懷善意、鼓勵殷勤悉心照料我。Gretchen McNeil實在是好得不可思議的召集會同伴，而就此而言，Marianne的各種厲害建議真是多到驚人。大感謝Dan Braun、Brandon Harvey、Liz Hamilton、Josh Kamensky、Heather Joy，還有wee Phoebe、Aaron Wilson和Laura Recchi、Michael Pessah，強到誇張的Christina Strain、Romi Cortier、Tracey Taylor、Lauren Messiah、Mel Caine、Mike DiMartino和Kurt Mattila，他讓我又一次迷上漫畫。Brad Farwell，你不住洛杉磯，可是你也擺不進其他分類，該死。

推書小隊

超感謝幫這些書找到讀者的圖書館員、老師、部落客和經銷商。一如往常，我也要謝謝歡迎我加入這個給予最大支持、也最無私粉圈的無旗兄弟會（Brotherhood without Banners）。順帶一提，他們辦的派對也是萬中選一。

Tumblr小隊

有些人很早就在支持格里沙三部曲，因此一定要奉上相應的獻詞。Irene Koh，她改變了我看待自己角色的方式；Kira，又名eventhepartofyouthatlovedhim，她不但很早就開始寫部落格，而且筆耕不輟；格里沙軍團的厲害女子：Emily Pursel、Laura Maldonado、Elena of Novelsounds、Laura和Kyra以及Madeleine Michaud，她寫了最棒的問答。還有好多好多人畫了圖、做了粉絲歌單，創作出各種作品和小說，和我聊天，給我啟發，讓我繼續前進。謝謝你們讓這趟旅程變得更神奇。

家人小隊

Christine、Sam、Ryan、Emily——我愛你們。Shem，你是超棒的藝術家，也是最可能和我對紐約有相同看法的人。最後，所有的愛和感謝要獻給我最可愛、最完美的媽咪，她在適當的情節流眼淚，還學會了流利的一角鯨語。

莉・巴度格

格里沙

第二軍團成員
微物魔法專家

RUIN AND RISING

Corporalki　軀使系
The Order of the Living and the Dead 死生法師團

Heartrender　破心者
攻擊、紅色柯夫塔黑色刺繡
Heaeler　療癒者
治療、紅色柯夫塔灰色刺繡
Tailor　塑形者
已知只有娟雅、紅色柯夫塔藍色刺繡

☼

Etherealki　元素系
The Order of Summoners　召喚法師團

Squaller　風術士
藍色柯夫塔銀色刺繡
Inferni　火術士
藍色柯夫塔紅色刺繡
Tidemaker　浪術士
藍色柯夫塔淺藍刺繡

☼

Materialki　質化系
The Order of Fabrikators　造物法師團

Durast　物轉士
處理物質、紫色柯夫塔灰色刺繡
Alkemi　鍊化士
處理化學、紫色柯夫塔紅色刺繡

國家圖書館出版品預行編目資料

太陽召喚3 毀滅新生／莉．巴度格（Leigh Bardugo）著；
林零譯.——初版.——台北市：蓋亞文化，2025.08
冊；公分.——（Light; 36）
譯自：Ruin and Rising
ISBN 978-626-384-233-5（平裝）.——

874.57　　114010563

Light 036

太陽召喚 3 毀滅新生（完）

作　者	莉．巴度格（Leigh Bardugo）
譯　者	林　零
裝幀設計	莊謹銘
編　輯	章芳群
總編輯	沈育如
發行人	陳常智
出版社	蓋亞文化有限公司
	地址：台北市 103 承德路二段 75 巷 35 號 1 樓
	電話：02-2558-5438　傳真：02-2558-5439
	電子信箱：gaea@gaeabooks.com.tw
	投稿信箱：editor@gaeabooks.com.tw
	郵撥帳號 19769541　戶名：蓋亞文化有限公司
法律顧問	宇達經貿法律事務所
總經銷	聯合發行股份有限公司
	地址：新北市新店區寶橋路二三五巷六弄六號二樓
	電話：02-2917-8022　傳真：02-2915-6275
港澳地區	一代匯集
	地址：九龍旺角塘尾道 64 號龍駒企業大廈 10 樓 B&D 室
	電話：+852-2783-8102　傳真：+852-2396-0050
初版一刷	2025年08月
定　價	新台幣 460 元

Published and Printed in Taiwan

GAEA ISBN／978-626-384-233-5